수호후전 3

수호후전 3

2025년 8월 15일 초판 1쇄 찍음
2025년 8월 25일 초판 1쇄 펴냄

지은이	진침
옮긴이	이상
펴낸이	이상
펴낸곳	가갸날
주소	경기도 고양시 일산서구 강선로 49, 402호
전화	070.8806.4062
팩스	0303.3443.4062
이메일	gagyapub@naver.com
블로그	blog.naver.com/gagyapub
페이지	www.facebook.com/gagyapub
디자인	강소이

ISBN　979-11-94205-02-9 (04820)
　　　　979-11-87949-99-2 (04820) (세트)

수호후전 3

진침 지음 · 이상 옮김

가갸날

차례

제28회	횡충영 소년기마대	07
제29회	불에 탄 송가촌	31
제30회	금오도를 찾아 떠나다	53
제31회	신선을 만난 섬라국왕 마새진	77
제32회	승상 공도의 역모	100
제33회	위기에 몰린 금오도	123
제34회	한자리에 다시 모인 양산박 호걸들	146
제35회	왜국의 침략을 물리치다	169
제36회	세 섬의 반란을 평정하다	191
제37회	중원을 구원하다	215
제38회	이준, 섬라국 왕위에 오르다	240
제39회	짝을 찾는 영웅들	264
제40회	고려국왕과 섬라국왕, 결의형제를 맺다	287

옮긴이의 말　　　　　　　　　　　　　　　315

일러두기

1. 이 책은 진침陳忱이 17세기 중반에 집필한 소설 〈수호후전〉 원작의 국내 최초 완역본이다. 18세기 후반의 소유당紹裕堂 간행본이 저본으로 중국청소년신세기독서네트워크에 실려 있는 원문을 번역 텍스트로 사용하였다. 매회 말미에 들어 있는 짧은 총평은 중복된 내용이라서 제외했으며, 두 줄의 긴 제목을 짧은 제목으로 바꾸었다.
2. 가감 없는 원문의 충실한 번역을 위해 애썼지만 역사적 사건과 그에 얽힌 실제 인물이 등장하는 문장에서는 짧게 살을 보태기도 했다. 문학작품이라는 점을 고려해 역주를 달지 않는 것을 원칙으로 하면서도 소설 서두의 난해한 장시 부분과 서문에는 몇 개의 주를 달았다.
3. 인명과 지명 등 고유명사는 소설 원문의 한자음 그대로 우리말로 표기하였다.
4. 수록한 삽화는 명나라 화가 두근杜菫의 그림으로 청 광서연간(1880년경) 장수당臧修堂에서 간행한 〈수호전도〉에 실린 것이다.

제28회

횡충영 소년기마대

이응의 군대가 중모현에 주둔하고 있을 때 대종이 돌아왔다. 대종은 종유수가 세상을 뜨고 후임을 맡은 두충이 이미 동경을 버리고 회서로 퇴각했다고 말했다. 올출이 금나라 병사를 이끌고 건강부로 오고 있다는 대종의 말에 모두들 어찌해야 할지 몰랐다. 진퇴양난에 빠진 두령들에게 대종이 말했다.

"돌아오는 길에 나처럼 동경의 정황을 살피러 온 목춘을 만났던 거요. 목춘은 완소칠과 손립 등이 등운산에서 거사를 일으켰는데 군사들이 뛰어나고 양식도 넉넉하니 그리로 함께 가자고 하더군요. 형제들이 중모현에서 소식을 기다리고 있으니 며칠 내로 기별하겠다고 했지요.

목춘은 먼저 등운산으로 돌아갔소이다. 등운산은 바닷가에 위치한 산이오. 올출의 군대가 지나가는 길목이 아니라서 한동안 머물기에는 괜찮을 거요. 거기 있다가 건강으로 가서 조정에 귀하면 될 것이오."

뭇 두령들은 대종의 의견에 동의했다. 전처럼 세 부대로 나누어 차례차례 출발했다. 산동길을 향해 가는 동안 아무런 일도 없었다. 동창부 근처에 다다랐을 때 날은 이미 어둑해지기 시작했다. 돌연 연도의 상황을 정탐하러 나갔던 대종이 나는 듯이 달려오며 외쳤다.

"올출의 대병이 어느새 이곳에 출현하였소! 중군과 후방 부대는 어서 빨리 피하시오! 나는 선봉 부대에 가서 방향을 돌리라고 전하겠소!"

대종은 다시 날듯이 달려갔다. 이응은 급히 병마를 샛길로 우회시켰다. 그들은 십 리쯤 이동해 와호강 기슭에 진을 쳤다.

그런데 선봉 부대를 인솔하고 가던 호연작은 이미 눈앞에 다가온 올출의 선봉과 조우하고 말았다. 숨을 곳이 없는 큰길에서 금나라군 부대와 맞닥뜨리는 바람에 호연작의 부대는 사방으로 흩어져 제각기 달아나는 신세가 되었다. 다행히 어두운 밤이라서 쉽게 피할 수 있었다.

날이 밝은 다음 점검해 보니 호연옥과 서성이 이끌던 이백여 명의 병사가 보이지 않았다. 점심 무렵이 되었을 때 후속부대가 모두 도착하였다. 호연작이 대수롭지 않은 일이라는 듯이 말했다.

"어젯밤에 전투가 일어나지 않았으니까 틀림없이 죽지는 않았을 것이오. 두 아이 모두 두뇌회전이 기민하고 재주가 뛰어나니 걱정하지 않아도 될 겁니다."

이응이 대열을 멈추고 찾아보자는 것을 호연작이 다시 말했다.

"이곳은 사방이 탁 틔어 있는 평지인데 어디를 찾아본다는 말이오? 일단 앞으로 진군하면 그들이 곧 찾아올 것이오."

그리하여 행군을 계속했다.

호연옥과 서성은 올출의 군대가 오는 것을 보고 말을 달려 달아나려고 했다. 하지만 어둠 속에서 생각지도 못하게 금나라군 대열에 섞이고 말았다. 그러는 바람에 빠져나올 수가 없었다.

금나라군 선봉부대의 대장은 아흑마로 올출의 부하 가운데 가장 용맹한 장수였다. 그는 '횡충영'이라는 열다섯 살에서 스무 살 사이의 젊은이로 구성된 별도의 부대를 운영하였다. 포로로 잡은 청소년들을 훈련시켜 만든 부대인데 젊은이들답게 용감무쌍하였다. 성을 공격하는 등의 싸움에서 생사를 아랑곳하지 않고 종횡무진 거리낌이 없었다.

횡충영 부대원의 수효는 이미 오백 명을 넘어서고 있었다. 아흑마는 호연옥과 서성이 무인다운 씩씩한 기질이 있는데다 무기도 휴대하고 있는지라 어디 사는 누구인지 물었다.

"우리 형제는 장룡, 장호라고 하며 하북 출신입니다. 부친은 장득공으로 현재 제나라왕 전하 밑에서 병마총관을 맡고 있습니다."

호연옥의 대답에 아흑마가 다시 물었다.

"무예를 할 줄 아느냐?"

"두루 할 줄 압니다."

대답과 함께 호연옥은 쌍편을 들고 서성은 금창을 들고 간단한 시범을 선보였다.

"장군 집안의 자제라고 해서 기대를 좀 했는데 과연 기대한 대로구나!"
 아흑마는 몹시 기뻐하며 목찰을 두 개 꺼냈다. 목찰에 불을 지져 '횡충영 소년기마대'라는 글자를 새긴 후 두 사람에게 하나씩 주며 말했다.
 "이 목찰을 갖고 있도록 하라. 너희 둘이서 오백 명 횡충영 대원들을 통솔하라. 열심히 해서 공을 세우면 상을 내릴 것이고 만약 도망치다가 붙잡히면 그 자리에서 바로 참수할 것이다!"
 "부친이 제나라 관리이므로 금나라와 한집안이나 다름없는데 왜 도망을 치겠습니까?"
 호연옥과 서성은 목찰을 받고서 횡충영 부대로 갔다. 부대원들이 머리를 조아리며 두 사람에게 인사를 올렸다. 두 사람은 당분간 놈들의 비위를 맞추어주다가 기회를 보아 달아날 심산이었다.
 두 사람이 총명하고 영리한데다 무슨 일이든지 공손히 따르는 까닭에 각 영의 장병들 모두 두 사람을 좋아하였다. 두 사람은 틈나는 대로 아흑마를 찾아가 분골쇄신해 일하는 척했다. 아흑마는 두 사람을 심복으로 대접해 주며 의복과 음식 같은 것을 상으로 주었다. 두 사람은 며칠 지나지 않아 금나라군의 습성과 말씨까지 몸에 익혔다. 그러던 중 호연옥이 서성을 보고 말했다.
 "이왕에 횡충영의 대장이 되었으니 우리 부대 대원들의 신분을 파악해 명부를 만들어 두자. 나중에 쓸모가 있을 거야."
 "맞는 말이오. 직분을 맡았으면 그에 맞는 역할을 행해야지요."
 서성도 웃으며 맞장구를 쳤다. 두 사람은 책상 위에 붉은 인주갑과 붓, 벼루를 늘어놓고 나란히 앉았다. 한 사람 한 사람 이름을 부르며 명부를 작성하였다. 송안평이라는 이름을 부르자 신수가 훤하긴 해도 유약해 보이는 서생 모습의 청년이 앞으로 나왔다. 얼핏 낯이 익은 듯해서 호연옥이 물었다.

"자네는 어디 사람이고 부모는 누구인가? 부대에는 언제 들어왔고?"

송안평은 눈물을 글썽이며 대답했다.

"저는 운성현 송가촌 사람입니다. 아버지는 송청이라고 하는데 부모님 모두 고향에 계십니다."

"무예를 할 줄 아는가?"

"어려서부터 경서를 읽느라고 무예는 배우지 못했습니다. 동경에서 치른 과거시험에 급제해 진사가 되었지만 관직은 받지 못했습니다. 도성이 함락되어 고향으로 돌아가던 중 같이 있던 하인은 달아나고 저만 금나라군에 붙잡혔는데 여기 온 지 열흘쯤 됩니다."

송안평의 대답을 들은 호연옥은 그가 틀림없이 송공명의 조카라는 생각이 들었다. 호연옥은 서성에게 눈짓을 보내며 말했다.

"자네는 독서인이니 서기를 맡게. 앞으로 우리 곁에서 함께 지내야 하네."

명부 작성을 끝내고 일동이 흩어진 다음 호연옥은 송안평을 보고 물었다.

"우리 둘이 누군지 알겠는가?"

송안평이 대답했다.

"언젠가 만난 적이 있는 듯싶긴 하지만 얼른 생각이 나질 않는데요."

"나는 쌍편 호연작의 아들 호연옥이네. 이쪽은 금창수 서녕의 아들 서성이고. 아버지와 함께 이응, 관승, 연청 같은 아저씨들이 계신 음마천에 있다가 남쪽으로 부대가 이동하던 중 난데없이 아흑마 대군의 대열 속에 갇혀 이렇게 붙들린 신세가 된 것이네. 우리는 부모 때부터 형제이니 틈을 보아 함께 도망치기로 하세. 하지만 이 일을 발설하면 안되네."

호연옥의 이야기를 들은 송안평은 깜짝 놀란 얼굴로 매우 기뻐하며 말했다.

"정말 반갑습니다. 저는 문약한 사람으로 아무런 능력도 없으니 두 분만 믿고 따르겠습니다."

이때부터 송안평과 호연옥, 서성은 한곳에 같이 기거하며 모든 일을 함께 상의했다.

그런 어느 날 세 사람은 마구간을 어슬렁어슬렁 둘러보고 있었다. 천여 마리나 되는 말떼가 마치 구름무늬를 수놓은 비단천처럼 느껴졌다. 그 중에 백마 한 마리와 흑마 한 마리가 유독 눈에 띄었다. 용의 눈과 봉황 가슴을 지닌 백마는 큰 키에 당당한 체구의 모습으로 우뚝 서 있었다. 흑마는 네 개의 발굽에만 눈처럼 하얀 털이 나 있는데 골상이 다른 말과는 전혀 달랐다.

이 두 마리 말은 어떤 말일까? 백마는 단경주가 서역에서 구입한 것으로 '조야옥사자'라는 이름을 갖고 있었다. 단경주가 증두시에서 말을 빼앗겨 그곳 무예사범 사문공의 말이 되었던 것을 나중에 노준의가 사문공을 살해한 다음 조야옥사자를 송공명에게 바쳤다. 송공명은 그 말을 지극히 사랑해 타고 다니기를 즐겼다. 흑마는 호연작이 양산박을 토벌하러 떠날 때 황제가 하사한 '척설오추마'였다. 두 마리 다 하루에 천 리를 달리는 용마였다.

옛날에 양산박 사람들이 초안을 받고 도성에 갔을 때 동관은 이 두 마리 말이 준마라는 것을 알고 사람을 시켜 훔치게 했다. 송공명은 말썽이 일어날까봐 사건을 덮어두었다. 그런데 어떻게 해서 그 말들이 다시 금나라군의 손에 넘어갔을까?

원래 좋은 말의 수명은 사람의 수명과 같다고 한다. 정력이 왕성해 수십 년 동안 맡은 바 소임을 다하는데 이 두 마리의 말은 바로 한창 때였다. 양마는 그 덕을 군자에 빗대기도 한다. 송안평과 호연옥을 보자 원주인을 만난 듯한 정을 느끼는지 한동안 포효하며 기쁨을 표현했다. 하지만 송안평과 호연옥이 그런 사실을 깨달을 수는 없었다. 잠시 둘러보고 그들은 마구간을 나왔다. 일찍이 어느 현자는 천리마를 두고 이렇게 노래했다.

말이 백락 같은 양마 감별사를 만나 울부짖는 것은
사람이 감정이 북받치면 울음을 터뜨리는 것과 마찬가지
적토마가 하늘을 난다는 말을 못 믿겠는가
그것도 관우를 따라 오색구름 속으로 사라졌다는데

그러는 사이에 올출의 부대는 산동 땅에 이르렀다. 제주부는 선무사 장소가 지키고 있었다. 장소는 충성심과 용기를 겸비한 장수였다. 올출은 명성이 자자한 장소와 부딪치고 싶지 않아 제주 공격 계획을 접었다. 옆길로 우회해 회서로 빠져나가려고 생각한 올출은 전령을 보내 아흑마를 자신의 군영으로 불렀다.

"아흑마가 없는 지금이 이곳을 빠져나가기에 좋은 기회요. 군영을 거두어 행군이 시작되면 일을 도모하기가 어려워질 것이오."

서성의 말에 호연옥이 맞장구쳤다.

"옳은 말이야. 그런데 여비가 하나도 없으니 무슨 방법을 강구해야겠다."

호연옥은 공무석에 앉아 대원 전원을 불러모았다.

"아까 아흑마 장군께서 내게 명부를 가져오라고 했다. 올출 사태자 본진에서 나이가 어리고 체력이 부족한 자는 즉시 석방하라는 분부가 내렸기 때문이다. 수수료를 내는 사람에 한해 대상자로 이름을 올려주겠다."

소년들은 석방되고 싶은 마음이 간절해서 수중에 있는 돈을 몽땅 꺼냈다. 한 냥을 내기도 하고 닷 푼을 내기도 했다. 모인 돈이 은자 사오십 냥은 되었다. 서성은 은자를 허리에 매고 마구간에 가서 책임자에게 말했다.

"장군께서 전령을 보내 본영에서 우리 부대의 명부를 점검할 테니 가져오라고 하십니다. 여기 송안평은 명부 작성자라서 함께 데리고 가야 됩니다. 타고 갈 말 세 마리가 필요합니다."

마구간 책임자는 아흑마가 장룡과 장호를 몹시 신임하는 것을 알기 때문에 싫다고 할 수가 없었다.

"자네들이 직접 고르게."

호연옥과 서성은 조야옥사자와 척설오추마를 골랐다. 또 한 마리 명마 '오화총'을 더 골랐다. 그들은 말안장과 고삐를 챙긴 다음 말에 올라탔다. 그리고 박차를 가하며 바람처럼 달리기 시작하였다. 순식간에 사오십 리는 떨어진 곳까지 달려왔다.

"다행히 호랑이 소굴에서 벗어났지만 그래도 큰길로는 가지 말자고. 여기는 송나라 땅이니까 이제 금나라 옷은 벗어 버려야 해!"

호연옥은 이렇게 말하면서 모자부터 벗어 길가로 내던졌다. 두 개의 뿔처럼 묶어 올려 윤기 흐르는 머리가 드러났.

"요전날 밤에 우리 세 부대가 뿔뿔이 흩어져버려 어디로 갔는지조차 알 수 없잖소. 찾을 방법이 없으니 곧장 등운산으로 갑시다."

서성이 이렇게 말하자 송안평이 붙잡았다.

"두 분 덕분에 사지에서 벗어났습니다. 어버이대의 우의를 잊지 않고 은덕을 베풀어주어 감사합니다. 평생 잊지 못할 은혜를 입었습니다. 운성현은 제주부 관할로 여기서 멀지 않습니다. 우리집에서 며칠 쉬었다 가도 늦지 않을 것입니다."

"그것도 괜찮겠군."

호연옥이 송안평의 제안에 동의하였다. 세 사람은 함께 사오십 리 길을 더 갔다. 가다 보니 길가에 주막이 하나 눈에 띄었다. 주막임을 알리는 깃발이 걸려 있었다.

"반나절을 달렸더니 배가 고프네. 뭘 좀 먹고 가죠."

서성의 제안에 따라 세 사람은 말에서 내렸다. 말을 문 앞 버드나무에 매어 놓고 가게로 들어가 적당한 자리를 골라 앉았다. 종업원에게 술과 안주를 주문하니 양고기 한 접시와 살진 닭 한 마리, 고기만두 서른 개를 날라왔다. 배가 고프고 갈증이 나서 금세 가져온 술을 다 마시고는 술을 더 시켰다. 그러자 종업원이 말했다.

"찹쌀로 빚은 향긋한 술이 있는데요. 좀 탁한 편이라서 맘에 드실지 모르겠습니다만…"

"술맛만 좋으면 탁해도 상관없소."

호연옥이 빛깔은 괜찮다고 하자 안으로 들어간 종업원이 뜨겁게 데운 술을 한 병 들고 나왔다. 그 술을 마시지 않았더라면 아무 일도 일어나지 않았을 것이다. 하지만 호연옥을 비롯한 세 사람은 무슨 일이 진행되고 있는지 전혀 눈치를 채지 못했다.

술을 입에 대자마자 머리가 무겁고 발은 허공에 뜬 듯했다. 모두 그대로 정신을 잃고 말았다. 종업원은 일행을 불러 먼저 말을 안으로 끌어들이게 한 다음 말했다.

"이 세 마리 말만 해도 족히 이백 냥은 나가겠다!"

세 사람의 몸을 더듬어 보니 서성의 허리춤에서 오십여 냥의 은자가 나왔다. 세 사람을 작업장 안으로 메다 들여놓으려는데 안쪽에서 한 남자가 걸어 나왔다. 턱수염이 더부룩한 마른 얼굴에 눈동자가 선명하고 나이는 서른 살쯤 되어 보였다. 그가 세 사람을 자세히 들여다보더니 말했다.

"이 사람들은 손대지 마라. 아무래도 뼈대 있는 집안 출신 같구나. 꽃이 아직 피지도 않았으니 생명을 해쳐서는 안된다."

이 남자는 누구인가? 여기서 한 토막 해줄 이야기가 있다. 이 남자는 다름아닌 배 장수 운가였다. 옛날에 무대의 부인 반금련이 서문경과 간통한 사실을 무송에게 알려 반금련과 서문경을 죽게 만든 사람이다.

비록 작은 장사치에 지나지 않지만 가슴에 뜨거운 피가 흘러 잘못된 것을 보면 참아 넘기지 못하는 성격이었다. 전쟁 때문에 장사를 계속할 수 없게 되자 지금은 이곳에 와서 강충이라는 사람에게 몸을 의탁하고 있었다.

강충은 원래 양산박에서 양곡을 관리하던 소두목이었다. 사람이 성실해서 송강이 살아 있을 때 송강의 심복으로 있었지만, 초안을 받은 다음에는 이미 나이가 들었기 때문에 고향으로 돌아가 농사를 지었다.

나중에 도군 황제는 송강과 노준의가 억울하게 죽었다는 말을 전해 들었다. 그런데다가 양산박을 방문하는 꿈까지 꾸게 되자 칙명을 내려 양산박에 사당을 세웠다. 그후 봄가을에 제사를 지내게 되었는데 강충 또한 병란으로 신변의 안전을 도모할 수 없게 되자 이곳 사당 내로 거처를 옮겼다. 강충은 송공명의 옛 은혜를 잊지 않고 아침저녁으로 향을 피우고 젯밥을 올렸다. 마치 묘지기와 다름없이 정성을 다했다.

한편 그는 몇몇 건달을 모아 작은 패거리를 만들었다. 운가도 그 패거리 중의 하나였다. 그들은 이가도구에 주막을 열고 길을 오가는 객상들이 술집에 들어와 술을 마시면 술에 몽한약을 타 가지고 재물을 빼앗곤 했다. 옛날에 양산박의 일원이 된 주귀가 하던 것과 똑같았다.

어쨌든 운가는 해독제를 먹여 세 사람을 살려냈다. 먼저 정신이 돌아온 호연옥이 말했다.

"얼마나 술이 독한지 금방 잠들어 버렸네."
 이어 정신을 차린 서성과 송안평도 눈을 비비며 말했다.
 "별로 마시지도 않았는데 이렇게 취해 버리다니!"
 운가는 옆에서 미소를 머금을 뿐이었다.
 "동생, 계산 좀 해줘. 서둘러 가야지!"
 호연옥의 말에 서성은 허리에 찬 은자를 더듬었다. 하지만 은자는 만져지지 않았다. 호연옥이 문밖을 내다보니 버드나무에 매어놓은 말 세 필도 눈에 띄지 않았다. 서성은 버럭 화를 내며 종업원의 멱살을 쥐어잡았다.
 "이런 간덩이가 부은 놈들을 보았나! 감히 내 돈을 훔치다니. 끌고 간 말도 빨리 가져오너라. 잠자는 사자의 성깔을 건드리지 말고!"
 호통을 치며 가볍게 떠밀자 종업원은 비실비실 저 멀리 나가떨어졌다.
 "젊은 양반, 잠깐 진정하시오. 은자와 말은 저기 있으니 돌려줄 것이오. 그런데 젊은 양반들 성함이 어떻게 되시오? 그리고 어디로 가는 길이시오?"
 운가의 말에 송안평이 대답했다.
 "나는 이 고을 송가촌에 사는 사람인데 함께 우리집으로 가는 길이었소."
 "송가촌이라면 철자 송사원외가 계시는 곳인데 같은 집안이시오?"
 "그분이 제 부친이오."

송안평의 대답을 들은 운가는 태도를 바꾸며 말했다.
"그렇다면 잠깐 안으로 모시겠습니다."
세 사람은 후원에 있는 정자로 안내되었다. 창문을 열고 바라보니 안개 자욱한 호수가 끝없이 펼쳐져 있고 짙푸른 산이 호수를 에워싸고 있었다.
"이곳 경치는 꼭 요아와처럼 생겼는걸. 어렸을 때 놀러 가곤 했었는데."
서성의 말을 운가가 받았다.
"눈이 있어도 태산을 알아보지 못하는 수가 있죠. 제 동료들이 큰 실수를 저질렀습니다."
가지런히 차린 술상이 들어오자 운가는 술을 따라 권했다.
"댁은 뉘시오? 말을 해주어야 술을 마시든지 할 것 아니겠소?"
호연옥의 물음에 운가가 대답했다.
"이것은 저의 마음입니다. 자, 앉으십시오. 이곳은 다름아닌 양산박입니다. 휘종 황제께서 정충묘를 건립하고 의사 한 분 한 분의 얼굴상을 만들어 모셨지만 누구 하나 관리하는 사람이 없었습니다. 최근에야 송장군 밑에서 소두목을 지낸 강충이란 사람이 병란으로 시골살이도 쉽지 않게 되자 묘소에 와서 아침저녁으로 향촉을 피우고 시봉하면서 옛 은혜에 보답하고 있습니다. 저를 비롯해 몇몇 생업이 없는 자들이 함께 일을 돕고 있습니다.
저는 운성현에서 배 장수를 하던 운가라고 합니다. 아까는 주막에서 일하는 동료들이 세 분이 누군지 몰라뵙고 술 속에 약을 탔던 것입니다. 제가 세 분의 모습이 비범해 보이기에 해독제를 먹여 깨어나게 한 것입니다.

 은자는 이쪽에 있으며 한 푼도 손대지 않았습니다. 말은 뒤쪽 마구간에서 먹이를 먹고 있고요. 그런데 다른 젊은 양반들의 성함을 여쭤봐도 되겠습니까?"

 "댁이 좋은 사람 같아 보이니 얘기해 드리죠. 나는 호연작 장군의 아들 호연옥이고 이쪽 동생은 서녕 장군의 아들 서성이오."

 호연옥은 이렇게 대답하고 나서 이어 동창에서 금나라군의 포로가 되었다가 송안평을 만나 함께 병영을 탈출한 이야기를 들려주었다. 그러자 운가가 말했다.

 "과연 영웅 장사들이시오. 바로 강충한테 알려 산상으로 안내할 테니 사당에 가서 호걸들의 존영에 예를 올리는 게 좋지 않겠습니까?"

 그 말을 들은 세 사람이 곧장 일어서려는 것을 운가가 만류하였다.

 "좀더 편히 앉아서 몇 잔 더 하세요. 다 방법이 있으니까요. 여기서 제가 화살을 쏘면 저쪽에서 배가 마중나오게 되어 있습니다."

 "산 앞쪽으로 큰길이 있는 것을 기억하고 있으니까 말을 타고 가는 것이 더 상쾌할 것이오. 배를 타고 가는 건 너무 번잡스러워서…"

 서성의 말에 따라 운가는 곧바로 일어나 말을 끌고 왔다. 모두 말에 올라탔다. 운가는 한발 앞서 달려가 강충에게 자초지종을 알렸다.

강충이 쫓아나와 세 사람을 당상으로 영접해 맞았다. 강충이 넙죽 엎드려 절을 하자 호연옥을 비롯한 세 사람도 예를 갖추어 답례하였다. 강충은 나이가 예순 살이 넘었지만 여전히 원기가 왕성하였다.

"요즘은 세력과 돈이 없어지면 냉담해지는 세상이라서 눈 깜짝 할 사이에 은혜를 저버리는데 노인 같은 진실되고 후덕한 분도 계시는군요!"

호연옥이 감탄하자 강충이 겸손히 말했다.

"저는 이제 늙고 무능해서 옛날에 장군님들께서 베풀어주신 은혜에 보답하기 위해 단지 아침저녁으로 예를 올리며 영령들이 하루빨리 선계에 오르시기를 빌 뿐입니다. 오늘 세 분의 준수한 용모를 뵈니 과연 영웅의 핏줄은 다르다는 생각이 듭니다. 흐릿한 늙은 눈이 갑자기 확 밝아지는 느낌입니다."

강충은 향촉에 불을 붙인 다음 북과 종을 쳤다. 호연옥을 비롯한 세 사람은 머리를 조아리며 절을 올렸다.

예를 마치고 바라보니 높이 솟은 전각 안에 금빛 조각상들이 번쩍번쩍 빛나고 있었다. 정면에는 조천왕과 송공명의 소상, 좌측에는 서른여섯 분 천강성, 오른쪽에는 일흔두 분 지살성이 엄숙하고 위엄있는 모습으로 늘어앉아 있었다. 그 모습은 실로 이런 느낌이었다.

전각의 위엄이 하늘을 찌르는 가운데 드리운 주렴이 햇빛에 반짝인다. 금빛 향로엔 향연이 자욱하고 옥잔 속의 감로수는 맑고 투명하다. 천지에 천강성과 지살성의 정기가 가득하고 사람의 발자취 머무는 곳엔 영령들의 아름다운 이야기가 서려 있도다. 의로운 기운이 하늘을 찌르고 충의로운 마음은 태양을 관통한다. 재물을 탐하지 않고 여색을 밝히지 않으니 진실로 널리 크게 자족하는 모습이며, 의협심이 강하고 하나같이 술을 사랑하니 이는 모두 호연지기의 발로이다.

때로 산을 뒤흔든 것은 하늘을 대신해 도를 행하기 위해서였느니. 비록 서로 얼굴은 달라도 건전한 정신 속에 한마음 되어 삶과 죽음에 흔들리지 않았다. 팔백 리 자욱한 수면은 영웅들의 피눈물이 다하지 못했기 때문이요, 백여덟 영웅의 의로움은 세상에 만연한 퇴폐의 기운을 거두어줄 것이다. 강호에 그 이름 널리 퍼져 천둥이 귀를 뚫고 들어오듯 명성이 자자하니, 상청궁 복마전에서 이들 영웅호걸이 태어난 것은 모든 강물이 바다로 흐르듯 순리였도다.

녹림에서 나와 일편단심 충성을 다함으로써 전각에 숱한 공 아로새겼지만, 벼슬을 받은 사람은 모두 화를 당하고 살아남은 사람은 다시금 세상을 바로잡기 위한 기치를 들어야 했다. 호걸 남아들 움직이니 여전히 당당한 그 기백에 철갑으로 무장한 말들 놀라 울부짖으며 산악을 평지처럼 달리려 하네.

분명 어떤 알 수 없는 힘이 작동해 새로운 국면을 열었기에 당시 그 많은 영웅들이 모일 수 있었으리.

호연옥 등 세 사람은 전각 안에 모신 분들을 한 분씩 우러러보며 예를 올렸다. 그러는 동안 송안평과 서성은 자신들도 모르게 눈물을 흘렸다. 호연옥이 말했다.

"과연 조각이 훌륭하군! 영웅들께서 마치 살아 계신 것 같아! 우리가 여기 온 것은 정말 잘한 일이야!"

호연옥은 은자 닷 냥을 꺼내 운가에게 주면서 다음날 제사를 드릴 테니 공물을 사다 달라고 부탁했다. 조금이라도 효성을 다하고 싶었던 것이다. 그런 다음 그들은 산채가 있던 이곳저곳을 천천히 구경하였다.

"동생, 자네 기억하는가? 어느 해 여름 한 병사가 젓는 배를 타고 화영 숙부의 아들 봉춘이하고 연꽃을 따러 가던 일을? 그때 자네는 물속에 빠져 한참 혼이 났었지."

호연옥의 말에 서성이 대답했다.

"그때 물을 얼마나 많이 마셨는지 몰라요. 벌써 몇 해가 훌쩍 흘렀군요."

강충이 저녁밥을 차려주어 먹고 나서 셋은 건넌방에서 잠을 잤다. 다음날 운가가 돼지고기, 양고기를 비롯한 제물을 사왔다. 제물을 진설하고 세 사람은 제를 올렸다.

제사가 끝나고 난 다음 호연옥이 말했다.

"우리 세 사람은 원래 어버이 대부터 형제였으니 돌아가신 분들 앞에서 생사를 같이하기로 결의하면 어떨까?"

송안평은 크게 기뻐하였다. 나이를 따져 송안평이 맏형이 되고 호연옥이 둘째, 서성이 셋째가 되었다. 향을 피우고 피를 나누어 마시며 형제의 의를 맺었다. 먼저 신들 앞에 경배하고 셋이서 서로 사배를 하니 이로써 세 사람은 성이 다른 혈육이 되었다.

운가가 제물을 손질해 내놓았다. 강충도 함께 음복을 하며 일행 모두 마음껏 마셨다. 강충이 말했다.

"예전에 아직 사당도 짓지 않고 제가 이곳에 오기 전의 일입니다. 듣자니 완소칠 두령이 이곳에 와서 제사를 지내다가 이 일대를 둘러보러 온 장통판을 만나 큰일이 한바탕 벌어졌다고 하더군요."

말이 채 끝나기도 전에 가게 일을 보는 사람 하나가 허겁지겁 달려오는 게 보였다.

"큰일났어요! 지금 저쪽 산 아래 불한당패들이 몰려오고 있습니다! 놈들의 두목은 옛날에 운성현 도두를 지낸 조능의 아들입니다. 다리가 백 개 달린 벌레라는 백족충이 놈의 별명일 만큼 막돼먹은 놈입니다. 금나라군이 쳐들어온 소란스러운 틈을 타서 이놈이 무뢰배들을 규합한 겁니다. 금나라 병사로 가장하고는 마을을 돌아다니며 노략질하고 부녀자를 간음하는 등 무소불위라더군요.

놈이 자신의 아버지와 삼촌이 모두 양산박에서 살해당했다며 그 원수를 갚으려 한다는 겁니다. 이곳의 신상을 허물고 묘소 건물을 자신들의 산채로 사용하겠다나요. 이미 요 앞 큰길까지 왔습니다."

호연옥이 자리에서 일어나며 말했다.

"형님은 여기 있어요. 나하고 동생이 가서 그놈의 모가지를 베어 버리고 올 테니!"

옷을 동여맨 호연옥과 서성은 칼집에서 요도를 꺼내 들고는 성큼성큼 걸음을 옮기기 시작했다. 강충이 붙잡으며 말했다.

"서두르면 안돼요! 먼저 상황을 살펴야지요. 저쪽이 수효가 많아 대적하기 어려울 수 있어요."

"우리 형제는 음마천에서 금나라군과 큰 전투를 벌인 적도 있습니다. 조무래기들 몇 놈쯤이야 아무것도 아니오!"

서성이 이렇게 말하자 강충과 운가도 기다란 죽창을 들고 따라나섰다. 그들은 산채로 올라가는 입구에서 백족충의 무리와 마주쳤다.

놈은 어디서 구했는지 밤색 말에 올라탄 채 손잡이가 긴 도끼를 들고 있었다. 술에 취해 비틀비틀 흔들리는 모습인데 그의 뒤에는 백여 명의 졸개들이 따르고 있었다. 호연옥과 서성이 말 앞으로 뛰쳐나오자 백족충이 두 사람을 보고는 말했다.

"웬 놈들이냐? 너희 둘도 우리 무리에 들고 싶은 거냐?"

호연옥은 아무 대꾸도 하지 않은 채 칼을 들어 놈의 몸통을 내리그었다. 말에서 굴러떨어지는 놈의 모가지를 서성이 베어 버렸다. 이어 선두에 있는 자부터 몇 놈을 차례차례 베어 넘기자 나머지 무리는 걸음아 날 살려라 하고 바람처럼 달아났다. 남은 건 몇 명의 여자들뿐이었다. 여자들은 한데 뭉쳐서 납죽 엎드려 있었다.

"당황하지 마시오. 여러분은 납치되어 왔을 테니 각자의 집으로 돌아가시오."

호연옥이 이렇게 말하는데도 땅바닥에 쓰러져 있던 한 노파는 힘이 없어 제대로 일어나지를 못했다. 노파를 보고 운가는 깜짝 놀랐다.

"왕씨 할머니! 아니 저 백족충이란 놈이 할머니까지 납치해 왔단 말입니까?"

그러면서 손을 뻗어 부축해 일으켜니 할머니가 운가를 보고 말했다.

"이런 어린놈이, 너도 나를 해치려는 거냐!"

그때 옆에 있던 한 여자가 가냘픈 목소리로 말했다. 머리가 풀어지고 초췌한 모습이었지만 바탕은 고운 얼굴이었다.

"저는 어영지휘사 여원길의 딸입니다. 도성이 함락될 때 아버지께서 전사해 어머니와 함께 남쪽으로 피난가던 중 어머니마저 금나라군에 살해당하고 하인들도 모두 도망쳐 버렸는데, 다행히도 이 할머니께서 저를 구해 주셨습니다. 할머니댁에서 지내고 있다가 또다시 저 불한당들한테 붙잡혀 이곳으로 끌려 온 것입니다."

호연옥이 놀라며 말했다.

"세상에, 여소저 아니시오! 아가씨 아버지와 제 아버지는 동료였습니다. 정말 다행입니다. 이 할머니와 함께 우선 저리로 가시지요."

다른 여자들은 집으로 돌려보내고 운가를 시켜 시체를 치우게 했다. 그리고 일동은 사당으로 올라갔다.

이 노파는 원래 차를 팔던 왕씨 할머니였다. 송강에게 염파석을 중매해 주고는 염파석의 샛서방 장문원과 말다툼을 벌일 만큼 성격이 대쪽 같았다. 전쟁이 일어나 찻집을 열지 못하고 시골에 피신해 있었는데, 여소저가 벼슬아치 집안 출신인 것을 알고 자기 집에 머물게 하며 그의 친척이 찾아오기를 기다렸다. 뜻하지 않게 백족충에게 여소저를 빼앗기자 마음이 놓이지 않아 함께 동행했던 것이다.

"왕씨 할머니, 할머니는 평생 사람들 중매를 서지 않았소! 좋은 혼담이 하나 있습니다. 오늘은 제가 할머니 중매를 서지요. 강두목이 부인이 없는데 어떠시오?"

운가의 농담에 노파가 핀잔을 주었다.

"내 나이 일흔세 살이지만 남편을 구하려면 좀 젊은 남자를 찾을란다. 저렇게 늙은 영감은 사양이야."

"나는 평생 홀아비로 지낼 걸세. 저렇게 못생긴 할망구는 필요 없다구."

강충의 말에 모두들 한바탕 웃었다. 호연옥은 왕노파를 여소저와 함께 서쪽 곁채에 머물게 하고 저녁밥도 그리 가져가게 했다. 가엾게도 여소저는 신발이 해지고 버선은 진흙 투성이였다. 그런 속에서도 자신의 부모를 생각하며 눈물을 머금었다. 왕노파가 위로하며 저녁식사를 권했다. 저녁을 먹고 그럭저럭 잠이 들었다.

호연옥 일행 세 사람과 장충, 운가는 술을 마셨다.

"두 분이 이렇게까지 용맹할 줄은 몰랐습니다."

강충은 입에 침이 마르도록 칭찬을 그치지 않았다. 밤이 이슥해져서야 자리를 파했다.

다음날 아침 자리에서 일어난 서성이 말했다.

"동창에서 길이 어긋난 지 벌써 시일이 꽤 흘렀소. 아버님께서 걱정하고 계실 테니 큰형님을 송가촌에 모셔다 드리고 빨리 등운산으로 갑시다. 그런데 여소저를 어떻게 하면 좋겠소?"

"남을 도울 때는 끝까지 돌보라고 하지 않았는가! 이런 산골 마을에서 살 수는 없지. 여소저의 용모가 비범해서 무슨 사단이 생길지도 몰라. 우선 송가촌에 모셨다가 친척이 데리러 오기를 기다리는 게 좋겠네."

호연옥이 이렇게 제안하자 왕노파가 말했다.

"제가 아가씨를 돌보아 드리지요."

"그렇게 해주면 좋지요."

서성은 반가워하며 강충에게 다시 말했다.

"노인장께서는 연세가 많으시니 여기서 향불이 끊이지 않도록 해주시면 좋겠습니다. 이제 패거리는 해산하시지요. 술집도 그만두고 본분을 지키는 게 좋을 것 같습니다. 운가 편으로 은자 오백 냥을 보낼 테니 그것으로 노후를 보내십시오. 예로부터 말하길 물동이는 결국 우물에서 깨진다지 않습니까? 한두 사람만 남겨서 일을 돕게 하면 충분할 것입니다."

강충은 고맙다고 인사하며 당장 패거리들을 불러 여비를 나누어주었다. 그렇게 해서 강충 밑에 있던 사람들은 모두 흩어졌다. 말을 끌고 나오면서 호연옥이 말했다.

"오화총이 가장 온순해 보이는군!"

여소저와 왕노파를 오화총에 태운 뒤 운가가 고삐를 잡고 천천히 걸었다. 송안평은 백족충이 남긴 말을 탔다. 호연옥과 서성도 강충과 이별하고 말에 올라 송가촌으로 향했다. 운가가 길을 안내하니 길을 물을 필요는 없었다.

양산박에서 송가촌까지는 백여 리에 지나지 않았다. 해거름 안에 충분히 도착할 수 있어 세 사람은 말 위에서 한담을 나누며 천천히 걸었다.

"난리가 언제나 끝날지 모르겠군! 나는 요행히 진사 시험에 급제했지만 관리가 될 마음은 터럭만큼도 없네. 시골에 안주해 부모님을 봉양할 생각이네. 독서로 마음을 달래며 천명대로 살아가는 것이지."

송안평이 이렇게 말하자 호연옥이 말을 받았다.

"나는 우선 음마천 부대를 따라가 잠시 몸을 맡길 생각이오. 만약 가능하다면 나라를 위해 작은 공이라도 세우고 싶지만 세상이 허락하지 않으면 어쩔 수 없는 일이지요. 비굴하게 몸을 팔 수는 없으니까! 오늘밤 형님 댁에 가서 하룻밤 묵고 내일 아침에 바로 출발해야겠소. 아버님을 비롯한 일행이 찾고 있을 테니까요."

"오래 붙잡지는 않겠네. 그래도 이삼일 정도는 묵어도 되지 않겠는가!"

이야기를 나누며 가다 보니 어느새 송가촌에 도착하였다. 그런데 송안평은 마을의 모습을 바라보며 비명을 지를 수밖에 없었다.

닭 울음소리 개 짖는 소리 하나 들리지 않는 인적 끊긴 마을에 집이고 나무고 모두 불에 타 빈터만 남았구나

철선자 송청(왼쪽)과 양산박 선박 건조 책임자 맹강.

제29회

불에 탄 송가촌

　호연옥과 서성은 송안평을 집으로 돌려보내고 그곳에 여소저를 맡길 생각으로 천천히 말을 몰아 송가촌으로 향했다. 송안평은 속으로 생각했다.
　'다행히 두 형제를 만난 덕분에 환난에서 벗어났구나. 아버지께 말씀드려 이삼일 묵게 하고 극진히 대접해야지!'
　그런데 뜻밖에도 집이 불에 타서 아무것도 남아 있지 않았다. 부모님은 어디로 갔는지 행방을 알 수 없었다. 비통한 마음으로 이곳저곳 살펴보았지만 종적을 찾을 수 없었다. 호연옥이 위로하며 말했다.
　"화재를 당한 것이니만큼 가족들이 어디로 피신했을 것이오. 너무 걱정하지 마시오. 날이 이미 저물었으니 앞마을에 가서 여장을 풀고 내일 다시 찾아봅시다."
　송가촌을 벗어나 조금 가니 도관이 하나 나타났다. 편액에 '현녀행궁'이라고 쓰여 있었다. 송안평은 이곳의 이름을 환도촌이라

고 불렀다. 이곳은 원래 송안평의 큰아버지 송공명이 꿈에 천서天
書를 받은 곳이었다. 나중에 금의환향한 송공명이 금칠한 상을 새
로 안치하는 등 아주 화려하게 고쳐 지었다. 그리고 도사 몇 명을
초빙해 머물게 하고 전답을 사들여 그곳에서 나는 소출로 필요한
비용을 충당하였다.

송안평이 먼저 말에서 내려 도관 안으로 들어가니 도사가 예를
갖춰 맞아들였다. 뒤이어 말에서 내린 호연옥과 서성은 왕노파로
하여금 여소저를 부축해 빈방에서 쉬게 했다.

"우리 마을에 어쩌다가 화재가 났습니까? 가족들은 어디로 피
신했나요?"

송안평이 묻자 도사가 대답했다.

"사흘 전에 운성현 현령과 단련사가 병사 이삼백 명을 끌고 들
이닥쳤습니다. 송가촌을 에워싸고 약탈을 자행한 다음 모두 불태
워 버렸답니다. 사원외님과 모친께서는 붙잡혀 가셨습니다. 듣자
니 단련사가 댁에 무슨 원한이 있었던 모양이고 지금 감옥에 갇
혀 계시다고 합니다."

송안평은 도사의 말을 듣고 대성통곡하였다.

"형님, 너무 상심하지 마시오. 내일 아침에 현청에 가서 확실히
알아보고 나서 대책을 마련합시다."

호연옥이 송안평을 위로하였다. 도사는 술을 가져와 대접하였
다. 세 사람은 마음이 심란해 잠을 이루지 못하고 유리등 아래서
밤새도록 이야기를 나누었다. 날이 새자 호연옥은 운가를 불렀다.

"이 고을 사람이라 길에 익숙할 테니 현청에 가서 상황을 좀 알

아봐 주게."

 호연옥은 은자 열 냥을 운가에게 주며 요긴한 일에 사용하라고 했다. 운가는 급히 달려나갔다. 호연옥과 서성은 울기만 하는 송안평을 달래며 아침을 먹었다.

 해질 무렵 운가가 돌아와 말했다.

 "그 단련사는 증세웅이라는 자인데 증두시 증장자의 손자이자 증도의 아들이랍니다. 옛날에 송공명께서 증두시를 공격해 증가 일족을 모조리 죽일 때 증세웅만 혼란 속에서 탈출했다는군요. 이놈이 장성한 뒤 금나라군에 투항해 운성현 단련사가 된 것입니다. 신임 현령은 성이 곽씨라는데 동경 출신의 도사로 매우 교활한 자라고 합니다. 그 두 놈이 서로 짜고서 병사들을 데리고 와 송가촌을 붙태우고 사원외님과 부인을 잡아간 것입니다.

 증세웅은 두 분을 바로 살해하려고 했으나 현령이 은자 삼천 냥을 요구하며 감옥에 가두었답니다. 제가 옥문 근처에 가서 이 것저것 알아보다가 마침 아는 사람이 있어서 감옥 안으로 들어갈 수 있었습니다. 돈을 좀 써서 사원외님을 뵙고 아드님의 근황에 대해 자세히 말씀드렸더니 어서 구해 달라고 하시더군요. 남은 은자를 옥졸들에게 주었으니까 옥중에서 크게 힘들지는 않으실 겁니다."

 호연옥이 말했다.

 "등운산에 가서 부대를 끌고 와야겠소. 성을 공격해 무너뜨리는 것 외에는 달리 구할 방도가 없겠습니다. 내가 서성 아우와 둘이서 다녀오겠소. 여소저가 길을 나서는 것은 무리이니 형님도 운가와 함께 여기 계시오. 열흘 정도면 등운산에 다녀올 수 있으니까 너무 심려 마시오. 그리고 운가는 다시 감옥에 가서 조금만 참으시라는 말을 전해 주게."

호연옥은 왕노파에게 여소저를 잘 돌봐달라고 부탁하고 도사에게도 은자 닷 냥을 건네며 단단히 부탁했다. 송안평은 눈물을 흘리며 말했다.

"될 수 있는 대로 빨리 돌아와야 하네. 일이 잘못되면 안되니까."
"물론 그렇게 하리다. 걱정하지 마시오."

호연옥과 서성은 말에 올라 등주를 향해 달렸다. 이십 리쯤 갔을 때 두 사람은 우연히 역참에 앉아 쉬고 있는 대종을 만났다. 호연옥과 서성이 말에서 뛰어내리며 인사를 건네자 대종이 물었다.

"자네들 그동안 도대체 어디에 가 있었던 것인가? 자네들 찾아다니느라고 내가 얼마나 고생한 줄 아는가? 게다가 주동이 가솔을 데리러 갔는데 도무지 소식이 없지 뭔가. 양림하고 같이 알아보러 가는 중인데 양림이 걸음이 느려서 여기서 기다리고 있는 중이네."

호연옥은 동창에서 금나라군의 포로가 되어 횡충영 소년기마대가 된 일부터 시작해 송안평을 구해 달아난 일이며 이가도구 주점에서 짐주를 먹고 정신을 잃었다가 운가의 도움으로 살아나 양산박에 가서 제사를 지낸 이야기, 그리고 원수를 갚는다며 정충묘를 불태우러 온 백족충에게서 여소저를 구출한 일, 송안평을 집에 데려다주고 보니 증세웅이 마을을 불태우고 송청을 붙잡아 감옥에 가두었는데 현령이 은자 삼천 냥을 요구한다는 사실까지 낱낱이 이야기했다. 이야기를 들은 대종이 말했다.

"그렇군. 그날 밤 헤어진 뒤 자네 아버지가 괜찮을 거라고 해서 제주로 진을 옮겼네. 그곳은 선무사 장소가 지키고 있었는데 올출은 장소의 명성을 두려워해 감히 성을 공격하지 못하고 회남으로 우회했다네.

우리가 장선무에게 의지하기로 하자 장선무는 극진한 예의를 갖추어 우리를 맞아주었지. 이십여 일 남짓 성 아래 주둔하는 동안 장선무는 우리에게 관직이 제수될 수 있도록 주청까지 했어. 그런데 강왕이 화의를 주장하는 황잠선과 왕백언의 말을 듣고 이강을 파면해 버린 거야. 게다가 장선무의 임지가 도주로 바뀔 줄 생각이나 했겠는가!

그 바람에 제주부의 우도감이라는 자가 제주를 통째로 금나라에 바쳐 버렸다네. 그래서 지금 아흑마가 제주에 와서 주둔하게 되었지. 두령들은 어찌할 도리가 없어 등운산으로 가기로 했네. 부대가 여기서 하룻길 떨어진 곳에 숙영하고 있으니 그리로 가서 두령들과 송청을 구할 방도를 의논하세.

그건 그렇고 주동이 가족을 데리러 가서 십여 일이 되도록 소식이 없으니 무슨 일인지 모르겠군."

이야기를 나누는 사이에 양림이 도착했다. 그들은 함께 본영으로 갔다. 호연옥과 서성은 두루 인사드리며 그동안 있었던 일을 보고하였다. 호연작은 누구보다 크게 기뻐하였으며 여러 두령들도 하나같이 혀를 내두르며 칭찬하였다.

"송청이 곤경에 처해 있다니 그냥 둘 수 없지. 하지만 그런 시골의 작은 성을 치는 데 군이 대부대를 움직일 필요는 없겠지. 관승, 연청, 번서, 양림, 대종이 이끄는 선봉부대를 보내기로 하겠네. 우리는 곧장 등운산으로 갈 테니 그곳에서 만나세."

이응이 이렇게 말하자 호연작이 앞으로 나섰다.

"집사람을 문환장한테 부탁했기 때문에 지금 여녕에 와 있을 것이오. 이참에 두 아이와 함께 여녕으로 가서 집사람을 데려오고 싶소이다."

아버지의 말을 듣고 있던 호연옥이 말했다.

"저는 송안평과 형제의 의를 맺었으니 송안평 형님한테 가보아야 합니다. 만약 이대로 여녕으로 간다면 신의를 어기는 것입니다. 아버님은 등운산으로 가십시오. 저와 동생이 송청을 구한 다음 어머니를 모시러 가겠습니다."

"알겠다. 모름지기 우의는 철석같이 지켜야 하는 법이다."

호연작은 여러 두령들과 함께 등운산으로 향했다. 관승은 군사를 이끌고 동계촌까지 왔다. 이곳에서 운성현까지는 불과 이십 리 거리였다.

"우선 여기서 부대를 멈추기로 하지요. 운성은 군사의 수효도 적고 방비도 허술하니 밤에 기습하면 간단히 점령할 수 있을 겁니다."

그들은 연청의 말대로 양산박 초기 지도자였던 조개의 옛 집터에 머물며 밥을 지어 먹었다. 군대는 자정 무렵에 현성 아래 도착했다. 전쟁을 피해 성밖 주민이 모두 뿔뿔이 흩어진 까닭에 사람이 사는 집은 하나도 없었다. 연청은 부하들을 시켜 허물어진 집터의 들보와 기둥 등을 가져다 네댓 개의 사다리를 만들었다. 사다리를 성벽에 기대 세우고 군사들이 줄지어 기어올랐다. 양림과 번서가 성벽 위에 올라가 보니 지키는 병사가 한 사람도 없었다. 성문 옆으로 내려가 보았다. 병사 몇 명이 눈에 띄었지만 모두들 잠에 취해 있었다. 양림과 번서는 그들 중의 몇 명을 베어 죽이고 성문을 열었다.

관승을 비롯한 군사들이 우르르 진입해 그대로 현청으로 달려갔다. 양림, 호연옥, 서성은 송청을 구하기 위해 감옥으로 가고 번서와 연청은 내아로 뛰어들었다.

이곳 현령은 다름아닌 곽경이었다. 곽경은 육갑법으로 신병神兵을 부린다고 사기치고는 동경이 함락되자마자 곧바로 금나라에 투항해 올출의 대군을 따라 남쪽으로 왔다. 우도감이 제주부를 금나라에 바치며 투항하자 제주부 관하의 여러 현에 금나라에서 임명한 관리가 파견되어 일을 처리하게 되었다. 곽경은 운성현 현령에 임명되었다. 부임한 지 보름도 안돼 그는 벌써 인민의 피를 빨 생각에 골몰하고 있었다.

곽경이 침대에 누워 잠을 자고 있는데 잠결에 횃불이 새빨갛게 주위를 물들이는가 싶더니 한 무리의 사람들이 몰려오는 게 느껴졌다. 허둥지둥 일어나 옷을 꿰어 입는데 번서가 방안으로 뛰어들었다. 번서가 횃불을 곽경의 얼굴에 비추며 소리쳤다.

"바로 이 도둑놈이었구나!"

번서는 부하들에게 지시했다.

"밧줄로 묶어라! 천천히 문초해야겠다!"

곽경은 현청으로 끌려 나갔다. 군사들은 금은이며 값나가는 물건을 모조리 압수하였다. 곽경에겐 아내가 없고 함께 남색을 즐기던 젊은이가 둘 있었다. 이들은 죽음을 면치 못하였다.

양림, 호연옥, 서성은 감옥문을 부순 뒤 감옥 책임자와 옥졸들을 몰살하고 죄인들을 풀어주었다. 그런데 송청 부부의 모습이 보이지 않았다. 그들은 현청으로 달려가 관승에게 말했다.

"감옥 안에 송청이 없습니다!"

"현령 놈에게 물어보면 알 수 있겠지!"

연청의 말이 끝나기 무섭게 관승이 곽경에게 호통쳤다.

"송청은 어디 있느냐?"

"송청은 증세웅과 원수 사이라서 감옥에 갇혔는데 어제 제주의 아흑마 군영에서 문서가 왔습니다. 횡충영 명부에 있던 송안평이라는 자가 운성현 사람으로 아버지 이름이 송청이라는 것입니다. 얼마 전 장룡, 장호와 함께 송안평이 도주했으니 운성현에서 소재를 파악해 신병을 인도하라는 지시였습니다. 송청을 심문해 보니 송안평은 그의 아들이 확실했습니다. 그래서 증세웅에게 송청을 제주로 보내라고 했습니다."

곽경의 대답을 들은 연청이 말했다.

"이미 제주로 압송되었다면 환도촌에 가서 송안평에게 알린 다음에 방안을 논의합시다."

그들은 곽경을 데리고 환도촌으로 향했다. 송안평은 이제나저

제나 하며 애타게 기다리고 있었다. 문득 사람 소리와 말이 울부짖는 소리가 들리자 그는 급한 걸음으로 뛰어나왔다. 호연옥이 먼저 말을 달려 도착하는 것을 보고 몹시 기뻐하며 말했다.

"동생, 정말 빨리 갔다 오는군그래!"

호연옥이 말에서 내리며 말했다.

"지금 백부님, 숙부님들도 함께 오고 있소."

관승은 부대를 마을 밖에 머물게 하고 연청 등과 함께 현녀행궁으로 왔다. 송안평은 앞으로 나서며 한 사람 한 사람에게 예를 갖추어 인사를 올렸다. 관승이 말했다.

"운성현은 우리가 이미 점령해서 현령도 잡아 데려왔네. 다만 자네 부모님은 증세웅이 어제 제주로 호송해 갔다고 하는군. 그건 자네가 금나라 군영에서 장룡, 장호와 함께 탈영했기 때문이라는데 명부를 살펴보니 자네가 운성현 사람이고 아버지 이름이 송청이라는 게야. 그래서 제주로 호송해 심문한다는데 그 장룡과 장호는 누구인가?"

옆에서 듣고 있던 서성이 웃으며 말했다.

"그 두 사람은 천리 멀리 있는 게 아니라 바로 눈앞에 있습니다. 저랑 형님이 그 사람들입니다."

송안평은 처음에 병마가 도착하는 것을 보고 매우 기뻤다. 하지만 부모님이 다시 제주로 압송되었다는 소식에 눈물만 흘릴 뿐 한마디 말도 하지 못했다.

"너무 걱정하지 말게. 못해 낼 일이 뭐가 있겠는가! 먼저 대원장님과 양림, 운가는 제주에 가서 그곳 사정을 살펴주시죠. 제주는 큰 도시라서 시골의 작은 현성과는 다른데다 아흑마의 대병이 지키고 있으니 쉽게 공략할 수 없습니다. 어떻게든 계략을 써서 구해 내야 합니다."

연청의 말에 따라 대종, 양림, 운가는 몸을 일으켜 먼저 제주로 떠났다.
길을 가면서 양림이 말했다.
"주동 형님의 소식도 알아봐야 하는데 집이 어딘지 모르겠군."
"예전에 현에서 도두를 지낸 분 말씀입니까?"
운가의 물음에 양림이 대답했다.
"맞네."
"그렇다면 우리가 가는 길에 그 마을 입구를 지나갑니다. 금향촌이라고 오 리쯤 가면 바로 나옵니다."
"신행법을 좀 풀고 금향촌에 들러 물어보세."
대종이 말했다. 오 리를 채 가지 않았는데 작은 정자 하나가 눈에 띄었다.
"이쪽으로 들어가면 됩니다."
운가가 길을 안내했다. 세 사람이 마을로 들어서니 한 아이가 소 잔등에 올라탄 채 소에게 풀을 먹이고 있었다.
"주도두의 집이 어딘지 아느냐?"
운가가 물으니 목동이 손으로 가리키며 말했다.
"저쪽 모롱이를 돌아가면 큰 대나무숲이 나오는데 바로 그 옆에 있는 집입니다. 그분은 지금 집에 안 계십니다. 이삼 년간 벼슬

살이를 하고 돌아왔는데 또 어디론가 가버렸지요."

세 사람이 대나무숲 가까이 다가가니 그 집의 두 쪽 대문은 굳게 닫혀 있었다. 두세 번 문을 두드리자 계집아이 하나가 밖으로 나와 무슨 일이냐고 물었다. 세 사람은 초가집 안으로 들어서며 말했다.

"우리는 도통제님을 찾아왔소. 아주 친한 형제지간이오."

주동의 부인이 그 말을 듣고 대문을 가린 벽 뒤에까지 나와 계집종에게 물었다.

"누구시라더냐?"

"대종과 양림입니다."

양림이 안에 대고 이름을 얘기하자 주동의 부인이 얼굴을 보이며 인사했다.

"형제들이 등운산으로 가게 되어 주형께서 부인을 모시러 갔는데 여러 날이 지나도록 돌아오지 않아 찾아온 겁니다."

대종의 설명을 들은 부인이 말했다.

"두 분께서 먼길 오시느라고 수고하셨습니다. 바깥양반은 집에 왔다가 바로 제주로 갔습니다. 내내 우리하고 같이 지내던 노횡 아주버니의 모친을 제주에 사는 조카가 억지다짐으로 모셔갔는데 듣자니 그다지 좋은 대접을 받지 못하고 있는 모양입니다. 옛 정의를 생각해 그대로 버려둘 수 없다며 바깥양반이 제주로 찾아간 것입니다.

그런데 여태 돌아오지 않아서 걱정하고 있던 참입니다. 집에 계집종과 어린 머슴애 하나뿐이라서 찾으러 가지도 못하고 있습니다. 그나저나 멀리 오셨으니 진지를 좀 드시지요."

"저희도 마침 제주에 가는 길이니 가서 찾아보겠습니다. 조카 이름이 어떻게 되고 사는 곳은 어딘가요?"

대종이 묻자 부인이 대답했다.

"저는 단지 입비뚤이라는 뜻의 전왜취라고 불린다는 얘기만 들었을 뿐 이름은 모릅니다. 부청 앞 영풍항에 산다고 하더군요."

심부름하는 머슴애가 밥상을 내왔다.

"바깥양반을 만나거든 한시라도 빨리 돌아오라고 말씀해 주십시오."

부인의 말에 대종이 답했다.

"물론입니다."

부인은 안으로 들어갔다. 식사를 마친 세 사람은 감사의 인사를 하고는 바로 일어섰다. 알고 보니 주동이 제주에 간 또 다른 이유가 있었다. 주동은 의협심이 몹시 강했다. 뇌횡과 함께 도두를 지냈는데 뇌횡이 도량이 좁은데다 살림살이가 어려운 것을 보고는 늘 그를 도와주었다.

뇌횡이 백수영을 죽였을 때 주동이 뇌횡을 제주로 호송하게 되었다. 주동은 호송길에 뇌횡을 풀어주어 그 길로 뇌횡이 자신의 모친을 모시고 양산박으로 가게 하였다. 그래서 자신이 죄를 뒤집어쓴 것이야말로 첫 번째로 꼽을 만한 미덕이었다. 요즘 세상 사람들은 부모형제라도 이 같은 일을 저지르면 차갑게 돌아서 비난할 만큼 계산적이다.

뇌횡이 방랍을 정벌하다 전사했을 때 모든 상금은 뇌횡의 모친이 받았다. 하지만 뇌횡의 모친을 부양할 사람이 없었다. 주동이 자기집에 모셔다가 함께 지내니 주동의 부인은 뇌횡의 모친을 마치 시어머니처럼 유순히 모셨다. 나중에 주동이 보정부 도통제를 맡게 되었을 때 임지로 가는 길이 멀어서 가족을 데려가지 않고 단신 부임하였다.

뇌횡의 모친에게는 전왜취라는 별명의 조카가 있었는데 양심이라곤 없는 인간이었다. 그가 고모에게 재산이 좀 있는 것을 알고는 고모를 속여 자신의 집으로 데려가려고 했다. 처음에 노파는 따라가지 않으려 했지만 전왜취는 감언이설로 노파를 구워삶고 효성을 다해 모실 듯한 모습을 보였다. 주동 부인도 노파의 친정 조카라기에 마냥 붙잡을 수는 없었다. 결국 노파는 조카의 집으로 가게 되었다.

전왜취는 천벌 따위는 두려워하지 않았다. 다만 그가 무서워하는 것은 자신의 아내 무씨였다. 마누라 얼굴만 봐도 뼈마디가 저려 꼼짝도 하지 못했다. 무씨는 몹시 사납고 방자한 여자여서 남편을 제치고 제멋대로 하기 일쑤였다. 전왜취도 자신의 마누라는 도저히 어쩌지 못했다. 이들 부부가 서로 담합해 주동의 모친을 자기들 집으로 데려갔는데 처음엔 그래도 괜찮았다. 하지만 노파의 수중에 있는 재산을 다 우려낸 다음에는 얼굴색을 바꾸어 구박하고 욕을 퍼붓기 일쑤였다. 밥을 짓게 한다든지 아이를 보게 한다든지 온갖 힘든 일을 다 시켰다. 그래도 노파는 불평 한마디 할 수 없었다. 때로 아는 사람이라도 오면 거슬린다며 눈에 쌍심지를 돋우는 등 종일토록 시비를 걸었다.

집으로 돌아온 주동은 뇌횡의 모친에 대해 물었다.
"조카가 모셔갔는데 듣자니 구박이 심한가 봐요."
부인의 말을 들은 주동은 마음이 편치 않았다.
"나는 보정부에서 금나라군에게 쫓겨 위험한 상황에 빠졌다가 다행히 호연작 형님의 도움으로 살아났소. 지금 산동과 하남이 모두 금나라 손아귀에 들어가 버려 여기 있을 수는 없소. 형제들이 함께 등운산으로 가기로 했으니 떠날 준비를 하시오. 제주에 가서 뇌횡의 모친을 모시고 올 테니 함께 갑시다. 나와 뇌횡은 반평생을 사귄 사이인만큼 그의 모친은 우리 어머니나 마찬가지요. 전왜취가 좋은 사람이 아니니 그 집에 있다가는 결과가 좋지 않을 게 뻔하지 않소. 내 얼른 다녀오리다."
주동이 제주에 도착하자 전왜취는 몹시 기쁜 듯한 표정으로 말했다.
"통제께서 무사히 돌아온 것을 축하합니다. 제가 찾아뵈어야 하는데 도리어 이렇게 왕림해 주시니 정말 감사합니다."
"아주머니께서 여기 계시다고 해서 찾아뵈었소."
뇌횡의 모친은 주동이 찾아온 것을 보고 몹시 기뻐하며 밖으로 나와 인사를 나누었다. 하지만 전왜취가 옆에 있으므로 하고 싶은 말을 제대로 할 수 없었다.
"이곳이 불편하실 테니 원래대로 우리집으로 가시지요."
주동이 이렇게 이야기를 꺼내자 전왜취가 말했다.
"제 고모님이신데요. 통제님께 폐를 끼칠 수야 있나요."
전왜취는 아내에게 술과 안주를 내오게 했다.

"나는 나가서 과일을 좀 사오겠소."

문간을 나선 전왜취는 생각에 잠겼다.

'올출 사태자가 고시하기를 송나라의 관원 출신으로 숨어 있는 자를 발견해 신고한 자에게는 관에서 은자 천 관을 상으로 준다고 했지. 주동은 보정부 도통제였으니 가서 신고하면 은자 천 관을 상으로 받을 수 있단 말이야. 어찌 눈앞의 횡재를 놓칠쏘냐.'

그는 급히 아흑마가 있는 곳으로 달려가 신고했다.

"보정부 도통제로 원래 양산박에 있다가 초안을 받은 사람이 지금 우리집에 와 있습니다. 연루될까봐 달려와 신고하는 것입니다."

곧 전왜취를 앞세운 아흑마의 군사들이 주동을 잡으러 출동했다. 주동이 노횡의 모친과 이야기를 나누고 있는데 한 무리의 군사들이 몰려들어 주동을 쇠사슬로 묶었다. 주동은 무슨 일인지 영문을 몰라 항거할 수도 없었다. 제주부청으로 끌려온 주동을 향해 아흑마가 큰 소리로 심문했다.

"너는 보정부 관리인데 왜 집에 숨어 있느냐?"

"제가 보정부 도통제인 건 맞습니다만 어제 막 집에 도착했을 뿐입니다."

주동의 대답을 들은 아흑마가 말했다.

"어제 귀가한 것이라면 일단 마구간에 가 있도록 해라. 너의 임명서를 받아 확인해 본 후에 조치를 취하겠다."

군사들이 주동을 에워싼 채 마구간으로 데려갔다. 가서 보니 약을 조제하고 있는 한 남자가 눈에 띄었다. 다름아닌 자염백 황보단이었다. 황보단은 주동을 보니 깜짝 놀라며 물었다.

"아니, 형님이 여긴 다 웬일이오?"

"무슨 일인지 도무지 모르겠네. 어제 집에 가서 보니 뇌횡의 모친께서 조카 전왜취의 집에 계시다고 해서 찾아갔었지. 전왜취가 신고해서 아흑마가 나를 이곳에 감금했는데 무슨 영문인지는 모르겠네."

"걱정할 것 없소. 올출 사태자의 포고 때문이오. '모든 송나라 관원은 임명서를 반납할 것이며 차후 재능을 감안해 발탁 임용할 것이다. 만약 숨어서 나오지 않는 자는 군법에 따라 처단하고, 신고한 자에게는 은자 천 관을 상으로 준다.' 틀림없이 그 포고 때문일 거요."

"그런데 자네는 여기서 무얼 하고 있는 것인가?"

"동경이 함락될 때 금나라군에 붙잡혔답니다. 내가 말의 병을 잘 고친다는 것을 알고는 놓아주지 않아 올출의 본영에 와 있게 되었지요. 그러다가 이곳에 있는 말 몇 마리가 콧물을 흘린다고 해서 이쪽으로 불려온 겁니다.

한 가지 들려줄 이야기가 있소이다. 송공명의 말이었던 조야옥 사자와 호연작이 황제에게 하사받은 척설오추마를 옛날에 요나라를 정벌할 때 누가 훔쳐서 동관에게 바쳤는데 그것이 어찌된 일인지 금나라군의 손에 들어갔거든요. 그런데 송청의 아들 송안평이 금나라군 군영에 포로로 잡혀 있다가 장룡, 장호라든가 하는 자와 함께 그 두 마리 말과 오화충이라는 말까지 훔쳐 달아났답니다.

지금 송청 부부를 잡아다가 송안평과 장룡, 장호 그리고 그 세 마리 말이 어디 있는지 자백하게 하려는 중이오. 송청 부부는 어제 호송되어 와서 저 안쪽에 갇혀 있으니 가서 만나보시구려."

　주동과 황보단은 마구간 한쪽에 자리한 작은 집으로 갔다. 그곳은 황보단의 거처였다. 송청 부부는 수심 가득한 얼굴로 앉아 있었다. 주동이 인사를 건네자 송청은 한숨을 쉬며 말했다.

　"황보선생을 만난 덕분에 이곳에서 지낼 수 있게 되었소. 만약 지저분한 바깥에서 기거해야 했다면 생각만 해도 끔찍합니다."

　주동은 곁에 아무도 없는 것을 보고 일전에 음마천에 가서 옛 형제들을 만났는데 지금 모두 등운산으로 가고 있다는 소식을 들려주었다. 그래서 뇌횡의 모친이 걱정되어 모시러 왔다가 나쁜 놈의 마수에 걸려들어 여기 오게 되었다고 말했다.

　"금나라 놈들한테는 돈만 있으면 다 해결됩니다. 내게 줄을 댈 수 있는 방법이 있소이다. 아흑마의 부인은 알리불의 딸이거든요. 그 권세가 대단해서 아흑마도 부인에게는 꼼짝하지 못하고 부인의 말이라면 뭐든지 다 들어준답니다. 여기 마구간의 책임자가 바로 아흑마의 부인이 시집올 때 데려온 사람이라서 그 부인에게 줄을 댈 수 있어요. 돈을 뿌리면 두 분 다 별일 없을 겁니다."

　황보단의 말을 들은 주동이 난감해 하며 말했다.

　"나는 임지에 있다가 금나라군에 쫓겨 맨몸으로 도망쳤을 뿐 아니라 집에도 달리 저축해 둔 돈이 없네. 결국 형제들에게 빌려야 할 터인데 알릴 방법이 있을까?"

　"내가 마구간 책임자에게 누가 찾아오면 막지 말아달라고 조심스레 말해 둘 테니까 연락을 취하는 것은 문제없을 것이오. 날마다 식사는 내가 책임지겠소. 아무쪼록 걱정하지 마시오."

주동과 송청은 마음을 편히 먹고 기다리기로 했다.

대종, 양림, 운가는 제주에 도착하자 먼저 전왜취의 집으로 가서 주동을 찾았다. 밖에서 부르니까 커튼 뒤에서 노파가 나오며 물었다.

"누구를 찾으시오?"

"주통제께서 이 집에 계시죠? 전할 말이 있어서 찾아왔습니다."

양림의 물음에 노파가 대답했다.

"금나라 병사들한테 끌려갔다오."

대종이 물었다.

"무슨 일로 그랬나요?"

노파는 머리를 돌려 안쪽의 동정을 살피며 두 눈에서 연신 눈물만 흘릴 뿐 더 이상 말을 잇지 못했다. 커튼 뒤에서 한 여자가 몸을 반쯤 드러내며 큰 소리로 소리치는 것이 보였다. 젊은 여자는 얼굴에 덕지덕지 분가루를 바르고 있었다.

"우리집에 주통제 같은 사람은 없어요. 이놈의 늙은이가 정말 성가시게 하는군. 빨리 돌아가라고 해!"

더 이상 말을 나눌 상대가 아니었다. 대종은 양림, 운가와 함께 몸을 돌려 밖으로 나오며 말했다.

"할머니는 눈물을 흘리고 젊은 여자는 말투가 사나우니 무슨 일인지 모르겠군."

세 사람은 이곳저곳 수소문하며 돌아다녔지만 아무런 소득이 없었다. 술이라도 한잔 마시려고 술집을 찾는데 황보단이 앞에 걸어가는 것이 보였다. 그의 뒤에는 시동 하나가 약재 구력을 멘 채 따르고 있었다.

"이보게, 황보단!"

대종이 큰 소리로 부르자 황보단이 뒤를 돌아보았다. 대종과 양림을 본 황보단은 기쁜 얼굴로 말했다.

"마침 딱 필요할 때에 오셨군."

그는 대종의 손을 잡고 마구간으로 들어가며 말했다.

"여러분이 꼭 만나야 할 사람이 있소."

안쪽에 위치한 작은 집으로 들어가니 주동과 송청이 앉아 있었다. 인사를 나누고 나서 대종이 말했다.

"형제들이 걱정된다며 사정을 알아보라고 나를 보낸 거네."

주동은 운가를 보며 물었다.

"자네는 어쩐 일로 함께 왔는가?"

"사원외님의 아드님이 다녀오라고 해서요."

운가는 송청을 향해 목소리를 낮추며 다시 말했다.

"전날 밤에 운성현 현청을 공격했는데 사원외님의 모습이 보이지 않았습니다. 제주로 호송되었다고 들었는데 여기 계신 줄은 몰랐습니다."

주동은 뇌횡의 모친이 걱정스러워 모시러 갔다가 전왜취가 신고하는 바람에 잡혀왔다고 말했다.

"그 할머니가 뇌횡 형님의 모친이었군. 눈물을 흘리는 것도 무리가 아니었소이다. 그 교만한 여자는 음탕하기도 해서 괜스레 심기를 건드리더군요."

양림의 말을 듣고 난 주동이 말했다.

"그 여자가 전왜취 마누라일세. 그 막돼먹은 여자가 뇌횡의 모친을 학대한다고 해서 참지 못하고 찾아갔다가 이런 재난을 당할 줄 누가 알았겠는가!"

이때 황보단이 나서며 말했다.

"마구간 책임자에게 말했더니 아흑마의 부인과 은밀히 이야기를 나누었더군요. 주동 형님한테는 은자 이천 냥을 요구하고, 송원외는 은자 천오백 냥을 말값으로 내면 석방해 주겠답니다. 그 사실을 알릴 사람이 없어서 걱정하고 있었는데 마침 대원장님과 양형이 와준 것이오."

"은자를 원한다면 마련해야지."

양림의 대수롭지 않다는 반응에 황보단이 말했다.

"아흑마는 전함을 만들러 떠나라는 올출의 명령을 받았다고 하오. 내일 출발한다니 빨리 서두르는 게 좋겠소."

"적어도 왕복 닷새는 걸릴 텐데."

대종이 걱정하자 황보단이 말했다.

"그럼 다시 이야기해서 기일을 넉넉히 잡겠소."

밖으로 나간 황보단은 한참 시간이 지나 돌아왔다.

"기한을 여드레로 정했소. 은자는 아흑마의 부인이 챙길 것이며 두 분은 우도감에게 넘겨 석방한답니다. 마구간 책임자에 대한 사례비 등으로 백 냥이 더 필요한데 소소한 비용이 들 수밖에 없습니다. 먼저 증세웅이가 사원외님의 부인을 고향으로 모셔다 드릴 텐데 내일 출발할 겁니다. 부인께서 이곳에 계시면 불편할 것이기 때문에 내가 특별히 부탁을 했습니다."

주동과 송청이 감사의 인사를 했다.

"형제들의 도움 덕분에 궁지에서 벗어날 수 있게 되었소."

"그렇다면 나는 운가와 함께 먼저 출발하겠네. 양림 자네는 이곳에 남아서 뒤를 돌봐주게."

대종이 자리에서 일어나자 주동이 말했다.

"정말 고맙소. 그런데 원장님 부탁이 있소이다. 먼저 우리집에 들러 제 아내한테 안부를 좀 전해 주시오."

"알겠소. 우리가 올 때도 이미 부인을 만나고 왔소."

대종은 이렇게 대답하고 운가와 함께 제주성을 나섰다. 성을 나선 그들은 신행법을 써서 반나절도 안되어 주동의 집에 도착하였다. 주동 부인에게 주동의 소식을 전하고는 곧바로 환도촌으로 갔다.

관승과 연청이 제주 소식을 물었다. 대종은 주동이 뇌횡 모친의 조카 집을 찾아갔다가 그 전왜취가 고소하는 바람에 마구간에 갇히게 되고, 거기서 우연히 황보단을 만나 황보단 덕분에 그곳에 있던 송청도 만나게 되었다는 사실을 전했다.

그리고 아흑마의 부인에게 은밀히 줄을 대어 그들이 요구하는 삼천오백 냥을 여드레 안에 갖다주면 석방하기로 했는데, 만약을 위해 양림을 남겨두었다는 말과 아흑마가 내일 전함 건조를 위해 떠나고, 증세웅이 송청의 부인을 이리로 호송해 와 은자를 일부 받아가기로 했다는 사실까지 세세히 설명했다.

"곽경한테서 빼앗은 돈이 이천 냥이 채 되지 않으니 아직 절반이 모자라는군. 대원장이 등운산에 다녀와야 액수를 맞출 수 있겠는걸. 여드레 안에 다녀올 수 있겠소?"

관승이 걱정하자 연청이 빙그레 웃으며 말했다.

"아흑마가 제주를 떠나고 증세웅이 먼저 송청 부인을 호송해 온다면 돈은 한푼도 쓰지 않아도 됩니다. 내게 한 가지 좋은 계략이 있소이다. 주동과 송청 두 분이 무사히 이곳으로 돌아오고 원수도 갚을 수 있습니다."

계략이 성공하면 달 속의 옥토끼를 잡을 수 있고
지략이 성공하면 태양 속 삼족오를 잡을 수 있느니

제30회
금오도를 찾아 떠나다

　대종이 돌아와 말하길 주동과 송청은 은자 삼천오백 냥이 있어야 석방된다고 했다. 증세웅이 먼저 송청의 부인을 호송해 올 텐데 그때 은자를 일부 내주어야 하며, 아흑마는 전선을 건조하러 떠난다는 말도 전했다.
　그러자 연청은 증세웅이 온다면 은자가 필요없으며 자신의 계략대로 하면 주동과 송청은 무사히 돌아올 수 있다고 자신했다. 연청은 관승에게 마을 밖에 주둔하고 있는 군사들을 사방에 매복시키도록 요청했다.
　다음날 오후가 되니 과연 증세웅이 쉰 명의 군사를 거느리고 현녀행궁으로 들어섰다. 군사들은 모두 금나라군 복장이었다. 관승 등은 몸을 숨기고 송안평을 비롯한 몇 사람만 도관 안에 머물고 있었다. 증세웅이 송안평을 보고 말했다.
　"네가 송안평이냐? 아흑마 원수께서는 장룡과 장호 그리고 천리마 세 필이 어디 있는지 너에게 책임을 묻고 계시다."

"장룡, 장호, 말은 물론 은자까지 모두 이곳에 있으니 곧 대령하겠소이다. 은자는 어머니를 뵈면 바로 드리겠소."

증세웅은 송청 부인을 안으로 데려오게 했다. 송안평은 어머니를 보자마자 끌어안고 펑펑 울었다. 증세웅이 은자를 독촉했다.

송안평은 눈물을 거두고 은자를 가져오라고 했다. 번서, 연청, 호연옥, 서성 네 사람이 은자를 가져와 탁자 위에 놓았다. 증세웅이 은자를 보며 말했다.

"은자가 부족하지 않느냐!"

"이게 이천 냥이니까 천오백 냥이 모자라오."

송안평은 호연옥과 서성을 가리키며 이어서 말했다.

"이 두 사람이 장룡과 장호인데 부족분은 이들이 낼 것이오."

그러자 호연옥이 말했다.

"은자는 곧 마련하겠소. 그 전에 데려올 사람이 하나 있소. 잠시 기다려주시오. 어서 곽현령을 데려오시오."

안에서 두 사람이 곽경을 데리고 나왔다.

"아니 현령께서 여긴 웬일이시오?"

증세웅이 놀라 물었다. 곽경은 아무런 대답도 하지 못했다. 그때 사당 밖에서 한 방의 포성이 울렸다. 동시에 관승이 군사들을 이끌고 들어와 증세웅 일행을 에워쌌다.

호연옥과 서성은 지체없이 증세웅을 붙잡아 군사들로 하여금 밧줄로 묶게 했다. 번서와 연청은 곽경도 포박하라고 했다.

"증세웅을 따라온 군사들은 이 일에 관계없는 사람들이다. 동쪽 사랑채에 모두 가두고 문에 자물쇠를 채워라."

연청이 군사들에게 지시하였다. 관승은 도부수를 불러 증세웅을 꿇어앉힌 다음 큰 소리로 꾸짖었다.

"네놈 집안은 아주 못된 종자들이다! 네놈이 살아남아서 또 이렇게 사람들을 해치는구나!"

"제발 목숨만은 살려주십시오. 제가 가서 주동과 송청을 방면하겠습니다."

증세웅이 애걸하자 관승이 말했다.

"그들은 제발로 돌아올 것이다. 네놈의 손을 빌릴 필요도 없다!"

이번에는 번서가 곽경을 꾸짖었다.

"곽경! 네놈은 호욕채에서 요술로 조양사를 속여먹은 놈이다. 재능있는 사람을 질투하는 소인배 주제에 나와 승부를 벌이다가 법력이 뒤져 망신당해 놓고는 다시 동관을 부추겨 공손승을 잡겠다고 이선산으로 군대를 보냈지. 하지만 당시 공손승은 산중에서 수양중이었기에 호욕채 사건과는 아무 상관도 없는 분이다. 너와 겨룬 사람은 공손승이 아니라 나 혼세마왕 번서였다! 오늘은 내 얼굴을 똑똑히 기억해 두거라!

이건 개인적인 원한이니 그렇다 치고 네놈은 법력도 모자란 놈이 육갑신병을 쓴다고 흠종 황제를 속였다. 동경이 함락되어 두 분 황제는 몽진하고 만민은 도탄에 빠졌으니 네놈은 모두의 공적인 원수다! 그러고서도 뻔뻔스레 금나라에 귀순해 운성현 현령이 되었다.

송청을 잡아가서는 은자 삼천 냥을 내라고! 부임한 지 며칠 되지도 않은 놈이 얼마나 많은 백성들에게 해를 끼치려 하느냐! 저

탁자 위의 은자는 바로 네놈의 집에서 가져온 부정한 재물이다. 오늘은 내가 네놈의 황천길 뒤치다꺼리를 해주마!"

말을 마친 번서는 곽경을 사당 문밖으로 데리고 나갔다. 서성과 호연옥 또한 증세웅을 문밖으로 끌어냈다. 끌려나간 두 놈은 모가지가 뎅강 잘리고 말았다. 연청이 일동을 돌아보며 말했다.

"두 악당놈은 이걸로 정리되었소. 이제 대원장께서 먼저 가서 송청과 주동에게 탈출 준비를 하게 하시죠. 관승 형님은 군사 오백을 거느리고 제주 성밖에 매복해 있다가 추격병이 따라오거든 막아주시오."

대종이 먼저 떠나고 관승 또한 군사를 이끌고 출발했다. 연청은 동쪽 사랑채로 가서 금나라 병사들에게 말했다.

"너희들의 옷과 모자를 모두 벗거라. 내가 잠깐 빌려 써야 되겠다. 대신 내일 풀어주겠다."

그러면서 그들에게 술과 음식을 갖다주었다. 금나라 병사들은 부득이 옷을 벗지 않을 수 없었다. 연청은 부하 쉰 명을 뽑아 금나라 병사들의 옷과 모자를 착용시켰다. 번서는 증세웅으로 분장하였다.

운가에게는 남은 군사들과 함께 갇혀 있는 금나라 군사를 한 명도 달아나지 못하게 지키라고 지시하였다. 연청은 호연옥, 서성을 비롯한 일행등과 함께 제주로 향했다.

날이 저물어 곧 성문이 닫히려 했다. 제주성에 도착한 일행은 성문지기에게 말했다.

"증세웅 단련사가 아흑마 원수의 명으로 환도촌에 가서 은자를 받아 돌아오는 중이네."

성문지기는 이들이 모두 금나라 관병인 줄 생각했다. 태연히 성문을 통과한 일행은 곧바로 마구간으로 갔다. 대종을 통해 이미 소식을 전해 들은 주동과 송청은 이들을 애타게 기다리고 있었다.

다만 황보단은 자세한 사정을 모르고 있었다. 깜짝 놀란 황보단은 연청 일행을 보고 무슨 말을 하려 했다. 이때 번서가 냅다 잡아끄는 바람에 그 역시 주동, 송청과 함께 밖으로 나왔다.

마구간 책임자가 앞을 막아서자 서성이 주먹을 날렸다. 그는 앞니 두 개가 부러지며 입안이 피투성이가 된 채 옆으로 쓰러졌다. 일행이 모두 큰길로 나왔을 때 주동이 말했다.

"자네들 먼저 가게. 나는 뇌횡 모친을 모시고 가겠네. 전왜취란 놈도 손봐주어야지. 도저히 화를 가라앉힐 수가 없네!"

주동은 영풍항으로 달려갔다. 양림이 그 뒤를 따라갔다. 전왜취의 집에 도착해서 보니 전왜취는 자신의 마누라 무씨와 술을 마시며 떠들어대고 있었다.

"주동은 이미 마구간에 갇힌 몸이고 말이야. 오늘 포상금을 받으러 갔더니 공교롭게도 아흑마 원수가 군함을 만들러 가서 열흘 정도 지나야 돌아온다는군. 급히 돈을 쓸데가 있는데."

"포상금을 받거든 난 옷을 두 벌 해 입을 거야. 대비사에 가서 치성도 드리고. 그나저나 저 할망구 밥이나 축내는 걸 어떡한담. 차라리 내쫓아 버리는 게 어때? 거리에서 구걸이라도 하겠지 뭐."

그 말을 듣고 화가 머리끝까지 치민 주동은 왈칵 문을 열어젖혔다.

미염공 주동. 왼쪽은 방랍과의 전투에서 사망한 정천수.

"내가 너희들에게 포상금을 주러 왔다!"

전왜취는 주동을 보고 놀라 달아나려 했다. 주동이 재빨리 칼을 내리치자 한순간에 전왜취의 머리는 어깨 쪽으로 푹 기울고 말았다. 황급히 커튼 뒤로 몸을 숨기던 무씨는 양림이 끌어내 머리채를 잡고 목을 베어 버렸다.

주동은 부엌에서 술을 데우고 있던 뇌횡 모친의 손을 잡아끌며 부리나케 성문 쪽으로 향했다.

일행들이 벌써 성문을 지키던 군사들을 베어 넘어뜨리고 성문을 열었기 때문에 모두들 우르르 성문 밖으로 뛰어나갔다. 성문을 나와 채 오 리도 가지 않았는데 뒤에서 지축을 울리는 함성소리가 들리며 우도감이 큰 소리로 호령하였다.

"이 초적떼 놈들아! 네놈들이 감히 죄수를 빼내 달아나겠다고! 어서 말에서 내려 오라를 받아라!"

그러자 번서가 말했다.

"네놈 머리를 우리에게 선물로 바치겠다는 거냐?"

우도감이 칼을 내리치자 번서가 손에 쥔 칼로 맞받았다. 호연옥과 서성이 달려와 싸움을 도왔다. 우도감이 당해 내지 못하고 말머리를 돌렸다. 그때 관승이 이끄는 복병이 일제히 뛰어나왔다. 관승의 청룡언월도가 우도감을 두 동강 내버리자 우도감을 따르던 병사들은 도망쳐 흩어졌다.

관승과 번서는 군대를 하나로 합쳐 밤새 길을 재촉했다. 날이 밝을 무렵 금향촌에 도착하였다. 주동이 자기집으로 일동을 맞아들이려 하자 연청이 말했다.

"형님, 어서 짐을 싸시오. 우리는 환도촌에 갔다 올 테니."

주동은 뇌횡 모친을 모시고 자기집으로 갔다. 일행이 모두 환도촌에 도착하자 송안평은 자신의 아버지를 보고 기쁨을 주체하지 못했다. 두 부자는 일동에게 예를 갖추어 감사인사를 드렸다.

관승은 대종에게 먼저 가서 등운산에 소식을 전하라고 일렀다. 또 도중에 방해하는 자들이 있을지 모르니 군사를 이끌고 마중 나와 달라고 부탁했다. 대종은 그렇게 하겠다며 길을 떠났다.

연청은 동쪽 사랑채에 가뒀던 금나라 병사들을 풀어주었다. 황보단이 말했다.

"여러분의 계략을 몰랐기 때문에 나는 돈을 가지고 온 줄 알았어요. 나도 진작부터 도망치고 싶었지요. 그놈들하고 같이 살 수는 없으니까."

그러다가 문득 호연옥과 서성의 말을 쳐다보았다. 황보단은 깜짝 놀라며 말을 이었다.

"아니, 저 두 말은 송공명이 타던 조야옥사자와 호연작이 황제에게 하사받은 척설오추마 아니오? 형제들이 원래대로 다 한곳으로 모이니 말도 원주인에게 돌아오는군요."

일행은 모두 함께 떠나게 되었다. 두 대의 수레에는 여소저와 왕노파 그리고 송청 부인이 탔다. 송안평은 은자 삼십 냥을 꺼내 도사에게 사례했다. 금향촌에 이르니 주동은 이미 수레에 부인과 뇌횡의 모친을 태운 채 기다리고 있었다. 이때 운가가 말했다.

"저는 운성에도 제주에도 두 번씩이나 갔기 때문에 여기서는 살 수가 없습니다. 호연옥 장군을 따라가고 싶습니다."

그러자 연청이 말했다.

"이 사람은 재주가 많아서 큰 도움이 될 테니까 함께 가기로 하세."

"요전날 술집에서 우리가 몽한약을 먹고 쓰러졌을 때 가지고 있던 은자 꾸러미는 돌려주지 않아도 되니 그건 자네 용돈으로 쓰게. 하지만 강충한테 오백 냥을 보내겠다고 약속했는데 전해 줄 사람이 없으니 자칫 약속을 저버릴 상황이군."

호연옥이 난감해 하자 연청이 말을 받았다.

"걱정할 것 없네. 곽경한테서 빼앗은 은자가 여기 있으니 소두령 가운데 꼼꼼한 사람 두엇 뽑아서 오백 냥을 보내세."

운가는 떠나는 소두령한테 강충에게 전할 말을 부탁했다. 일행은 등주로 이어지는 큰길로 나와 길을 가기 시작했다. 연일 새벽 일찍부터 밤늦게까지 걷기를 계속했다. 등주를 눈앞에 두었을 때 대종이 돌아와 말했다.

"호연작과 완소칠 두 두령이 군사를 데리고 마중을 나왔네."

모두들 크게 기뻐했다. 곧 마중나온 사람들과 만나 인사를 나누었다. 호연작이 아들에게 말했다.

"왕선이 반란을 일으키는 바람에 문선생은 여녕에 가지 못했단다. 그래서 네 어머니와 누이가 등운산에 온 지 제법 되었다."

호연옥은 몹시 기뻤다. 얼마 지나지 않아 일행은 산채에 도착하였다. 난정옥과 손립 등이 일행을 취의청으로 맞아들였다. 모두들 예를 갖춰 인사를 나누었다. 송청 부인과 주동 부인, 여소저는 고대수가 별채로 안내하여 이응 부인을 비롯한 여러 부인네들과 인사를 나누었다.

일동이 서로 오랜만인지라 각각 따뜻한 소회를 나누고 나서 한자리에 둘러앉았다. 왕진과 문환장은 손님이라서 공손승과 함께 상좌에 앉았다. 동쪽에는 음마천 두령들이, 서쪽에는 등운산 두령들이 서열에 따라 차례로 앉았다. 그리고 소도 잡고 말도 잡아 경축하는 잔치를 벌였다.

왕진, 문환장, 호성, 난정옥 네 사람만이 새로운 얼굴이었다. 나머지 관승, 호연작, 공손승, 이응, 시진, 주동, 대종, 완소칠, 연청, 주무, 황신, 손립, 번서, 배선, 안도전, 소양, 김대견, 황보단, 손신, 고대수, 장경, 목춘, 양림, 추윤, 채경, 능진, 송청, 두흥 등 스물여덟 명은 원래 양산박의 천강성이나 지살성이었다. 송안평, 호연옥, 서성은 그들의 아들과 조카에 해당했다.

모두 서른다섯 명에 이르는 남쪽 등운산과 북쪽 음마천 산채의 합동 대집회가 이루어졌다. 잔치는 사흘 동안 계속되었다. 잔치 중에 이응이 말했다.

"송공명께서 초안을 받은 다음 방납 정벌에서 돌아와 형제들이 벼슬하고 싶은 사람은 벼슬을 하고 귀향할 사람은 귀향해 각기 뿔뿔이 흩어졌잖소. 그런데 생각지도 못한 파란곡절을 겪고서 이렇게 다시 한자리에 모였으니 이는 다 타고난 운명이 길을 인도하는 게 아닌가 싶소이다."

관승이 말을 받았다.

"나는 충직하게 간언했을 뿐인데 유예의 비위를 건드려 하마터면 형장의 귀신이 될 뻔했소. 만약 연청 아우가 절묘한 계책을 써서 구해 주지 않았다면 오늘 여러분들과 담소도 나눌 수 없었을 것이오."

이번에는 호연작이 나섰다.

"나는 왕표란 놈이 금나라군에 황하 관문을 내어주는 바람에 혼자 힘으로는 살아나기 어려웠는데 다행히 내 두 아이의 도움을 받아 사지에서 벗어날 수 있었소."

송청도 끼어들었다.

"금나라 군영 속에 호연옥과 서성 같은 훌륭한 조카가 없었다면 문약한 제 아들놈은 벌써 어느 골짜기에서 죽은 몸이 되었을 것이오."

주동이 감사의 마음을 담아 소회를 피력했다.

"나는 호연작 형님 덕택에 금나라군의 수중에서 빠져나올 수 있었소. 뇌횡의 모친을 모셔오려다 또다시 불의의 재난을 당했는데 여러분이 여러 가지로 마음을 써주고 힘써주어 목숨을 보전할 수 있었지요."

"나는 두 번이나 고가 놈들에게 해코지를 당했는데 다행히도 길부와 당우아의 의협심 덕분에 살아났소이다. 그렇지 않았더라면 여러분이 찾아왔어도 내 송장이나 치워야 했을 것이오."

시진에 이어 공손승도 조용한 목소리로 말했다.

"나는 이미 속세를 떠나 세상일에 아무런 미련도 갖고 있지 않았소. 그런데 내가 번서 아우로 오인받을 줄 꿈에나 생각했겠소? 결국 쫓기는 신세가 되어 여러분을 따라온 것을 보면 유유자적하는 삶이란 게 쉬운 일은 아니더이다."

난정옥이 말을 받았다.

"나는 당초 축가장의 무예사범으로 있으면서 양산박 동지들과 싸웠는데 여러분이 이토록 의협심을 가진 사람들이라고는 생각지도 못했소. 바야흐로 원수가 한가족이 된 셈이지요."

"정말 우스꽝스럽게도 나와 두흥 아우는 단순히 편지를 전하려다가 두 번이나 사건에 연루되었단 말이오. 문참모에게는 정말 큰 폐를 끼쳤소이다."

안도전이 이렇게 말하자 이어서 양림이 나섰다.

"연청이 도군 황제를 배알하고 노이 부인을 구해 내고 세 번이나 목찰을 사용해 큰 공을 세웠지 않소! 이번에는 또 지략으로 제주부청을 한바탕 휘저었으니 그 뛰어난 재주와 담력에 옛날의 오학구 선생도 한 수 양보했을 것 같소."

그러자 완소칠이 큰소리를 치는 것이었다.

"만약 이 소칠이가 장간판을 해치우지 않았다면 형제들이 이렇게 모였을 것 같소? 자, 이제부터 돌아가면서 세 사발씩 마시는 거요!"

완소칠의 말에 일동은 크게 웃었다. 각자 흉금을 털어놓으며 마음껏 웃고 떠들었다.

난정옥은 잔치에 앞서 진기한 물건을 몇 가지 사오라고 소두령을 등주로 보냈다. 소두령이 돌아와 두령들이 모여 있는 자리에서 보고하였다.

"아흑마가 전선 건조를 보러 간 것은 전선이 준비되는 대로 해로를 통해 회양으로 돌아 곧장 전당강으로 진입하기 위해서라고 합니다. 수륙 양면에서 임안을 협공할 계획인 거지요. 그런데 제주에서 우도감이 죽고 운성에서 증세웅과 곽경이 살해되었다는 소식을 듣고 급히 제주로 돌아갔는데 곧 이만 명의 대군을 몰아 우리 등운산을 소탕한답니다. 며칠 안에 이곳에 도착한다는 소식입니다."

그 말을 들은 완소칠이 목소리를 높였다.

"그깟 놈들 누가 무서워할 줄 알고! 얼마든지 오라고 해! 모두 몰살해 버린 다음 동경을 탈환해 우리 형제들이 차례차례 용상에 앉아 보도록 만들 테니까."

"어림도 없는 소리네! 금나라 세력이 지금 얼마나 강대한지 아는가! 하남과 하북에 이어 산동까지 그들의 관할 아래 들어갔네. 병력의 수효는 또 얼마나 많고! 반면에 우리는 땅도 손바닥만 하고 병력도 부족하지 않은가! 도저히 지탱하기 어렵네."

배선이 한숨을 쉬며 말하자 손립도 길게 탄식했다.

"우리가 목이 잘리고 피를 흘려 죽는 한이 있더라도 뿔뿔이 흩어져서 놈들의 독수에 걸리면 안될 것이오!"

주무가 말했다.

"강왕이 보위에 오를 때는 중흥의 희망이 충분했소. 그런데 왕백언과 황잠선이라는 간사한 무리를 중용하는 바람에 종유수는 비분을 이기지 못해 죽고 이강과 장소는 자리에서 밀려나고 말았소. 바르고 정직한 인물을 받아들이지 못하니 조정에는 이제 우리가 돌아가 귀의할 여지가 없소이다.

이 등운산은 적을 막아낼 만한 험준한 지형이 아니오. 게다가 등주가 가까워 금나라군이 언제든 불시에 쳐들어올 수 있소. 오래 머물 수 있는 곳은 아니란 말이오. 어떻게든 장기적으로 거처할 수 있는 곳을 찾아야 하오."

불현듯 안도전이 말을 꺼냈다.

"한 군데 딱 알맞은 곳이 생각났소. 그곳으로 갈 수만 있다면 세상 천지에 두려울 것이 없을 것이오. 지세가 험준한데다 천연의 성벽과 거대한 물길이 막고 있어 좋이 백만 인마를 안전하게 수용할 수 있는 곳이오."

"대관절 그렇게 좋은 곳이 어디요?"

뉘라 할 것 없이 일동이 다그쳐 물었다. 안도전이 말을 계속했다.

"꽤 시일이 지났지만 내가 황제의 명으로 고려국에 가서 국왕의 병을 치료하고 온 일이 있소이다. 태풍을 만나 배가 전복된 것을 요행히 이준이 구해 주어 살아났지요. 그 뒤 금오도라는 섬에 스무날쯤 머물게 되었는데 그 섬은 사방 오백여 리에 달합니다. 석성이 견고하게 구축되어 있고 오곡은 풍요로우며 인민의 삶은 풍요롭더군요. 이준은 악화, 동위, 동맹 세 사람의 도움을 받아 그 터전을 일구었는데 정동대원수라고 불리더이다. 또 화영의 아들 화봉춘이 섬라국의 부마가 되었기 때문에 친척으로서 서로 왕래하고 전량과 병마를 조달하는 데도 어려움이 없었소. 그곳에 우리가 가세한다면 큰일을 해낼 수 있을 것이오. 억지로 중국에 붙어 있으려고 동분서주하며 고초를 겪는 것보다 훨씬 나을 것이오."

안도전의 뒤를 이어 호성이 말했다.

"나도 예전에 배를 타고 다니며 일본, 고려, 점성국, 유구 등 가보지 않는 곳이 없을 정도입니다만, 섬라국은 나라가 자못 부유하고 풍토와 음식이 중국과 다르지 않더군요. 금오도는 섬라국의 속령인데 섬라에 속한 스물네 개 섬 중에서 가장 번성한 곳이지요. 정말 멋진 곳입니다."

일동 모두 그 말을 듣고 갑자기 꿈에서 깨어난 듯이 기뻐했다.

"좋긴 좋은 곳인 모양입니다만 대양이 가로막고 있으니 그곳으로 건너가려면 큰 배가 있어야 할 것 아니오? 갑자기 어떻게 배를 만든단 말이오?"

양림이 걱정하자 연청이 말했다.

"아까 소두령이 하는 이야기를 못 들었는가? 아흑마가 전선 만드는 일을 감독하고 있다는 이야기 말이야. 이미 수십 척은 건조했을 테니 우리가 그 배를 가로채면 간단한 일이네. 그렇게 하려면 등주 성안의 허실을 먼저 알아봐야 되겠지."

그러자 손립이 말했다.

"등주는 나와 난정옥 형님이 통제로 있던 곳이기 때문에 모든 게 눈에 훤하다네. 병력이라야 노약자 중심의 천여 명에 지나지 않네. 게다가 새로 부임한 모간이라는 자는 나약하고 무능해서 우리 그림자만 봐도 두려워할 테니 걱정할 것 없네."

연청이 대종을 돌아보며 말했다.

"번거롭겠지만 대원장께서 한 번 더 등주에 가서 확실히 살펴주시지요. 그런 다음에 일에 착수하는 게 좋겠습니다."

대종은 이틀 만에 돌아와 말했다.
"과연 올출이 아흑마를 등주에 보내 유몽룡의 동생 유몽교라는 자로 하여금 오백 척의 대전함을 건조하게 했더군요. 이미 백 척이 완성되어 해안에 정박중이었소. 돛이며 닻, 키 등을 갖추고 있음은 물론이고 노잡이와 키잡이 등 선원들까지 모두 배에 올라 대기하고 있었소. 제주에 변고가 일어났다는 소식을 듣고 어제 아흑마가 군대를 끌고 갔기 때문에 지금 등주성은 거의 무방비 상태라 할 수 있지요."

이응과 난정옥은 곧바로 군사들에게 영을 내렸다.
"우리를 따라가길 원하지 않는 군사들에게는 노잣돈을 주어 산에서 내려 보내겠다."

삼천 명 이상이 군사들이 따라가길 원했다. 관승, 양림, 주동, 배선, 호연작, 손신, 왕진, 채경은 등주성의 사문을 포위하기로 했다. 능진은 성밖에서 포를 쏘아 지원할 예정이었다. 완소칠, 장경, 목춘, 번서는 배를 탈취하는 책임을 맡았다. 대종, 연청, 호연옥, 서성은 양쪽을 왕래하며 협동 작전을 벌이기로 했다. 이응과 난정옥은 후방을 엄호하며 나머지 가솔 및 병기, 군량을 호송하기로 역할을 분담하였다.

자정 무렵까지 모든 준비를 마치고 이른 새벽에 밥을 지어 먹었다. 그리고 먼동이 트기 전에 일제히 출발하였다.

이들은 반나절도 지나지 않아 등주에 도착하였다. 태수와 모간은 급히 성문을 닫아걸고 군사들로 하여금 성문 위에서 오직 방비만 하게 하였다. 관승 등은 네 개의 문을 꽁꽁 에워쌌다. 능진이 쏘는 호포소리는 천지를 진동하였다. 태수와 모간은 허둥지둥하며 감히 성문을 열고 맞설 엄두조차 내지 못했다.

완소칠 등은 해안으로 돌진하며 소리쳤다.

"배 위에 있는 사람은 한 발짝도 움직이지 마라! 항복한 자는 살려줄 것이다!"

그러자 선원들은 일제히 무릎을 꿇었다. 배를 탈취한 완소칠 등은 우선 가솔들과 병장기, 식량, 마초, 말 등을 배에 싣고 군사들도 여러 배에 나누어 승선시켰다. 그리고 성을 에워싸고 있던 병마를 불러 모두 배에 태웠다.

이응과 난정옥은 해안가 입구에서 추격에 대비하고 있다가 부하들에게 명해 돛을 올리게 하였다. 그들이 마지막으로 배에 오름과 동시에 닻을 거두어 올렸다. 호포가 세 발 울리고 나팔소리가 울려 퍼졌다. 군사들이 일제히 세 번 함성을 내지른 다음 마침내 배들은 대양을 향해 나아가기 시작했다.

태수는 넋을 잃고 멍하니 지켜보다가 일행이 떠난 지 반나절이 지나서야 성문을 열었다. 백 척의 대전함을 잃은 유몽교는 분통이 터져 연신 비명을 질러댔지만 조용히 처분을 기다리는 수밖에 없었다.

백 척의 대전함에 삼천여 명의 군사와 오백 마리의 말, 많은 군량과 병장기를 싣고 가족까지 챙겨 바다로 나온 서른다섯 명의 호걸들은 여유만만이었다. 넓은 바다로 나와 사방을 둘러보니 그야말로 망망대해로 하늘과 바다가 맞닿아 있었다. 따뜻한 태양 아래 바람이 순조로워 잔잔한 파도가 흰 비단필처럼 반짝였다. 여러 배에 나누어 탄 호걸들은 술잔을 기울이며 즐겼다. 호성은 바닷길에 밝았기 때문에 배가 동남쪽을 향해 나아가도록 했다. 선원들은 나침반의 바늘이 가리키는 대로 밤낮으로 배를 몰았다.

오륙 일이 지날 무렵 갑자기 바람의 방향이 바뀌더니 짙은 어둠 속에 별도 달도 보이지 않았다. 넓은 바다 한복판에 닻을 내릴 수도 없어 그저 바람이 부는 대로 흘러갈 뿐이었다. 날이 밝을 무렵 나침반을 손에 쥔 선원이 소리쳤다.

"큰일났소! 여기는 일본국 살마주요! 저쪽 해안가에 있는 왜인들은 지나가는 배를 약탈하는 해적들이오! 어서 키를 돌리시오!"

하지만 때는 이미 늦었다. 왜인들이 바다에 설치해 놓은 덫에 걸려 배가 꿈쩍도 못하게 된 것이다. 살마주의 왜인들은 전함들이 난관에 빠진 것을 보고 급히 삼백 척에서 오백 척에 이르는 작은 배를 타고 바다로 나왔다. 그들은 손에 손에 칼과 갈고리를 들고 화물을 강탈하려 했다.

호성은 각 배의 두령들에게 무기를 들고 뱃머리에서 왜인들을 막으라고 소리쳤다. 왜인들은 자신들의 배로 대전함을 포위한 채 이쪽저쪽 틈을 엿보며 기어오르려 하였다. 두령들은 장창을 들고 그들을 쫓아냈다. 하지만 왜인들은 목숨 따위는 아랑곳하지 않고 많은 수가 한꺼번에 덤벼들었다. 기어오르는 자들을 베어 넘겨도 물러가지 않았다.

연청이 능진에게 대포를 쏘라고 소리쳤다. 능진이 대포에 화약을 재워 불을 붙이자 천지를 진동하는 소리가 울렸다. 원래 이 대포는 폭발력이 강해서 어느 정도 떨어진 거리라면 목표물을 산산조각 내버렸을 것이다. 그러나 거리가 가깝다 보니 오히려 맞출 수가 없었다. 포탄이 모두 먼 곳으로 날아가 버렸기 때문에 왜인들은 전혀 두려워하지 않았다.

두령들은 어찌할 도리가 없어 창칼로 막는 수밖에 없었다. 반나절 정도 그런 대치 상태가 계속되었을 때 연청이 말했다.

"대포로 안되면 화염통을 만들자."

대나무를 잘라 석 자 남짓한 원통을 만들고 그 안에 화약과 철환을 채운 다음 마개로 입구를 막았다. 순식간에 화염통 이백여 개를 만들었다.

군사들이 일제히 불을 붙여 화염통을 던졌다. 대나무가 터지면서 살갗이 문드러지는 부상자가 다수 발생하였다. 비로소 겁을 집어먹은 왜인들은 배를 뒤로 물렸다. 배를 뒤로 물리고서도 그들은 일렬로 늘어선 채 대전함들이 꼼짝 못하도록 막아섰다.

교활한 왜인들은 금세 소가죽을 뒤집어쓰고 나타났다. 화염통이 터져도 피해를 입지 않기 때문에 도저히 그들이 쳐놓은 덫에서 벗어날 수 없었다. 이응이 한숨을 내쉬며 말했다.

"육지라면 어떻게 손을 써보겠는데 물 위에서는 어쩔 도리가 없구나. 게다가 왜인들이 목숨을 돌보지 않고 달려드니 어떡해야 한단 말인가?"

이응은 선원을 불러 말했다.

"저자들 중에 우리말을 할 수 있는 사람이 있으면 오라고 해보게."

 선원이 큰 소리로 그 말을 전하자 왜인들 쪽에서 배 한 척이 앞으로 나왔다.

"화약을 터뜨리지 마시오!"

 배에 탄 사람 하나가 손을 흔들며 이렇게 소리치고는 말을 계속했다.

"나는 통역인데 왜인들의 말을 전하러 왔습니다. 이곳 살마주 사람들은 가난해서 단지 물건을 나누어 주길 바랄 뿐입니다."

"우리는 정동대원수의 군대로 금오도에 가는 길이다. 하사품을 원하면 한두 척의 배로 오면 되지 왜 이렇게 많은 수의 배를 몰고 왔단 말이냐?"

"왜인들의 탐욕스러움은 끝이 없습니다. 값진 물건을 손에 넣기 위해서라면 목숨도 내던집니다. 살생도 두려워하지 않지만 그렇다고 무작정 싸우자는 것은 아닙니다. 지나가는 화물선이라도 보면 필경 빼앗고야 맙니다. 그러니 장군께서는 갖고 계신 물건을 나누어 주시기 바랍니다."

"은자를 원하느냐 아니면 비단 같은 직물을 원하느냐? 이렇게 사람이 많은데 얼마나 달라는 것이냐?"

"이곳에서는 은이 값이 나가지 않기 때문에 오로지 원하는 것은 비단이나 포목입니다. 여기 나온 인원이 대략 천여 명이니 장군께서 알아서 선처하십시오. 어찌 감히 많다 적다 따지겠습니까?"

"너는 어디 사람이기에 왜인 말을 통역하고 있는 것이냐?"

"저는 원래 장주 출신인데 이 근처 바다에 나왔다가 배가 난파

되고 말았습니다. 그래서 고향으로 돌아가지 못하고 할 수 없이 이렇게 살고 있습니다."

이응은 비단 오백 필과 무명 오백 필을 꺼내 왜인들에게 건네주었다. 통역에게는 따로 비단 네 필과 무명 네 필을 상으로 주었다. 왜인들의 배는 모두 돌아갔다. 통역이 머리를 조아려 사례한 다음 말했다.

"여기서 서북쪽으로 배를 돌려 이틀 정도 가면 금오도에 닿습니다."

왜인들은 비단과 무명을 실어가 서로 분배하였다. 조금이라도 형평성이 맞지 않으면 서로 죽고 죽이는 싸움이 일어나고 말 것이다. 비로소 왜인들이 쳐놓은 덫에서 벗어난 배들은 다시 큰 바다로 나올 수 있었다. 그들은 서북쪽을 향해 나아갔다.

"공명심에 집착하고 이익을 탐하는 짓거리를 세상사람들은 죽을 때까지 그만둘 수 없는가 보오. 왜인들은 포목 한 필에도 목숨을 걸고 싸우지 않소! 그래서 나는 세상을 등지고 초연히 살려던 것이었는데. 왜인들은 그렇다 치고 우리 형제들도 하나같이 명분을 내세우고 있지만 솔직히 여기까지 이른 데는 다 그만한 이유가 있는 것이지요."

공손승이 세상사에 초연한 듯 말을 내뱉자 문환장이 말을 받았다.

"세상이란 게 본시 고해이거늘 선생님인들 어찌 편안히 지내실 수 있겠습니까? 하늘의 법도는 잠시도 그 운행을 멈추는 법이 없으니 거기에 맞추어 잘못된 길로 빠지지 않도록 조심하는 수밖에요."

연청이 말했다.

"저 채경이나 고구 같은 간신들을 보십시오. 온갖 책동을 부려 가며 나라를 농단하다 결국 송나라 천하를 무너뜨렸지 않습니까! 자기들 딴에는 만년 부귀를 꿈꿨을 테지만 우리들 손에 들어와 중모현에서 목숨을 잃을 줄 상상이나 했겠습니까! 나중에 가서 후회한들 아무 소용이 없는 것이지요."

그러자 완소칠이 끼어들었다.

"여러분의 방식은 너무 신사적이오! 만약 나였다면 그놈들을 천 갈래 만 갈래로 찢어 죽였을 거요. 점잖게 대해 줘봐야 아무 소용없다구요."

"만약 한칼에 베어 버렸다면 오히려 놈들을 정말 잘 대해 준 것이지! 짐주를 먹여 그렇게 죽인 것이 좀 더 흥취가 있었을 거요. 연청 형이 다 생각이 있었겠지."

안도전의 말에 연청은 빙그레 웃기만 하였다. 두령들은 여러 배에 나누어 탄 채 기나긴 뱃길에 이처럼 한담을 나누며 시간을 보냈다. 이틀이 지난 뒤 선원이 희미하게 보이는 산줄기를 가리키며 말했다.

"저기 은은하게 보이는 푸르스름한 산이 바로 섬라국 땅입니다."

그로부터 네다섯 시간이 지났다. 희미하게 보이던 산 아래 배가 도착했을 때 선원이 자세히 살펴보더니 말했다.

"여긴 청수오입니다. 여기 정박해야겠는데요. 지금 남쪽으로 방향을 틀면 맞바람과 싸워야 합니다. 금오도까지 앞으로 삼백 리쯤 남았는데 내일 아침에 바람의 방향이 바뀌면 금세 도달할 수 있습니다. 여기는 먼바다와 달리 암초와 모래톱이 많아 뱃길을 조심해야 합니다. 어두워지면 배를 몰기 어렵습니다."

모든 배가 닻을 내려 정박했다. 사람들은 그동안 선상에서 열흘 남짓 솟구치는 파도에 흔들리며 눈과 머리가 어질어질했는데 삼백 리밖에 남지 않았다는 말에 크게 기뻐하였다. 두령들은 한 배에 모여 함께 술을 즐겼다.

이곳 청수오는 이준이 처음 와서 정박한 곳으로 금오도를 손에 넣은 뒤에는 적성이 삼백 명의 군사를 거느리고 지키고 있었다.

"그동안 넓은 바다를 지나오면서도 싱싱한 생선 맛 한 번을 보지 못했구먼. 뭍으로 올라가면 인가가 있을 테니 생선을 사다가 탕이라도 끓여 먹으면 좋겠네."

이응이 이렇게 말하며 선원에게 해변에 배를 대라고 했다.

"모래톱 때문에 큰 배는 해안 가까이 들어갈 수 없습니다. 해안까지 일 킬로미터 정도 되는데 작은 배라야 갈 수 있습니다."

선원의 말을 듣더니 완소칠이 자원하며 말했다.

"내가 옷을 벗고 헤엄쳐 가서 잉어 몇 마리 구해 오겠소."

"안될 말이네. 이곳 주민의 인심이며 풍속을 모르는데 만일 사고라도 생기면 우리 입맛을 만족시키자고 인민을 괴롭히는 꼴이 되잖은가! 내일 금오도에 도착하면 먹을 수 있을 것이네. 송공명이 심양강에서 술을 마시다가 생선탕을 먹고 싶다고 하는 바람에 흑선풍 이규가 생선을 구하러 갔다가 장순한테 봉변을 당해 물에 빠져 죽을 뻔한 이야기를 자네가 모를 리 없을 텐데."

이응의 말에 일동은 웃음을 터뜨렸다. 그런데 섬 안에 있던 적

성은 백여 척의 대전함이 해안가에 정박해 깃발을 세우는 것을
바라보면서 어디서 온 배인지 몰라 전전긍긍하고 있었다.

  정세가 급변하며 풍운이 이니 영웅호걸 한데 모여들고
  전쟁이 시작되매 천하를 품에 안는 패업을 이루도다

제31회
신선을 만난 섬라국왕 마새진

이응과 난정옥 일행의 병마를 실은 전함이 청수오에 도착했다면 적성이 영접해 금오도로 안내함으로써 이준과 만나게 하는 것이 순리다. 하지만 제법 복잡한 사정이 있다.

지금까지 이야기가 전개되어온 바와 같이 중원에서 온갖 사건이 끊이지 않고 일어나 호걸들이 몸둘 곳이 없게 되었다. 끝내 등운산마저 버리고 전함을 탈취해 바다로 나온 그들은 청수오에 이르기까지 무수한 우여곡절을 겪었다.

그래서 섬라국 내부의 변고에 대해서는 팽개쳐두었는데 이제 이야기를 이어갈 때가 되었다.

섬라국왕 마새진은 물려받은 왕좌를 지켜가기는 했지만 천성이 착하고 유약한데다 나라 안에 그를 보좌할 충신이나 용맹한 장수도 없었다. 하지만 뛰어난 재주를 지닌 화봉춘을 부마로 맞이하고 이준이 금오도에서 보호막 역할을 하게 된 후로는 감히 외국 군대가 침범해 오는 일이 없을뿐더러 스물네 개 섬이 모두

자진해 조공을 바쳤다.

계속되는 풍년으로 오곡이 풍족하고 물가가 저렴해 백성들은 즐겁게 생업에 종사하였다. 도적질하는 자가 없으므로 밤에도 문단속이 필요없었다.

청명절이 다가와 꽃이 피고 버드나무 가지가 길게 드리워지니 도성 안의 백성들은 교외로 나가 자연을 즐기고 조상의 묘를 찾았다. 술자리에 남녀가 함께 둘러앉아 취하도록 마신 뒤 귀가하는 연중 가장 즐거운 행사였다. 이런 풍습은 전 세계 어디나 마찬가지여서 바다가 가로막고 있는 먼 나라라도 말이 다르고 복장이 다를 뿐 희로애락의 정은 똑같았다.

어느 날 국왕은 궁중에서 왕비, 옥지공주, 부마 화봉춘과 연회를 즐기고 있었다. 날씨가 화창하고 꽃이 만발한 것을 보고 국왕이 말했다.

"과인이 선왕들의 은덕으로 섬라국의 임금이 되었는데 비록 섬나라이기는 해도 그 부유함이 어디와 비교해도 손색이 없소. 예전에는 외국의 침입을 걱정해야 했고 나라 안에 충성스러운 신하와 지략과 용기를 갖춘 장수가 적어 스물네 개 섬의 반란이 끊이지 않았잖소!

천행으로 부마를 맞아들여 옥지와 백년가약을 맺으면서 그 같은 걱정거리가 사라지게 되었소. 부마가 재능이 뛰어나고 세상물정에 밝은데다 효심이 지극해 마음에 흡족하오. 게다가 이준 장군이 금오도에 웅거하며 막강한 군사력으로 지켜주니 스물네 개 섬이 모두 복종할 뿐 아니라 점성, 일본 같은 나라들도 그 위세가 두려워 감히 침범하려 하지 않게 되었소. 하늘이 우리를 보우하니 베개를 높이 베고 아무런 걱정 없이 지내게 된 것이오.

도성 안 백성들이 모두 교외로 나가 자연을 즐기고 조상의 묘를 찾아 효도하는 것을 보니, 지난 몇 년간 선왕들의 능을 찾지 못했다는 생각이 드는군. 그동안 제관을 파견해 제사를 드렸는데 올해는 과인이 직접 가서 제사를 모셔야겠소. 겸해서 단하산의 풍광도 즐기고 말이오."

국왕은 화봉춘에게 물었다.

"경의 생각은 어떠한가?"

"능묘를 찾아 제사지내는 것은 나라의 큰 행사입니다. 공자께서도 '내가 제사에 참여하지 않으면 제사를 지내지 않은 것과 같다'고 말씀하셨습니다. 전하께서 직접 제사를 주관하신다면 선대왕들께 성심을 다하는 것이옵니다. 또한 천자의 순행$_{巡幸}$은 옛날부터 있던 것입니다. 단하산은 도성과 가까운 교외이기 때문에 전혀 문제될 것이 없습니다."

화봉춘이 이렇게 대답하자 국왕은 매우 기뻐하며 명을 내렸다.

"흠천감에 전해 길일을 택하도록 하게. 예부로 하여금 제사를 준비하도록 하고. 경도 왕비, 공주와 함께 떠날 준비를 하게."

화봉춘은 명을 받들었다. 흠천감은 삼월 삼짇날을 택일하였다. 예로부터 이날 물가에 가서 몸을 깨끗이 하며 상서롭지 못한 기운을 떨쳐내는 전통이 있는데다 황도길일이라서 순시에 안성맞춤이었기 때문이다.

삼월 초사흗날이 되자 예부는 제사에 쓸 제물과 제문을 마련하고 근위대는 어가 행렬을 준비하였다. 병마사는 행차가 지나갈 가도 연변을 정비하는 등 모든 준비가 갖추어졌다. 국왕, 왕비, 공주, 세자는 모두 수레를 타고 화봉춘은 밤색 말 위에 올라탔다. 승상 공도는 문무백관과 함께 어가의 뒤를 따랐다. 병마사가 길을 통제하는 가운데 아침 일찍 궁문을 나섰다. 날씨는 맑고 바람은 온화했다. 행렬의 깃발이 지나는 길가의 온갖 꽃이며 초록 버드나무 가지와 한데 어우러졌다. 국왕은 어가 안에서 비단 자수를 펼친 듯이 아름다운 산천과 그 속에 만물이 생장하는 모습 그리고 생업을 즐기는 인민을 바라보며 마음속에 큰 기쁨이 차올랐다.

'선왕들의 공덕으로 나라의 터전을 닦고 덕분에 과인이 이처럼 안락한 나날을 보내는 것이로구나. 과인이 참으로 복이 많도다. 다만 세자가 아직 어려서 먼 장래까지 아무 탈이 없을지 그것이 걱정이로군. 다행히 화부마와 종친들이며 신하들이 있으니 잘 보필해 주겠지.'

이런 생각을 하고 있노라니 시종이 와서 아뢰었다.

"만수산에 도착했습니다."

국왕은 주위를 둘러보며 말했다.

"몇 년째 오지 않은 사이에 수목이 한층 무성해졌구나! 번성하는 길지가 분명한 만큼 세세손손 굳건히 이어주겠지!"

과연 만수산은 경관이 몹시도 빼어났다. 겹겹이 에워싸인 산봉우리 사이로 물줄기가 굽이굽이 흐르고 천 리에 이르는 지맥의 끝자락에는 둥글고 널따란 모래톱이 펼쳐져 있다. 용이 나는 듯

봉황이 춤추는 듯 기이한 산세의 정기가 왕릉을 에워싸고 봉분 앞에는 코끼리와 사자 석상이 늘어서 있다. 하늘 높이 솟은 나무 사이로 상서로운 구름과 안개 자욱하고, 신묘한 풀이 무성한 계곡 아래쪽에는 맑디맑은 바위 연못이 즐비하다. 돌을 깎아 만든 참배로 끝에는 쇠로 만든 영대靈台가 우뚝하다. 순한 짐승이 수림 속을 노닐고 하늘엔 진귀한 새들이 춤추듯 날고 있다.

만년 아름다운 땅은 제왕과 왕손을 배출하고
천혜의 땅은 영원토록 강대한 해역의 안정을 지켜내느니

국왕, 왕비, 공주, 세자, 부마는 먼저 향전享殿에 들어가 기다렸다. 예부 관원들이 제물을 진설하고 나서 안내자의 인도에 따라 초전, 아전, 삼전의 순으로 예를 올렸다. 마지막으로 예관이 제문을 읽고 폐백에 불을 붙였다.
금세 불덩어리가 하늘로 솟아올랐다. 그런데 공중에서 다 사그라지지 않고 남은 작은 불티가 왕의 어깨에 떨어졌다. 내시가 황급히 불티를 털어냈지만 곤룡포는 이미 구멍이 나고 말았다. 국왕은 화들짝 놀라 얼른 다른 옷으로 갈아입고 향전으로 돌아왔다.
모든 의례를 마친 뒤 제사지낸 음식을 관원, 호위 병사, 내시, 궁녀 등에게 나누어주어 모두 배불리 먹었다. 그러고 나서 국왕은 단하산으로 떠나라는 전갈을 내렸다.
단하산은 섬라국의 진산으로 그 영역이 사방 백 리에 이르렀다. 산의 생김새가 몹시 수려한데다 맑은 물이 솟아나는 오래된 동굴도 있었는데 동굴은 그 깊이를 가늠하기 어려웠다. 도교 사원과 절이 많아 은거해 살아가는 수도자들도 많았다.

단하산은 봄이 되면 놀러 오는 사람들이 끊이지 않았다. 이날 국왕의 행렬이 이르렀을 때도 도처에 상춘객이 눈에 띄었다. 국왕의 행렬을 보고 사람들이 멀리 흩어지자 국왕은 이렇게 칙지를 내렸다.

"백성들과 함께 즐기고 싶으니 행렬을 피하지 말라!"

관원과 근위병들은 모두 행렬에서 멀리 떨어진 곳으로 물러났다. 국왕, 왕비, 공주, 세자, 부마는 모두 도보로 이동했다. 내시들이 일산으로 햇볕을 가려주었을 뿐 궁녀들은 자기들끼리 옹기종기 떼지어 걸으며 경치를 구경하였다.

높은 산봉우리 위에서 아래 쪽 바위 연못으로 떨어지는 한 줄기 폭포가 눈에 띄었다. 마치 흰 무지개를 걸쳐놓은 것 같았다. 날리는 물보라는 진주를 흩뿌리는 듯했다. 바위 연못에서 흘러나온 물이 수로처럼 패인 바위틈을 지나 구불구불 돌며 흘러가는 것이 곡수曲水에 술잔을 띄워놓고 즐기는 놀이에 안성맞춤으로 보였다.

국왕은 그곳에 비단 장막을 치게 하고 수놓은 초록 보료 위에 앉았다. 눈처럼 흰 옥잔에 새의 깃을 꽂은 다음 술을 가득 따라 곡수 위에 띄운 술잔이 아래로 흘러 내려오자 궁녀가 술잔을 집어 무릎 꿇고 국왕에게 바쳤다. 한동안 놀이를 즐기던 옥지공주는 궁녀에게 갖가지 꽃잎을 따서 상류에 뿌리라고 했다. 꽃잎을 품고 흘러가는 물이 마치 비단 물결 같았다.

깊은 산속의 진기한 새들이 바위 위에서 푸른 나무 위에서 아름다운 목소리로 지저귀었다. 흥에 겨워 소매를 걷어붙인 국왕은 맑은 계곡물로 손을 씻고 입안을 헹구었다. 그러면서 삼월 삼짇날 물가를 찾아 몸을 씻던 옛 고사를 음미하였다.

국왕은 자리에서 일어나 신비로운 옛 동굴 주변을 거닐었다. 푸른 풀밭이 펼쳐진 곳에 이르자 종려나무 잎사귀 위에 책상다리를 하고 단정히 앉아 있는 한 도사가 보였다. 머리에 창포로 만든 관을 쓰고 학창의를 입었는데 마른 얼굴인데도 단아하고 생기발랄해 보였다. 도사는 국왕과 왕비 일행을 보고도 앉은 자리에서 꿈쩍도 하지 않았다. 내시가 꾸짖었다.

"상감마마께서 오셨다! 냉큼 일어나지 못할까!"

그러자 도사는 천천히 자리에서 일어나 말했다.

"빈도, 문안드리옵니다."

국왕은 그 도사의 용모가 범상치 않고 행동거지가 태연자약한 것을 보고 물었다.

"도사는 어디서 온 누구시오?"

"하늘 아래 떠돌아다니다가 마음 내키는 곳이 있으면 주저앉아 참선하는 몸이니 어디서 왔다 말할 수가 없습니다. 또한 만물의 구별이 없는 혼돈 속에서 잉태되고 만물을 만드는 네 가지 원소 모두 그 근본은 '무'無이니 이름 같은 것은 달고 다니지 않습니다."

도사의 말에 국왕이 다시 물었다.

"출가하면 무슨 좋은 점이 있는 것이오?"

"출가해 본들 무슨 특별한 이점이 있는 것은 아니지요. 다만 세

속의 삶에서는 애욕의 끈에서 벗어날 수 없고 생로병사의 고통을 겪어야 하지 않습니까? 세상인심이란 게 세력 있고 돈 있을 때는 아첨하며 빌붙다가도 그런 게 없어지면 냉담히 돌아서니 음험하기 짝이 없지요. 게다가 배고픔과 추위에 떨어야 하고 부귀를 누리려면 비린내가 진동하기 마련입니다. 관의 형벌은 무시무시하고 부과되는 부역은 혹독하지 않습니까? 그래서 출가했던 것입니다."

"그래 출가해서 불로장생의 비결이라도 터득하였소? 아니면 돌멩이를 금덩어리로 만드는 묘법이라도 얻었소?"

"생이 있으면 반드시 죽음이 있는 것입니다. 이는 유, 불, 선 삼교의 성인일지라도 면할 수 없습니다. 젊은 사람은 늙기 마련이고 무성한 초목도 결국은 시들기 마련인데 불로장생이 이디 있단 말씀입니까? 그리고 돌은 돌이요 금은 금일 뿐 그런 것들이 다 무슨 소용이 있겠습니까? 돌멩이를 금으로 만든다는 말은 단지 부를 탐하는 자들의 망상에 지나지 않습니다. 대도에서 멀리 벗어난, 신선의 세계와는 거리가 먼 이야기입니다."

"예로부터 오늘날까지 모두 이르기를 세상에 신선이라는 존재가 있어서 온 세상을 자유로이 돌아다닌다고 했고, 대낮에 하늘로 올라가 신선이 된다는 말도 있지 않소? 그대의 말에 따르면 이 모든 것이 공허하다는 이야길세그려."

"공허하다고 해서 모든 것이 빈 것은 아닙니다. 만일 불변의 진리를 깨우친다면 장수를 누리든 요절을 하든 그것은 매일반에 지나지 않으며, 금이든 흙이든 같은 가치를 지니는 것입니다. 한 점 생명의 빛이 꺼졌다고 해서 무로 돌아가는 것은 아닙니다. 진리를 깨우치지 못하면 쇠똥구리가 쇠똥을 굴리고 불나방이 불을 향해 달려들 듯이 고통의 연속일 뿐입니다.

석가모니나 노자는 물론 평생 분주히 세상을 돌아다닌 공자도 최고의 경지에는 이르지 못했습니다. 보아하니 전하께서는 왕위를 이어받아 좋은 옷에 맛있는 음식을 즐기며 스스로 비길 데 없는 즐거움을 누린다고 생각하실 겁니다. 어찌 아귀다툼 같은 세상이 생지옥이나 다름없다는 것을 아시겠습니까? 이 끝없는 고뇌에서 벗어나시려거든 한시라도 빨리 저를 따라 출가하시는 것이 좋을 것입니다."

"과인은 조종의 유업을 짊어지고 있는 몸이오. 세자가 어려서 아직 나라를 다스릴 수 없소이다. 과인이 도관을 하나 지어줄 테니 그곳에 기거하면 어떻겠소? 십 년 후 세자에게 자리를 물려주고 나면 도사를 따라 출가할 수 있을 것이오."

"세자는 부마에게 맡기십시오. 화부마는 충직한 사람이어서 능히 보좌할 수 있을 것입니다. 어떻게 십 년을 기다린단 말입니까? 큰 재난이 닥칠까봐 걱정입니다. 하물며 저는 아침에는 북해에서 놀고 저녁에는 순임금이 세상을 떠난 창오에서 잠을 자거늘 어찌 이런 곳에서 살 수 있겠습니까? 못 믿겠거든 증거를 보여드리지요."

도사는 소매 속에서 거울을 하나 꺼냈다. 십 센티미터 정도 크기의 시커먼 거울이었다. 손바닥으로 문지르니 빛이 났다. 도사는 거울을 국왕 앞에 갖다 보여주었다.

거울 속에는 드넓은 산천을 등지고 궁궐이 우뚝 솟아 있는데 충천건을 쓰고 곤룡포를 입은 사람이 땅바닥에 엎드려 있었다.

그것을 본 국왕은 몹시 놀랐다.

다른 사람이 거울을 들여다보면 그것은 단지 한 개의 검은 돌에 지나지 않았다. 거울 속에서 아무것도 볼 수 없었다. 공도는 크게 노하여 국왕에게 주청하였다.

"요망한 자이옵니다. 전하께서는 한 나라의 지존이신데 어찌 이리 거짓말로 속인단 말입니까? 호위 병사에게 명해서 이놈을 붙잡아다 죄를 물으셔야 합니다."

도사가 웃으며 말했다.

"내가 무슨 죄가 있단 말이오! 당신이 문죄받을 일이 있을까봐 그게 걱정이구려."

"이자는 세상을 버린 사람이니 그의 말을 듣지 않으면 그만이오. 죄를 물을 것까지는 없소."

국왕의 말에 도사는 몸을 일으키며 말했다.

"빈도가 게송을 읊을 테니 국왕께서는 잘 새겨들으십시오."

홍수로 인한 재해 洚水爲災

한동안 사라졌거늘 長年不永

언젠가 큰물 범람하면 他日重來

오직 황량한 무덤뿐이리 唯有荒塚

게송을 읊은 도사는 불자拂子를 흔들며 말했다.

"빈도는 이만 실례하겠습니다!"

도사는 빠른 걸음으로 산을 내려가더니 삽시간에 모습을 감추었다. 국왕은 의심스럽기도 하고 한편으론 어안이 벙벙했다. 화봉춘이 말했다.

"은자라는 사람들은 환술을 부리기 때문에 믿을 게 못됩니다. 삶과 죽음은 운명대로 정해져 있고 부귀는 하늘에 달려 있으니 도리에 따라 행하면 자연히 경사스러울 것입니다. 이제 그만 환궁하시지요."

국모도 환궁을 권하며 말했다.

"신선이라면 그 신비함이 있을 수 있겠지만 저 도사의 말은 어불성설인데 어찌 믿을 수 있겠습니까? 당당한 일국의 국왕더러 자기를 따라 출가하라니요! 온 나라가 평안하고 오곡은 풍성한데 무슨 재앙이 있겠습니까? 어서 환궁해 태평성대의 복을 누리시지요."

마침내 국왕은 환궁하라는 영을 내렸다. 국왕은 문무백관, 호위 병사, 내시, 궁녀들을 거느리고 환궁했다. 궁에 도착한 뒤 관원들은 각기 자신의 집으로 돌아갔다.

국왕은 마음이 울적해 혼잣말처럼 말했다.

"폐백을 불사를 때 불티가 내 몸에 떨어져 옷에 구멍이 생겼으니 이게 이미 불길한 징조야. 게다가 산에서 만나 도사의 말이 도무지 불가사의투성이 아닌가 말이야. 그가 '홍수로 인한 재해'라고 말했는데 우리나라는 바다에 면한 나라이니 해일이라도 일어나 국토가 물에 잠긴다는 말인가? 거울 속에 엎드려 있던 사람은 분명히 나였는데 다른 사람에게는 보이지 않았다지! '재해가 한동안 사라졌다'는 말은 내 신상을 가리키는 말일 테고. 게송의 마지막 구절 '언젠가 큰물 범람하면 오직 황량한 무덤뿐'은 내 천명이 이미 다했다는 말일까?"

부왕이 근심하는 모습을 보며 옥지공주가 아뢰었다.

"아바마마께서는 걱정하지 마세요. 그 도사가 허황된 말로 우리를 농락한 것일 뿐 어찌 그런 일이 있겠습니까?"

화봉춘 또한 여러 가지 말로 국왕을 위로하였다. 그리고 연회를 열어 근심을 덜어주려 한 까닭에 국왕은 마지못해 마음을 누그러뜨렸다.

다음날 아침 정무를 보는 중에 백석도에서 다음과 같은 내용의 문서가 도착했다.

'해안에 괴수 한 마리가 나타났는데 그 모습은 승냥이와 이리를 닮았습니다. 괴수는 머리에 외뿔이 달렸고 온몸을 붉은 털이 감싸고 있었습니다. 날듯이 빨리 달리며 사람을 잡아먹기에 포수들이 잡으려 애썼으나 붙잡을 수 없었습니다.

잔뜩 구름이 끼고 우레가 치던 어느 날 금빛 비늘을 번쩍이며 하늘에서 한 마리 검은 이무기가 날아와 괴수와 결투를 벌였습니다. 이무기는 몸으로 괴수를 돌돌 감아서는 시뻘건 아가리로 깨물어 죽이고 하늘로 올라갔습니다.

괴수가 사람을 잡아먹은 것에 분노한 주민들이 모래톱에 널브러져 있는 괴수를 손에 손에 날카로운 칼을 들고 달려들어 조각조각 잘라냈습니다. 잘라낸 고기는 지방처럼 희었는데 삶은 고기 맛은 매우 감미로웠다고 합니다.'

국왕은 그 내용을 보고 더욱 우환이 깊어졌다.

"백석도에 괴수가 나타나 사람을 잡아먹었다는군요."

대전에서 돌아온 국왕의 탄식에 왕비가 말했다.

"하지만 결국 하늘이 검은 이무기를 보내 물어 죽였으니까 그 해악은 제거된 것입니다. 다만 외국의 침략에 대비할 필요가 있겠습니다."

국왕은 왕비의 말에 따라 외국의 침략에 대비하라는 분부를 내렸다.

그런데 승상 공도는 내심 이렇게 생각하였다.

'섬라국의 왕좌를 빼앗아 내가 차지하는 것이 오랜 소망이었는데 탄규가 몹시 용맹하기 때문에 그가 두려워 감히 손을 쓰지 못했지. 탄규가 죽어 다행이다 싶었더니 난데없이 화봉춘이 부마가 되었단 말이야. 화봉춘이 나이는 어리지만 재주가 뛰어난데다 이준이 금오도에서 성원하고 있으니 좌불안석일 수밖에 없었지.

그런데 어제 만수산에 성묘하러 갔다가 국왕의 용포가 불에 타지 않았는가! 또 도사가 국왕더러 출가하라고 한 것을 보니 아무래도 왕의 운이 다된 모양이야. 나라를 차지하면 온갖 부귀를 누리는 일뿐 아니라 옥지공주도 내 여자로 만들 수 있겠지. 공주같이 빼어난 미모의 여자를 품에 안을 수 있다면 죽음도 달갑게 받아들이겠다. 어떻게든 이준과 화봉춘을 먼저 제거하고 나면 국왕 따위야 고목가지를 꺾는 격이지. 그렇게 되면 공주도 내게 굴복하지 않을 수 없단 말이야.

청예, 백석, 조어의 세 섬은 내 심복들이니 그들에게 군사를 동원해 이준을 협공하게 하면 자연히 격파할 수 있을 거야. 화봉춘은 자객을 한 사람 물색해 암살해야겠다. 그런 다음에 차근차근 일을 거행하자.'

그는 머릿속으로 온갖 상상의 나래를 폈다. 어쨌든 그가 남몰래 딴마음을 품고 있었음은 말할 나위가 없다.

무릇 충신이 조정을 위해 공을 세우자 해도 하늘이 반드시 돕는 것은 아니다. 하지만 간악한 무리가 사직을 빼앗으려 하는 일에는 악마가 돕고 나서니 참으로 이해할 수 없는 일이다.

공도는 나쁜 마음을 품고 밤낮으로 계략을 꾸몄다. 그런데 마침 그 무렵 천축국 출신의 한 요승이 섬라국에 왔는데 이름은 살두타였다. 팔 척이나 되는 큰 키에 얼굴이 솥단지 밑바닥처럼 시커먼 살두타는 머리를 푸른 고둥처럼 묶어 올렸으며 뻐드렁니 두 개가 입 밖으로 튀어나온 모습이었다. 노란 턱수염은 고슴도치처럼 곤두서 있고 한 쌍의 금고리가 귀에 걸려 있었다. 온몸에 검은 털이 수북한데 특히 풀어헤친 앞가슴의 털은 길이가 십여 센티미터나 되었다.

새빨간 가사를 걸친 그는 목에 사람의 두개골로 만든 염주를 두른 채 맨발로 걸었다. 두 자루의 승려용 계도를 가지고 다니며 백 걸음 떨어진 곳에 있는 사람도 단숨에 잡아채는 재주가 있었다. 뿐만 아니라 비바람을 부르고, 마음대로 귀신을 부리고, 마법으로 사람의 목숨을 빼앗을 수도 있었다. 그는 이렇게 외치고 다녔다.

"하늘이 뒤집히고 땅도 뒤집히고 돌연 평지에서 파란이 일어날 것이다! 그 의미를 깨닫는 자는 누구라도 서방정토에 갈 수 있나니! 나무보당여래, 나무보승여래, 나무다보여래!"

살두타는 손에 든 방울을 흔들며 같은 말을 외고 또 외었다. 아이들이 살두타 주변으로 몰려들어 함께 떼지어 돌아다녔다. 승상 공도는 조정에서 돌아오는 길에 이런 모습을 보고 몹시 의아하게 생각했다.

'기이한 승려로군! 틀림없이 무슨 요술을 터득하고 있을 거야. 한 번 시험해 보자.'

공도는 자신의 하인에게 분부했다.

"저 스님을 집으로 모셔 식사를 대접하거라!"

공도는 먼저 집으로 갔다. 뒤이어 살두타가 도착했다. 살두타는 공도를 향해 합장하며 말했다.

"승상께서는 걱정거리가 있군요. 빈도는 이미 알고 있습니다."

"나는 한 나라의 승상이오. 절정의 부귀를 누리고 있거늘 무슨 걱정거리가 있겠소?"

살두타는 한 손으로 하늘을 가리키고 다른 손은 땅을 가리켰다. 그런 다음 두 손으로 동그라미를 만들어 보이고는 웃으며 말했다.

"걱정거리는 바로 이것일 것입니다!"

공도는 그가 범상치 않은 사람으로 생각되어 후원으로 자리를 옮겼다.

"스님은 어느 나라 분이시오? 이곳에는 어떤 일로 오셨소이까?"

공도의 물음에 살두타가 대답하였다.

"저는 천축국 사람으로 과거를 뚫어보고 미래를 예측할 줄 압니다. 승상께서 삼보를 받드는 분이시기에 걱정거리를 해결해 드리려고 일부러 찾아왔습니다."

내아에서 고기가 들어 있지 않은 소찬을 내왔다.

"이런 음식은 싫으니 치워주십시오. 제가 원하는 음식은 나라의 제사를 주관하는 광록시에서 내주는 새끼 양고기하고 소주입니다."

살두타의 뜬금없는 소리에 공도가 말했다.

"새끼 양과 소주는 있어도 광록시에서 나온 고기는 이곳에 있을 수가 없지요."

"조만간 드시게 될 겁니다."

공도는 살두타가 말하는 것이 괴이쩍었지만 바로 새끼 양고기와 소주를 내오게 했다. 살두타는 순식간에 소주 닷 되와 새끼 양 두 마리를 해치우고서도 만족하지 못했다.

"저는 부처님의 이심전심의 불법과 천신의 비전을 터득해 자유자재로 변신함을 물론 하늘과 땅도 뒤집을 수 있습니다. 콩을 뿌려 군사로 삼고, 산을 옮겨 바다를 메우고, 음陰으로 양陽을 채워 불로장생하는 비법도 지니고 있습니다. 만일 손을 봐주고 싶은 원수가 있다면 귀신을 시켜 죽일 수 있습니다. 어떤 어려운 일도 제가 돕는다면 반드시 이룰 수 있지요."

살두타의 말을 들은 공도는 몹시 기뻤다.

"스님께서 그토록 놀라운 신술을 갖고 계시니 당장 스님의 문하에 들어 법력의 비호를 받고 싶소이다. 청컨대 이곳 후원에 묵으시지요. 오늘은 조정에 일이 있으니 내일 또 말씀을 듣겠소이다."

"이렇게 후히 대접해 주셔서 감사합니다. 반드시 힘이 되어 드리겠습니다."

살두타는 이렇게 말하고 나서 몸에 지니고 있던 작은 주머니에서 환약 한 알을 꺼내 손바닥에 올려놓으며 말했다.

"이 약은 예삿 약이 아닙니다. 선천先天의 정기를 모아 해와 달의 빛으로 정제하고 수화로에서 아홉 번 달여 만든 것입니다. 이 약을 복용하면 강한 양기가 발바닥의 용천혈에서 머릿속 이환궁까지 뻗어나가며 뇌수에 가득 차 한껏 원기를 북돋워줍니다. 여자는 넋을 잃고 남자는 비몽사몽 꿈속을 노닐게 될 것입니다. 오늘밤에 시험해 보시면 제 말이 빈말이 아님을 알게 될 것입니다."

공도는 기쁜 마음으로 그 약을 받아들었다. 살두타는 후원에 있는 방에 머물게 되었다.

다음날 공도가 살두타가 머무는 곳으로 가서 보니 살두타는 보료 위에 앉아 눈을 반쯤 감은 채 기를 모으고 있었다. 공도는 방해가 될까봐 한동안 기다렸다. 살두타는 선향 세 개를 태울 만한 시간이 흐른 다음에야 하던 일을 마치고 몸을 돌려 인사했다.

"스님은 과연 성인이십니다! 어제 준 약의 효험이 참으로 놀랍더이다. 제가 큰 즐거움을 얻었을 뿐 아니라 제 집사람 또한 몹시 감격하더군요."

공도가 고마움을 전하자 살두타는 은근한 말을 건넸다.

"그런데 납과 수은을 첨가해 진짜 장생 단약을 조제하는 비결이 있습니다. 입술이 붉고 얼굴이 희고 질병이 없는 건강한 여성으로 하여금 단약을 만들게 하고 그들의 음기를 통해 단약을 조섭하는 것입니다. 그렇게 하면 몸이 다시 젊어지고 수명은 한없이 길어질 것입니다."

그 말을 들은 공도는 홀딱 마음을 빼앗겨 밀실을 하나 마련했다. 밀실 안에 두툼하게 요를 깔고 휘장 같은 것을 전혀 치지 않은 채 열 명의 만족 여성을 골라 데려다 놓았다. 여자들을 모두 발가벗긴 다음 살두타가 하는 방식대로 자신도 따라했다. 이들은 밤낮을 쉬지 않고 함께 즐겼다.

살두타는 불교에서 금하는 다섯 가지 채소며 도교에서 금하는 세 가지 고기까지 못 먹는 게 없었지만 돼지고기와 개고기만은 먹지 않았다. 그는 돼지를 돼지 아빠, 개를 개 할머니라고 불렀다. 공도는 접대에 최선을 다했다.

하루는 공도가 방중술은 그 비법을 터득했으니 콩을 뿌려 군대를 만들고 귀신을 부리는 묘술을 보여 달라고 청했다.

"그런 것쯤 어려운 일이 아니지요."

이렇게 말한 살두타는 자정 무렵 모두가 잠든 조용한 때를 골라 후원 한켠의 공터에 향로를 갖다 놓았다. 그는 향로에 향을 피우고 두 개의 붉은 색 양초에 불을 붙였다. 이어서 보검을 들고 물을 한 모금 머금었다가 내뿜으며 주문을 외기 시작했다.

그러자 동쪽에서 한 무리의 말을 탄 군사들이 튀어나와 진을 쳤다. 군사들은 모두 황금 갑옷을 입고 있었다. 서쪽에서도 마찬가지로 한 무리의 말을 탄 병사들이 나타나 진을 쳤다. 그들은 은빛 갑옷을 입고 있었다. 북소리가 울려 퍼지자 양쪽 군대는 하늘을 찌를 듯한 함성소리와 함께 서로 싸우기 시작했다. 전투가 한창일 때 홀연 키가 열 자나 되고 머리가 세 개, 팔이 여섯 개인 신장神將이 포효하며 등장하였다. 손에 무기를 든 신장은 호랑이, 표범, 사자, 코끼리, 전갈, 독수리 무리를 거느리고 나타나 이리 뛰고 저리 뛰었다.

넋을 잃고 바라보던 공도가 소리쳤다.

"스님, 이제 그만 법술을 거두어 주십시오!"

그러자 살두타가 검을 내밀며 외쳤다.

"그만!"

순식간에 양쪽 군대와 신장, 맹수가 모두 사라져 버렸다. 공도는 땅바닥에 엎드리며 간절한 목소리로 애원했다.

"제가 복이 많아 스님 같은 훌륭한 분을 뵙게 되었군요! 제게 한 가지 소원이 있는데 스님께서 꼭 힘을 빌려주셔야겠습니다!"

"진작 승상께 마음의 근심이 있다는 것을 이야기한 적이 있습니다. 우리가 만난 것은 다 하늘이 맺어준 인연이니 거리끼지 말고 말씀하십시오."

공도는 몸을 일으키며 말했다.

"이곳 섬라국은 부유한 나라로 복받은 땅이라 할 수 있지요. 나는 오래전부터 왕위에 오르고 싶었습니다. 국왕 마새진이 유약하고 무능한 인간이라서 모든 권력은 내 수중에 있었지요. 그래서 주머니 속의 물건이나 다름없이 쉽사리 손에 넣을 수 있다고 생각했습니다.

그런데 난데없이 송나라가 정동대원수 이준이라는 자를 파견해 금오도를 점거한 것입니다. 나는 대장 탄규와 함께 금오도를 되찾기 위한 싸움에 나섰는데 대패를 당하면서 그만 탄규가 바다에 빠져 죽고 말았지요. 이준은 내처 군사를 이끌고 쳐들어와 도성을 포위해 버렸습니다. 적에 대항할 힘이 없었기 때문에 국왕은 화의를 청하게 되었는데 화봉춘을 옥지공주의 배필로 맞으면서 양측은 전쟁을 멈추고 강화를 체결하게 되었습니다.

옥지공주는 물고기가 물 밑에 숨고 달이 모습을 가리고 꽃이 부끄러워할 정도로 아름다운 여자예요. 그런 여자를 중국 오랑캐 놈에게 빼앗긴 게 너무 분해요. 그 화봉춘이 재주가 대단합니다. 거기다가 이준이 호시탐탐 눈여겨보고 있으니 나로서는 속수무책이지요.

그런데 얼마 전 국왕이 만수산에 참배하러 갔다가 폐백을 태우던 중 불티가 날아와 국왕의 용포가 탄 것으로 보아 그의 운수가 다한 것으로 보입니다. 다만 이준과 화봉춘이 보통내기들이 아니어서 손을 쓰지 못하고 있는 것이지요.

이번에 스님처럼 뛰어난 분을 만난데다 스님께서 하늘과 땅을 관통하는 놀라운 법술을 가지고 계시니 아무쪼록 저를 섬라국 왕의 자리에 올려주십시오. 옥지공주를 귀비로 삼게 되면 내 평생의 소원을 이루는 것입니다. 그렇게만 되면 스님의 말씀이라면 무엇이든 따르겠습니다."

"그것은 조금도 어렵지 않은 일입니다! 승상의 관상을 보니 일국의 왕이 될 만합니다. 그런데 승상 가족의 복이 어떤지는 모르겠군요. 복이 없으면 헛수고에 지나지 않으니까요."

"알겠습니다. 우리 가족을 전부 불러 오겠습니다."

공도는 아랫사람을 불러 말했다

"마님과 공자, 소저 모두 와서 스님께 인사드리라고 전하게."

잠시 후 공도의 가족이 후원으로 건너왔다. 부인은 동그란 얼굴에 몸매가 뚱뚱했으며 다섯 명의 아들은 하나같이 얼굴이 기괴했다. 오직 딸만이 아름다운 용모를 지니고 있었다.

한 사람 한 사람 합장하며 살두타에게 예를 올렸다. 살두타는 한 눈으로 딸의 얼굴을 바라보며 말했다.

"부인은 복스런 상이라서 일국의 국모가 될 만합니다. 공자들은 모두 평범한 얼굴이라서 복이 아들대로 이어지기 어렵겠군요. 다만 소저는 귀상을 지녔으니 좋은 사위를 골라 왕좌를 물려줄 수 있겠습니다."

공도는 부인에게 물러가라고 한 뒤 말했다.

"자식들이야 다 자기들 나름의 복이 있을 테니 나는 내 복만 누리면 됩니다. 만약 왕위에 올라 옥지공주를 귀비로 삼게 되면 다시 똑똑한 아들을 낳을지도 모르잖소. 어미가 귀하면 막내라도 세자로 세울 수 있는 거지요."

살두타가 공도에게 말했다.

"내게 마법이 하나 있습니다. 법단을 세워주시지요. 팔괘를 그리고 중앙 태극권 자리에 육촌삼푼 크기의 나무 인형을 세운 다음 인형의 뱃속에 죽이고 싶은 사람의 생년월일을 적어놓는 것입니다. 그리고 인형의 일곱 개 구멍에 일곱 개의 자수바늘을 꽂은 뒤 매일 새벽에 부적을 한 장씩 사르고 저녁엔 밥과 국을 올릴 겁니다. 이렇게 이레 동안 계속하면 반드시 그 사람이 죽게 됩니다."

"그것 참 기묘하군요. 당장 법술을 시행해 주시오."

"죽이고 싶은 사람이 누구입니까?"

"첫째는 국왕 마새진, 둘째는 부마 화봉춘, 셋째는 정동대원수 이준입니다. 이 세 사람이 몽땅 죽고 나면 나 한 사람의 세상으로 더 이상 거리낄 게 없습니다."

"그 세 사람의 생년월일을 알고 있습니까?"

"마새진의 생일인 천추절에는 해마다 축하하러 가니까 물론 잘 알고 있고, 화봉춘은 그자가 자기 어머니의 장수를 빌기 위해 쓴 제문을 본 적이 있어서 생년월일을 알고 있소이다. 다만 이준은 금오도에서 한 번 만났을 뿐이라서 잘 모르겠습니다."

"이준이야말로 가장 먼저 제거해야 할 대상입니다. 국왕과 부마가 죽고 승상께서 왕위에 올랐을 때 만약 그가 군사를 일으켜 죄를 묻는다면 어떻게 막으시렵니까? 어서 금오도로 사람을 보내 알아내도록 하십시오. 그런 다음에야 일을 시작할 수 있을 것입니다."

"옳은 말씀입니다. 바로 사람을 보내겠소이다. 하지만 나무 인형을 조각하고 법단을 쌓는 일은 바로 착수하지요. 이준의 생년월일을 알아내면 곧바로 착수할 수 있도록 말이지요. 이제 더 이상은 기다리지 못하겠소이다. 우리 인생이란 게 얼마나 덧없고 짧습니까? 모든 게 갖추어진 다음에 즐기려 하면 이미 시간이 다 지나간 다음 아니겠소이까?"

"승상께서는 보양술을 터득하였으니 장수한 것으로 유명한 팽

조나 노자처럼 오래 살 것입니다. 앞으로 복이 무궁할 테니 지금이 막 해가 뜨려 하는 때라고 할 수 있습니다."

"그렇다 하더라도 서둘러서 나쁠 것 없지요."

다음날부터 서둘러 법단을 쌓고, 나무 인형을 조각하고, 필요한 물품을 구매하는 등의 모든 준비를 갖추었다. 그런데 공교롭게도 이준의 생년월일을 알아내기 위해 사람을 보낼 필요가 없게 되었다. 자연스레 알게 되었기 때문이다.

바보는 꿈을 진실인 듯 말하는 법이며
나쁜 짓을 많이 하면 끝내 그 업보를 받나니

제32회
승상 공도의 역모

 공도는 금오도에 사람을 보내 이준이 태어난 날을 알아내려 했다. 살두타로 하여금 마법을 부리게 하기 위해서였다. 그런데 단옷날이 이준의 생일이라서 화부마가 축하하러 간다는 소식이 들렸다. 공도는 기쁨을 감추지 못하며 살두타에게 말했다.
 "착한 소원은 하늘이 반드시 들어준다는 말은 이런 경우를 가리키는 모양이오. 이준의 생일은 다름아닌 단옷날이라서 가서 알아볼 필요가 없어졌다오."
 바로 법단을 쌓고 나무 인형을 만들어 인형의 뱃속에 국왕과 화봉춘, 이준의 생년월일을 적은 종이를 집어넣었다. 살두타는 부적을 태우고 주문을 외며 법술을 부리기 시작했다.
 단옷날은 이준의 마흔 번째 생일이었다. 국왕 마새진은 망포, 옥대며 금은보석 그리고 생일떡과 과일 같은 예물을 준비하였다. 국왕은 태감에게 예물을 가져가게 했는데 화부마가 함께 경축하러 갔다. 복청과 예운은 자신들도 함께 가겠다고 했다.

"이준 형님의 생신에 가지 않을 수 없소이다. 온 나라가 태평무사한데다 부장 두 사람을 남겨 만일의 경우에 대비해 두었으니 염려할 것 없습니다."

일행은 오월 초사흘에 출발해 금오도에 도착하였다. 이준을 찾아간 화봉춘은 예물 목록을 올리며 인사하였다.

"전하께서 친히 백부님의 생신을 축하하러 오시고자 하였으나 조정의 일이 바쁜 까닭에 태감을 파견해 경축 인사를 전하게 되었습니다."

그러자 이준이 감사의 마음을 표했다.

"나이 한 살 더 먹는 게 중한 일도 아닌데 국왕께서 이렇게 후의를 베풀어주시니 황송할 뿐이네."

단옷날이 되자 채색 비단과 초롱을 걸어 대청을 장식하고 마당에는 비단 장막을 쳤다. 당상에 향불을 피우고 등촉을 밝혔으며 신들의 위패를 모신 자리 앞에 떡과 과일을 진설하였다.

이윽고 풍악소리가 울렸다. 비단옷에 옥대를 두른 이준은 향을 피우며 천지신명께 예를 올렸다. 이어서 악화, 비보, 복청, 예운, 적성, 동위, 동맹, 화봉춘, 태감 일동이 이준에게 축하인사와 함께 장수를 기원하는 술잔을 올렸다. 이준은 일일이 감사의 말을 전했다.

이날 이준은 삼군에 상을 내리고 그들을 위로하기 위해 대전함 위에 연회석을 마련하였다. 병사들이 탄 배가 동시에 항구를 빠져나오며 승선한 병사들은 다 함께 창포주를 마셨다.

한편 한쪽에서는 용선놀이가 열렸다. 미리 준비한 열 척의 용선에는 각기 스물네 명의 병사들이 타고 있었다. 배마다 다른 색깔의 오색 옷을 입은 병사들이 바람처럼 빠른 속도로 용선을 저으며 바다를 왕래하였다. 날씨가 맑고 한 점의 미풍도 없어 바다 물결은 비단결처럼 잔잔하였다.

섬 주민들은 작은 배를 타고서 남녀노소 모두가 구경 나왔다. 먼바다 바깥 나라 사람들이 용선놀이를 알 리가 없기에 이들은 모두 깜짝 놀라며 즐거워하였다.

용선 위에서 징소리와 북소리가 울리자 용선들은 주위를 빙빙 돌며 수백 마리의 오리를 바다에 풀어놓았다. 이어서 오리를 붙잡으려는 용선들의 경기가 시작되었다. 물보라가 일며 구슬 같은 물방울이 튀어오르는 광경은 참으로 장관이었다.

이준 등은 전함 위에서 연신 술잔을 주고받았다. 흥을 돋우기 위한 벌주놀이를 즐기며 저물녘까지 가슴을 열고 실컷 술을 마셨다. 이를 노래한 시가 있다.

사악한 기운 물리치려 창포를 베고 석류꽃 붉어지는 계절
단오 절기를 맞아 훈풍 불어오는데
장엄한 사업 무르익어 경사스러운 잔치 베푸나니
가히 '바다를 휘젓는 용'混海龍으로 개명할 만하도다

이준은 용선놀이를 구경한 후 생일 잔치를 끝내고 섬으로 돌아왔다. 화봉춘에게 이삼일 놀다 가라고 권하자 악화가 말했다.

"나라가 다행히 무사태평한데다 부마께서 바다 건너에 있어 자

주 보지 못하니 이곳에 온 김에 며칠 머무르는 것도 좋은 일입니다. 하지만 공도는 간사하고 음험한 자라서 그 속마음을 헤아리기 어렵습니다. 부마와 복장군, 예장군이 없는 틈에 무슨 사단이라도 일어난다면 국왕께서는 고립무원의 처지에 놓이게 됩니다. 아무래도 빨리 돌아가는 게 좋겠습니다."

이준은 그 말이 옳다 생각하고 바로 돌아가도록 했다. 이준은 태감에게 예물을 내어주며 사의를 표했다. 화봉춘과 복청, 예운은 인사를 나눈 뒤 올 때와 마찬가지로 함께 돌아갔다.

공도와 살두타는 이준의 생년월일을 알았으니 열 가지 악업의 기운이 불같이 일어나는 액일을 골라 저주가 일어나도록 주문을 걸었다. 이틀이 지났는데 갑자기 국왕이 앓아누웠다. 공도는 대단히 기뻐했다. 하지만 화봉춘과 이준은 평소와 다름없이 무사했다. 과연 사악함이 정의를 이길 수 있을까?

옛날 당나라 고종 시절에 서역에서 한 승려를 당나라에 보낸 일이 있었다. 주문을 외어 사람을 선 채로 죽게 한다 하여 조정에서 신처럼 공경했다. 그때 태사령 부혁이 아뢰었다.

"요승의 사술에 불과합니다. 바른 사람을 해칠 수는 없습니다. 그로 하여금 저에게 주문을 걸어 제가 죽는지 시험해 주십시오."

고종은 그 승려를 불러 부혁에게 주문을 걸라고 하였다. 수백 수천 번 주문을 외웠지만 부혁은 아무렇지도 않았다. 오히려 그 승려가 일곱 개의 구멍에서 피를 흘리며 죽었다.

마새진은 이미 늙어서 그림자가 드리우기 시작한 사람이기 때문에 악마의 손길이 미칠 수 있었다. 하지만 이준과 화봉춘은 생기발랄한데다 장래의 복을 약속받은 사람이었다. 아무리 악마라도 감히 침범할 수 없었다.

살두타는 온 힘을 다해 법술을 시행하였다. 마침내 이레째가 되었다. 국왕은 오히려 병이 나았는데 그만 일곱 살짜리 세자가 병도 없이 요절하였다. 국왕과 왕비는 대성통곡하며 후히 장사지냈다.

"스님의 법술이 영험함은 절반쯤 증명이 된 셈이지만 아직 세 사람이 죽지 않았으니 어찌된 까닭인가요?"

공도가 고개를 갸웃하자 살두타가 말했다.

"보통사람이면 이레 만에 반드시 죽습니다. 하지만 국왕, 장군, 부마는 많은 복을 타고난 사람입니다. 아무래도 그 두세 배인 열나흘이나 스무하루는 걸릴 것입니다. 마흔아흐레쯤 계속 주문을 걸면 제아무리 제석천왕이라도 반드시 재앙을 당합니다.

그런데 지금 화봉춘이 복청, 예운 장군과 함께 금오도에 이준의 생일을 축하하러 갔으니 자리를 마련해 국왕을 초청하면 어떻겠습니까? 제가 약을 사용해 독살할 테니 승상께서 바로 왕위에 오르시지요. 만일 이준과 화봉춘이 쳐들어오면 저와 결의형제를 맺은 혁붕, 혁조, 혁곤의 세 형제가 있으니 그들을 불러 오겠습니다.

하나같이 만 명이 덤벼도 당하지 못할 정도의 무용을 갖춘 자들입니다. 원래 점성국 사람이지만 지금은 황모도에 머물고 있습니다. 그들의 휘하에 있는 오천 묘족 병사들은 전쟁에 아주 뛰어난 자들입니다. 제가 편지를 써서 그들을 불러들이겠습니다. 이준과 화봉춘을 죽이고 금오도를 되찾으면 승상의 보위는 천년만년 굳건할 것입니다."

공도는 크게 기뻐하며 조정에 출사해 왕에게 아뢰었다.

"신이 뵙건대 주상께서 국사에 매진하시느라 옥체를 제대로 돌보지 못하고 계신데다 세자께서 갑작스레 서거하시어 많이 상심하고 계신 줄 아옵니다. 아무쪼록 옥체를 평안히 하셔야 합니다. 내일은 단오절이니 신이 주상전하의 시름을 덜어드리기 위해 조촐한 자리를 마련하고자 합니다. 누추하오나 신의 집으로 왕림해 주시면 큰 기쁨이겠습니다.

더불어 천축국에서 온 한 고승이 있사온데 불로장생하는 단약을 가지고 있습니다. 복용하게 되면 천 년을 살 수 있다고 합니다. 소신은 전하를 위해 미력하나마 성심을 다하겠습니다."

국왕은 공도의 말을 가납하였다.

"알겠소. 임금과 신하는 한몸이니 너무 후한 대접은 하지 마시오. 내일 일찍 경의 집으로 가겠소."

공도는 국왕께 감사의 인사를 드리고 물러갔다. 대전에서 돌아온 국왕이 왕비에게 말했다.

"세자가 일찍 세상을 떠 내가 슬퍼하는 것을 보고 승상이 근심을 덜어주겠다며 내일 단오절에 나를 집으로 초청했소."

그러자 왕비가 말했다.

"뭔가 속셈이 있는 것 같으니 가시지 않는 게 좋겠습니다. 게다가 병석에서 일어난 지 얼마 지나지 않아 과로하시면 안됩니다. 궁에서 연회를 여는 것으로 창포절을 보내시지요."

"지척지간인데 거기 간다고 무슨 과로라 할 게 있겠소? 궁중에 있으면 세자 생각이 끊이질 않는구려. 눈길 가는 곳마다 세자의 자취가 배어 있어 만사에 슬픔이 북받치는 것이오. 이번 기회에 잠시 가슴의 시름을 푸는 것도 나쁘지 않을 것 같소."

부왕의 말을 듣고 옥지공주가 간했다.

"공도가 권력을 움켜쥐고 제멋대로 휘두른 지 이미 오래입니다. 딴마음을 품고 있는 게 분명합니다. 그가 자기 집에서 연회를 베풀겠다고 청한 것은 결코 호의가 아닐 것입니다. 가시더라도 부마가 오거든 그때 함께 가십시오."

"공주가 지나친 염려를 하는구나. 승상은 대대로 국은을 받은 몸인데 무슨 딴마음을 품는단 말이냐!"

"아바마마께서는 만수산에서 불티가 용포를 태운 일이며 단하산에서 도사가 읊은 게송을 기억하시지요? 못 간다고 말씀을 전하시지요."

국왕이 다시 단호하게 말했다.

"불티가 용포를 태운 것으로 인해 세자가 이미 세상을 떠났거늘 무슨 불상사가 더 생기겠느냐? 나는 이미 약속해 버렸다. 왕의 말은 명주실과 같아서 한 번 뱉으면 거둬드릴 수 없는 법이다!"

왕비와 공주가 여러 번 간해도 국왕은 가겠다는 고집을 꺾지 않았다. 하는 수 없이 공주가 말했다.

"아바마마의 뜻이 그러시다면 근위군을 데리고 가십시오. 두 부장에게 무장한 근위군 삼백 명으로 신변을 지키게 해 만일의 사태에 대비하셔야 합니다."

그러자 국왕은 고개를 끄덕였다.

"그렇게 하도록 하마."

다음날 아침 공도가 다시 자신의 거소로 행차할 것을 청했다. 국왕은 어가를 대령케 해 승상부로 출발했다. 두 부장이 삼백 명의 근위군과 함께 어가를 호위하고 네 명의 내시가 뒤를 따랐다.

승상부에 도착하자 공도가 문 앞에 부복하며 국왕을 영접했다. 연회장은 한치의 빈틈도 없이 잘 준비되어 있었다. 비단 병풍이 사방을 에두르고 채색 휘장이 높이 걸려 있었다. 산해진미와 금잔, 옥그릇은 말할 것도 없었다. 연회장 아래 마당에서는 악사들이 생황을 연주하였다. 술병을 들고 시중드는 사람은 모두 비단옷에 수놓은 꽃모자를 쓰고 있었다.

공도는 몸을 숙여 배례하며 국왕에게 자리에 앉기를 권했다. 탁자 위에는 금제, 은제 그릇에 맛있는 과일이 가득하고 백이십여 개나 되는 용무늬 대접에 안주가 담뿍 담겨 있었다. 국왕은 공도에게 자신과 가까운 자리에 앉도록 했다.

삼백 명 근위군은 승상부 문밖에 배치되고 전신 갑옷을 입은 두 부장은 검을 들고 국왕의 좌우에 섰다. 비단옷 차림에 꽃모자를 쓴 여인이 술과 음식을 들어 무릎 꿇고 받쳐 올리면 내시가 그것을 받아 국왕에게 전했다.

국왕이 술을 세 잔 마시고 얼마쯤 음식을 먹고 나자 한 무리의 여인들이 마당으로 불려나왔다. 여인들은 춤추고 노래하였다. 공도는 국왕에게 다시 술을 권했다.

"과인은 덕이 부족하지만 승상께서 조정의 일을 두루 보좌해

주니 승상이야말로 짐이 가장 신임하는 신하요. 오늘 이처럼 군신이 함께 즐기니 그 무엇보다 기쁜 자리가 아닐 수 없소."

공도는 자리에서 일어나 공손히 아뢰었다.

"전하의 크나큰 복이시옵니다. 세자께서 불행한 일을 겪으셨지만 전하의 춘추가 아직 한창이시니 앞으로 상서로운 일이 있을 것입니다. 신에게 장성한 딸이 하나 있는데 덕과 용모를 갖추었으니 후궁으로 데려다 전하를 모시게 하면 좋겠습니다."

"승상의 딸을 어찌 첩으로 삼을 수 있겠소! 따로 양갓집 규수 중에 후궁을 뽑으면 될 것을!"

"신이 재주가 미천한데도 전하의 은덕으로 재상의 자리까지 올랐습니다. 신의 딸이라도 전하를 가까이서 모실 수 있다면 큰 행복이옵니다. 지금 바로 신의 딸이 전하를 알현토록 하겠습니다."

공도는 자신의 딸을 불러오라고 했다. 국왕은 공도를 말리지 못했다.

잠시 후 시녀가 공도의 딸을 부축해 데려왔다. 고운 궁중 복식을 차려입은 소저의 얼굴은 백옥처럼 하얗고 몸에서는 난초와 사향 향내가 풍겼다. 수놓은 허리띠는 꽃가지마냥 나풀거리고 장신구 소리는 은은하였다. 소저는 단정한 태도로 국왕에게 사배를 올렸다. 국왕은 소저에게 말했다.

"얼굴을 들라!"

소저는 큰 옥잔에 호박주를 따라서 두 번 절하며 국왕에게 올렸다. 국왕은 마음 가득 기뻐하며 말했다.

"승상의 성의를 아는지라 과인은 차마 거절하지 못하겠구려. 내일 혼인 의식을 거행해 비빈으로 삼을 테니 경은 과인의 장인으로서 태사가 되어주시오."

공도는 딸에게 감사 인사를 올리도록 했다. 소저는 꾀꼬리 같은 낭랑한 목소리로 말했다.

"천세, 천세, 천천세!"

그리고 고운 걸음걸이로 조심스레 물러갔다. 왕은 크게 기뻤다.

공도가 말했다.

"신의 집에 고승이 한 분 와 있는데 전하를 알현토록 하고 싶습니다. 전하의 명을 받지 못했으니 어찌하면 좋겠습니까?"

국왕이 대답했다.

"과인이 잊고 있었구려! 그 고승을 만나 장생 묘약을 구하고 싶으니 속히 나오라고 하시오!"

그러자 후원에 있던 살두타가 모습을 보였다. 새빨간 가사를 입고 목에 염주를 두른 살두타는 국왕에게 배무의 예를 올렸다. 국왕은 일어나서 답례하고 도로 자리에 앉았다. 국왕은 살두타를 공도 옆자리에 앉게 했다.

"스님은 어느 나라 사람이고 언제 이곳에 오셨소이까?"

국왕이 묻자 살두타가 대답했다.

"소승은 천축국 출신으로 달마대사의 삼십팔대 제자입니다. 대대로 전해 오는 달마대사의 가사와 바리때를 전수받고 참선을 깊이 공부했습니다. 아울러 봉래산 신선을 만나 장생 단약을 조제하는 비결을 배웠습니다. 용과 호랑이는 물론 귀신도 마음대로 부릴 수 있습니다.

소승이 영취산에서 구전령단이라는 영약을 제조하였사온데 '연령고본종자자금환'延齡固本種子紫金丸이라 합니다. 큰 복을 타고난 사람이 아니면 복용할 수 없는 약입니다. 소승이 이곳 섬라국의 기세를 살폈더니 상서로운 빛과 기운이 가득해 배를 집어타고 곧장 이곳으로 왔습니다. 도착한 지 사흘이 되었는데 감히 전하를 알현하기 어려워 승상부에 머물고 있었습니다. 오늘 전하의 용안을 우러러뵈니 실로 요임금 순임금 같은 성군이시옵니다. 이 자금환을 드시면 천세까지 천수를 누리실 것이며 아들 열을 줄줄이 두시게 될 것입니다."

살두타는 허리에 찬 호리병에서 환약 한 알을 꺼냈다. 용의 눈알만큼 크고 은은한 금빛이 도는 환약을 살두타는 국왕에게 두 손으로 바쳤다. 국왕은 환약을 받으며 말했다.

"스님께서 정성들여 만든 선물이니 자연히 영험이 있겠지요. 지금 단하산에 영복사라는 절을 짓고 있는데 스님을 그곳으로 모시고 싶소이다. 그런데 이 약은 언제 복용하는 것이오?"

"이 약은 순수한 양기를 모아 조제한 것이니 반드시 양일陽日 양시陽時에 복용해야 합니다. 마침 오늘이 단양일이로군요."

살두타는 잠시 뜸을 들이며 하늘의 기운을 살피더니 말했다.

"오시午時가 좋은데 다행히도 지금 정확히 오시가 되었습니다. 지금 복용하시면 됩니다."

살두타는 옥그릇에 호박주를 따른 다음 환약을 넣고 상아 젓가락으로 잘 으깨지도록 저었다. 가련한 마새진은 오래 살고 싶고 아들을 얻고 싶은 마음이 굴뚝 같았다. 살두타의 헛소리에 깜빡

속아 넘어간 마새진은 살두타가 내미는 그릇을 받아 단숨에 마셔 버렸다.

"어째 약 기운이 목구멍을 찌르는 것 같소이다."

국왕이 얼굴을 찌푸리자 살두타가 말했다.

"좋은 약은 입에 쓰지만 병에 이롭다는 말이 있잖습니까?"

한 시간이나 채 지났을까. 국왕은 자꾸만 배가 아프다고 호소하였다. 급기야 약의 독성이 온몸에 퍼지면서 극심한 고통에 몸부림치다 순식간에 아홉 개의 구멍에서 피를 쏟아내곤 숨이 멎어 버렸다.

그것을 본 두 부장은 황급히 보검을 뽑아 살두타를 베려 하였다. 살두타는 얼른 가사를 벗어던지더니 몸에 숨기고 있던 두 자루의 계도를 들고 연회석 앞에서 두 부장과 맞섰다. 겨우 한두 합이나 겨루었을까. 순식간에 두 부장 모두 저세상 사람이 되고 말았다.

문밖으로 뛰어나간 내시가 근위군을 불러들이자 살두타는 주문을 외웠다. 그러자 헤아릴 수 없이 많은 수의 귀신이 군대를 이루어 하늘에서 내려오는 것이었다. 그것을 본 근위군은 질겁하며 모두 달아나 버렸다.

소란한 틈을 이용해 달아난 내감이 궁중으로 달려와 국왕이 살해당한 사실을 알렸다. 왕비와 공주는 울음을 터뜨리며 혼절했다가 겨우 깨어났다. 화부인과 진부인도 찾아와 함께 통곡하였다. 화부인이 말했다.

"이 역적놈이 전하를 시해했으니 곧 궁으로 들이닥칠 것입니다.

어떻게 하면 좋겠습니까?"

"나는 차라리 죽어서 국왕의 뒤를 따르겠소!"

왕비가 이러며 통곡을 그치지 않는 가운데 공주가 나섰다.

"한시바삐 사람을 금오도로 보내 부마와 이장군에게 사실을 알려야 합니다. 군사를 데리고 와 원수를 갚도록 해야지요."

공주의 말에 따라 국모는 내감을 금오도로 보냈다.

궁중의 일은 잠시 미뤄두기로 하자. 공도는 국왕이 독살당한 것을 보고 크게 기뻐했다.

"국왕이 죽었으니 이제 일은 다된 것이나 다름없다!"

그는 국왕의 시신을 교외로 옮겨 재빨리 매장해 버리고 효유문을 발표하였다.

'국왕께서 갑자기 승하하셨는데 유언에 따라 승상이 왕위를 계승해 나라를 다스린다. 문무백관은 내일 아침에 모두 조회에 참례할 것이며 만약 이를 어기는 자는 온 가족을 도륙할 것이다.'

공도는 살두타와 함께 심복 부하들을 데리고 궁궐로 향하면서 속으로 생각했다.

'한번 시작한 일은 완벽히 마무리를 지어야 한다. 옥지공주를 빼앗아 내 것으로 만든 다음에 화봉춘을 상대해야겠다.'

그러곤 다시 머리를 굴렸다.

'듣자니 화봉춘의 고모가 젊은 미망인인데 그렇게 절세미인이라지. 옥지공주와 더불어 하나는 동궁, 하나는 서궁에 두면 평생의 소원을 이루는 셈이다.'

살두타도 속으로 생각했다.

'내가 공도를 위해 이처럼 큰 기여를 했으니 그의 딸을 아내로 짝지워달라고 해야겠다. 감히 거절은 못하겠지. 혁가 형제들이 오는 대로 군대의 위력으로 제압하면 모든 권력이 내 손에 떨어질 수밖에 없을 거야. 공도가 말을 듣지 않는다 하더라도 환약 한 알이면 충분하지.'

두 사람은 저마다 이런 음흉한 생각을 품고 궁궐 문 앞에 이르렀다. 궁궐 문이 굳게 닫혀 있는 것을 보고 무사를 불러 문을 열라고 했다. 그때 갑자기 천지가 캄캄해지며 하늘에서 한 줄기 붉은 기운이 내려와 공도와 살두타를 쓰러뜨렸다. 그 바람에 그들은 궁궐 안으로 들어갈 수가 없었다.

게다가 문무백관과 성 안팎의 백성들 모두 귀의하는 기색을 보이지 않았다. 오히려 국왕의 원수를 갚겠다고 원망하는 등 민심이 흉흉했다.

"스님의 법력으로 국왕이 사망했지만 백성들이 불복하는데다 이준과 화봉춘이 군사를 이끌고 쳐들어올 것이 분명한데 어찌하면 좋겠소?"

공도가 걱정하자 살두타가 대답했다.

"걱정하지 마십시오. 혁가 형제의 군대가 곧 도착할 테니까 필요하면 한바탕 쓸어버리면 됩니다. 대거 죽어나가는 것을 보면 겁이 나서 꼼짝 못할 것입니다. 내일은 어쨌든 왕위에 오르십시오. 그후 금오도로 쳐들어가 이준과 화봉춘을 토벌하고 나면 나머지는 염려할 것이 없습니다."

"하나부터 열까지 모두 스님을 믿고 의지하겠습니다. 함께 부귀를 누리도록 하시지요."

"부귀 같은 건 마음에 두지 않습니다. 하지만 모든 일이 성사되고 나면 꼭 청하고 싶은 소원이 하나 있습니다."

"어떤 소원이든 스님의 뜻에 따르겠습니다."

공도의 말에 살두타는 크게 기뻐하였다. 이때 혁가 형제의 군대가 도착했다는 보고가 올라왔다. 살두타가 직접 가서 영접하였다. 혁붕, 혁조, 혁곤은 모두 몸집이 크고 키가 컸다. 푸른 눈에 노랑 수염이 도드라진 그들은 외모에서부터 일당백의 장사들로 보였다. 그들은 군선 이백 척에 묘족 병사 오천 명을 끌고 왔다. 등나무 줄기로 만든 갑옷을 걸치고 맨발에 머리를 풀어헤친 채 큰 칼을 손에 쥔 그들의 모습은 마치 마귀를 연상시켰다.

혁가 형제는 공도와 인사를 나누었다. 살두타는 묘족 병사들을 시켜 각 부처의 높은 자리에 있는 신료 백여 명을 잡아오게 했다. 잡혀온 자들의 손발을 자르고 목을 벤 다음 잘라낸 머리를 큰 거리에 내걸었다.

백성들 역시 모두 명령에 따르도록 하고 복종하지 않는 자는 그들의 구족을 멸하였다. 백성들이 무슨 힘이 있겠는가! 모두 순종할 수밖에 없었다. 항구로 통하는 요처에는 혁가 군사들이 배치되었다. 하다못해 귓속말을 소곤거리는 사람이라도 있으면 잡아다 죽여 버리니 너도나도 두려워 입도 뻥긋하지 못했다.

다음날 아침 북소리가 울리고 종소리가 울리자 충천건을 쓰고 자황포를 입은 공도는 금란전 보좌로 향했다. 공도는 보좌에 엉덩이를 걸치려다 갑자기 현기증이 일며 비틀거렸다. 내관이 얼른 그를 부축하였다.

문무백관은 목숨을 보전하기 위해 공도 앞에 나와 하례하였다. 공도는 살두타를 대국사에 봉하고 승상을 겸하게 했다. 혁붕을 비롯한 혁가 삼형제는 대장군이 되어 병권을 쥐었다. 다른 관리들은 대부분 옛 자리에 다시 임명되었다. 공도의 부인은 왕비가 되고 큰아들은 세자, 딸은 공주가 되었다.

급한 정무를 마친 공도는 큰 잔치를 열었다. 마음껏 술을 마시며 즐기던 공도가 말했다.

"과인이 국사와 대장군들의 도움으로 왕위에 올라 참으로 만족스럽소이다. 다만 궁궐에 들어갈 수가 없으니 어떡하면 좋겠소?"

"급하실 것 뭐가 있습니까? 먼저 금오도를 쳐부순 다음에 조치하시지요."

살두타가 공도를 위로하였다. 일동은 밤늦도록 술을 마셨다. 살두타와 혁붕 등은 노래하고 춤추던 여자들을 하나씩 끼고 즐기러 갔다.

묘족 병사들은 제멋대로 부녀자들을 빼앗아 간음을 저질렀다. 그들이 아무 거리낌없이 패악질을 하는데도 가련한 백성들은 두려움에 떨며 아무런 소리도 하지 못했다. 소리 죽여 울음을 삼킬 뿐이었다.

왕비, 공주, 화부인은 궁중에서 공도가 침범해 올까봐 전전긍긍하고 있었다. 그런데 도무지 그럴 기미가 보이지 않았다. 내시가 들어와 아뢰었다.

"공도와 살두타가 어제 궁궐 문 앞에까지 왔는데 갑자기 천지가 캄캄해지면서 붉은 기운이 덮쳐 두 역적놈이 그 자리에서 쓰러져 버렸다고 합니다. 그래서 안으로 들어오지 못했습니다. 그런데 황모도에 있던 혁가 형제들이 묘족 병사 오천을 데리고 와서 성안을 쏘다니며 백여 명이나 되는 신료들을 살해해 그 수급을 길가에 내걸었으며, 오늘 아침에 공도가 스스로 왕위에 올랐다고 합니다."

"조종의 유업을 하루아침에 적도의 손에 넘겨주다니! 어떻게 이 한을 푼다는 말인가!"

왕비가 한탄하자 옥지공주가 달랬다.

"부마가 곧 돌아올 것입니다. 우선 아바마마의 위패를 마련해 아침저녁으로 배례하시지요. 붉은 기운이 덮쳤다고 하니 하늘이 우리를 보살피는가 봅니다. 머지않아 적도들이 모두 멸망할 것이니 어마마마께서는 너무 상심하지 마셔요."

그제야 왕비는 눈물을 거두고 국왕의 신위를 모시는 단을 마련했다. 그리고 밤낮으로 곡하며 비통해 했다. 그날 밤 삼경에 왕비는 곡을 하던 중 설핏 잠이 들었다. 꿈에 국왕이 도인의 모습으로 나타나 말했다.

"과인이 왕비와 공주의 충고를 듣지 않아 적도의 검은 마수에 걸려들고 말았구려. 하지만 단하산 사부를 따라 출가하게 되어 오히려 유유자적한 몸이 되었소. 이장군과 화부마가 반드시 적도를 타도할 것이오. 궁궐은 금갑신인이 지키고 있어 적도가 침범하지 못할 터이니 안심하시오. 나는 가리다."

왕비는 돌아서는 국왕의 도포 자락을 붙잡았다. 국왕이 왕비의 손을 뿌리치는 바람에 왕비는 번득 잠에서 깼다. 왕비가 공주를 불러 꿈 이야기를 들려주자 공주가 말했다.
"아바마마께서 꿈에 나타나 앞일을 일러주신 것이니 어마마마께서는 이제 마음을 놓으세요."
그리하여 왕비와 공주는 궁궐 문을 단단히 닫아걸고 인내하며 때를 기다렸다.

한편 생일 축하연을 마치고 복청, 예운과 함께 금오도에서 돌아오던 화봉춘은 섬라성에서 삼십 리 떨어진 곳까지 도착하였다. 문득 해안에서 쏜살같이 달려오는 배 한 척이 눈에 띄었다. 배 안에는 내감이 타고 있었다. 가까이 다가와 화부마의 배로 옮겨 탄 내감은 화부마에게 울면서 말했다.
"전하께서 단옷날 공도의 집에 행차했다가 살두타란 놈에게 독살되셨습니다. 공도는 스스로 왕을 칭하고 있습니다. 중전마마와 공주마마께서 부마를 모셔오라 해서 제가 이렇게 달려왔습니다."
화봉춘은 그 말을 듣더니 큰 소리로 울음을 터뜨렸다.
"일이 이렇게 된 마당에 운다고 무슨 소용인가! 어떻게 복수할지나 상의하세!"
복청이 다독이자 화봉춘이 말했다.
"어서 가봐야겠습니다. 왕비마마와 어머니 그리고 공주가 어떻게 되었는지 모르니 말예요."
"안되네. 놈이 왕위를 찬탈했으니 틀림없이 놈의 심복들이 성문을 단단히 지키고 있을 걸세. 우리는 이준 형님의 생신을 축하하러 갔다 오느라고 거느린 군사가 하나도 없지 않은가? 이대로 그 곳에 갔다가는 놈들에게 당하고 말걸세. 차라리 금오도로 돌아가 이준 형님과 상의하세. 그럼 다음에 군사를 거느리고 진격하자고."

예운이 화봉춘을 만류하자 내감 역시 같은 의견을 냈다.

"살두타가 황모도에 있던 혁가 삼형제를 불러들이는 바람에 그들 휘하의 묘병 오천 명이 여기저기를 철통같이 지키고 있는데 어떻게 갈 수 있겠습니까? 게다가 살두타는 요술에 능하고 귀신도 능수능란하게 부리는 자입니다. 공도는 그날 궁궐 문을 들어서려다 하늘에서 내려온 붉은 기운에 혼비백산해 쓰러지고 말았습니다. 다행히도 궁궐은 무사합니다. 그러니 예장군의 말처럼 일단 금오도로 돌아가 대책을 마련하시지요."

화봉춘은 어쩔 수 없이 배를 돌렸다. 그런데 공교롭게도 역풍을 만나는 바람에 뱃전을 때리는 흰 파도가 하늘 높이 치솟아 돛을 올릴 수가 없었다. 부득이 해안가 모래톱에 배를 정박하였다. 마음이 초조한 화봉춘의 두 눈에서는 연신 눈물이 흘러내렸다.

"혁가 형제가 오천 명의 묘족 병사를 거느리고 있는데다 살두타가 요술을 부린다니 만반의 준비를 갖추어야 하네. 그렇지 않으면 놈들을 깨뜨리는 게 불가능해. 지금은 혼신의 힘을 다해 눈앞에 닥친 재앙을 물리쳐야 할 때일세. 너무 비탄에 빠져 몸을 망쳐서는 안되네."

복청과 예운이 위로하자 화봉춘이 말했다.

"얼마 전 만수산에 참례하러 갔을 때 전하의 용포가 불에 타는 불길한 일이 발생했지요. 그리고 단하산에서 도사가 읊은 게송이 운이 다했음을 일컫는 내용이라서 불상사가 일어나지나 않을까 걱정했습니다. 공도라는 자가 가슴에 딴마음을 품고 있으니 놈을 조심해야 한다고 악화 삼촌이 누누이 말씀하셨는데 설마 이렇게 악랄한 수법으로 나오리라고는 생각지도 못했습니다. 이번에 우리가 금오도에 가지 않았더라면 놈도 두려워서 감히 손을 쓰지 못했을 것이고, 전하를 연회에 가시도록 하지도 않았을 텐데 말이죠."

"공도가 황모도의 묘병과 공모했으니 이미 날개를 단 것이란 말일세. 우리 군사는 겨우 오백 명인데 어떻게 그들을 이길 수 있었겠는가? 다행히 금오도에 간 덕분에 목숨을 보전해 원수를 갚을 수 있다고 생각하세. 그곳에 있었더라면 우리도 놈들에게 당하고 말았을 걸세."

날이 저물자 바람은 더욱 거세졌다. 화봉춘은 밤새 눈을 붙이지 못했다. 날이 밝으면서 바람이 잦아들어 마침내 배를 띄울 수 있었다.

금오도로 돌아오자 이준과 악화는 화봉춘 일행이 다시 돌아온 것을 보고 깜짝 놀랐다. 어째서 다시 왔느냐고 묻자 화봉춘은 눈물을 흘리며 말했다.

"전하께서 공도에게 시해되고 왕위를 빼앗겼습니다. 살두타란 자가 황모도의 혁가 삼형제와 그들 휘하의 오천 묘병을 불러들여 주둔하는 바람에 성안으로 들어갈 수 없었습니다. 그래서 백부님, 숙부님께 의논드린 뒤 군사를 내어 원수를 갚으려고 돌아온 겁니다."

"그래서 놈을 각별히 경계해 몇 번씩이나 제거해 버릴까 생각했 었는데…. 하지만 국왕께서 의심을 품을까봐 참고 있었더니 기어 이 이런 변란이 발생했네그려. 지금은 더 이상 논란의 여지가 없 네. 대장군, 즉시 군사를 거느리고 가 정벌하시지요."

악화가 이렇게 주장하자 복청이 조심스레 말을 꺼냈다.

"놈에게는 오천의 묘병이 있고 살두타는 요술에 능합니다. 우리 군사는 삼천 명이 채 되지 않는데다가 일부 병력을 남겨 섬도 지 켜야 하오. 만일 일이 잘못되기라도 하면 어떡하죠?"

그러자 이준이 말했다.

"마새진 국왕께서는 우리를 진심으로 대해 주셨네! 지금 국왕 께서 시해되셨다니 반드시 원수를 갚아야 해! 게다가 화공자가 부마로서 국왕의 지극한 사랑을 받았으니 화공자로서는 부모의 원수이자 그들과 한 하늘을 이고 살 수 없는 일이네! 군대의 강약 을 따질 일이 아니야!"

즉시 천 명의 군사를 서른 척의 군선에 탑승시켰다. 모든 배는 흰색 깃발을 높이 달았다. 복청과 예운은 뒤에 남겨 금오도를 지 키게 하고 이준 스스로 악화, 비보, 동위, 동맹, 화봉춘과 함께 섬 라성을 향해 달려갔다.

섬라성까지 절반쯤 갔을 때 갑자기 큰 소리가 나면서 대장기가 바람에 부러졌다. 모두들 괴이쩍게 생각하였다.

"대장기가 부러진 것은 불길한 징조다! 장졸들 모두 방심하지 말라!"

이준이 이렇게 외치자 악화가 말했다.

"묘병은 사납고, 살두타는 요술에 능하고, 혁붕 형제는 용맹하다니 적을 가벼이 보면 안됩니다. 군대를 세 개의 부대로 나누어 각기 전선을 열 척씩 배치하는 게 좋겠소. 형님과 제가 중군을 맡고, 비보와 화봉춘은 선봉, 동위와 동맹은 후군을 맡는 것으로 합시다. 먼저 적의 허실을 살핀 다음에 움직여야지 적을 얕잡아 보고 함부로 교전해서는 안됩니다. 서로 긴밀히 호응해 가며 싸운다면 우리가 패하는 일은 없을 것입니다."

부대 편성을 마친 그들은 섬라성 가까이 다가갔다. 갑자기 두 척의 척후선이 쏜살같이 다가왔다. 각각 삼십여 명의 묘병이 타고 있었다. 선봉에 있던 화봉춘이 철궁에 낭아전을 장전해 시위를 당겼다. 날아간 화살은 정확히 묘병의 가슴팍을 뚫었다. 화살을 맞은 묘병은 곤두박질치며 바닷속으로 빨려들어갔다.

척후선이 뱃머리를 돌려 달아나자 세 부대에 속한 전선 모두가 일제히 뒤를 추격하였다. 추격하면서 살피니 해안에 적의 군선 백여 척이 모여 있는 수채가 눈에 들어왔다. 수채 위에 치켜세운 창칼이 눈처럼 빛을 내뿜었다.

이준은 진격을 멈추고 바다에 면한 산자락 아래 전선을 정박하도록 했다. 악화가 말했다.

"놈들의 수채가 아주 격식있게 잘되어 있군요. 게다가 묘병은 용맹하니 지략으로 싸워야지 힘으로 밀어붙여서는 안됩니다. 먼저 깃발을 흔들고 북을 쳐서 살두타와 혁붕 등을 유인합시다. 놈들이 얼마나 강하고 약한지 시험해 보는 게 좋겠습니다."

곧바로 호포를 쏘게 하였다. 거기에 맞추어 함성을 지르고 깃발을 흔들며 그들은 위세를 과시하였다. 한편 공도는 금오도 병사들이 쳐들어왔다는 보고를 받고 살두타와 의논하였다.
"이준과 화봉춘이 왔다는데 어떻게 막으면 좋겠소?"
살두타가 대답하였다.
"혁가 형제 셋이 바다에 나가 있으니 조금도 두려워할 게 없습니다. 그들 스스로 제 무덤을 찾아온 것이지요. 금오도로 쳐들어갈 필요도 없으니 잘됐지요. 제게 한 가지 계책이 있습니다. 놈들을 한 놈도 남기지 않고 쓸어버리도록 가서 일러두겠습니다."

악마는 교묘한 교란책을 펼치고
의기로운 호걸들 이를 응징하도다

제33회
위기에 몰린 금오도

 공도가 살두타에게 이준의 군대를 물리칠 방책을 묻자 살두타는 걱정하지 말라며 이준과 화봉춘을 제거해야 왕위가 안정될 것이라고 말했다. 마침 금오도를 공격하려 했는데 그들이 스스로 왔으니 한 놈도 살아 돌아가게 할 수 없다는 것이었다. 살두타는 수채에 가서 묘계를 시행하겠다고 했다.
 공도를 안심시키고 수채로 간 살두타는 혁붕에게 작전을 지시하였다. 혁붕은 살두타가 일러준 대로 수채 문을 굳게 닫고 싸우러 나가지 않았다.
 섬라성 아래 도착한 이준은 혁붕의 수채가 엄중하게 꾸려져 있는데다 수채 밖에 한 척의 배도 눈에 띄지 않고 쥐 죽은 듯이 고요해 몹시 초조했다. 조급한 마음에 당장이라도 공격을 감행하고 싶었다. 그러자 악화가 말했다.
 "묘족 병사들은 경망한 자들이라서 반드시 싸움을 걸어올 줄 알았는데 어찌된 일인지 모르겠소이다. 수채를 굳게 닫은 채 꼼짝도 하지 않는 것을 보니 무슨 계략이 있는 게 분명합니다. 절대로 조급히 공격해서는 안됩니다."

화봉춘이 초조해 하며 말했다.

"전하께서 시해당하고 도성이 적도들의 손에 넘어갔으니 궁중의 상황이 어떤지 걱정됩니다. 기다리고만 있다가 언제 원수를 갚는단 말씀입니까? 제가 목숨을 걸고 공격하겠습니다. 수채를 깨뜨리면 천행이고 만일 실패하더라도 나라를 위해 순국한 것이니 아쉬울 게 없습니다."

"모든 일에는 근본이 있고 또한 상황에 잘 대처하는 것이 중요하네. 반드시 계획을 세워 싸워야 하며 상대방을 알고 자신을 알아야 승리를 거둘 수 있단 말일세. 한번 일이 틀어지면 우리 같은 고립된 군대는 지탱하기 어려워. 자네가 나라를 위해 목숨을 바치겠다고 하지만 그러면 홀로 계신 자네 어머니와 젊은 아내는 누구한테 의지한단 말인가? 혈기만 믿고 용기를 부렸다가 후회할 일을 만들어서는 안될 일이네."

악화가 설득하자 화봉춘은 의견을 받아들였다. 이러한 대치상태가 오륙일간 계속되었다. 문득 악화가 크게 뉘우치는 듯한 목소리로 말했다.

"아뿔싸! 놈들의 계책에 걸려들었소이다. 놈들이 이곳에서 전투를 벌이는 척하면서 다른 음모를 부린 것 같습니다!"

"아니, 그게 무슨 소린가?"

이준의 물음에 악화가 대답했다.

"적의 병력은 우리보다 몇 배나 됩니다. 저들이 우리가 두려워

싸우지 않은 것이 아니라 우리를 여기에 붙들어놓고 다른 부대가 금오도를 치러 간 게 틀림없습니다. 근거지를 잃으면 싸우지 않고도 자멸하게 됩니다. 어서 군사를 수습해 돌아가야 합니다."

"그렇군! 얼른 돌아가 막아야겠네!"

이준은 즉시 배를 출항하도록 명령했다.

백 리쯤 뱃길을 달려 명주협 입구에 도착하였다. 왜 명주협이라고 부를까? 이곳은 섬라국으로 가는 바다의 입구로 망망대해 속에 뻗어내려 용이 누워 있는 듯한 두 줄기 산자락이 가까이 머리를 맞대고 있는 해로였다. 해로의 너비는 이백여 미터쯤 되었다. 그 해로 한가운데 나무 한 그루 없이 구슬처럼 둥그런 형상의 작은 섬 하나가 솟아 있는데 물살이 세서 종종 배가 난파되곤 했다. 섬 정상 왼쪽에 용왕묘, 오른쪽에 작은 칠층석탑이 세워져 바다 물귀신을 진압하는 관문 역할을 하기 때문에 섬라국은 인구가 많고 물자가 풍부하였다.

이준이 이끄는 선봉, 중군, 후군의 전선 모두가 명주협 입구에 도착하자 그곳을 지키고 있던 삼십여 척 묘병의 배가 보였다. 뱃머리에 서 있던 묘병 대장이 큰 소리로 외쳤다. 그자는 다름아닌 혁곤이었다.

"네놈들은 우리 국사님의 계략에 걸려들었다! 금오도는 이미 무너졌거늘 어디로 가는 것이냐? 얼른 항복하라! 그러면 목숨만은 살려주겠다!"

대로한 이준은 창을 꼬나들고 달려들었다. 혁곤은 큰 도끼를 들고 각기 자신의 배 뱃머리에서 교전을 벌였다. 화봉춘이 창을 들고 싸움에 가세하려 할 때 선창에서 나온 살두타가 입으로 뭔가 주문을 외웠다. 갑자기 안개가 자욱해지면서 수백 수천 명의 귀병鬼兵이 하늘에서 뛰어내리기도 하고 바다에서 뛰어오르기도 하며 메뚜기떼처럼 습격해 왔다. 비보, 동위, 동맹은 모두 손에 무기를 들고 귀병에 맞섰다.

이때 키가 보통사람의 두 배나 되고 머리에 외뿔이 달린 귀왕鬼王이 등장하였다. 벌거벗은 몸에 호랑이 가죽으로 아랫도리만 겨우 가린 귀왕이 불씨가 쏟아져나오는 호리병을 양손에 들고서 흔들자 화염이 금오도 전선의 돛대로 옮겨붙었다. 삽시간에 불이 번지면서 바람 때문에 한데 몰려 있던 전선이 연달아 불에 타기 시작했다. 검은 연기가 자욱해 눈을 뜰 수조차 없었다. 이준은 절규했다.

"하늘이 우리를 버리는구나!"

절체절명의 위급한 순간이었다. 바로 이때 동남쪽 방향에서 벼락치는 소리가 울렸다. 동시에 억수 같은 비가 쏟아지기 시작했다. 그러자 불이 꺼지고 귀왕과 귀병은 모두 사라졌다.

이준과 비보 등은 필사적으로 명주협을 빠져나왔다. 이미 불에 탄 배가 이십여 척에 이르러 살해되고 바다에 빠져죽은 병사가 삼사백 명이나 되었다. 다행히도 장수들은 무사하였다. 밤을 도와 금오도에 도착했다. 섬으로 들어가는 관문 주변에 전선이 빼곡했다. 모두 묘병이 탄 배였다. 혁붕이 복청, 예운과 싸우고 있는데 아직 승패가 갈리지 않은 상태였다. 이준과 비보는 해안으로 뛰어내려 싸움에 가세하였다.

네 명의 용장과는 도저히 대적할 수 없어 혁붕은 자기 배로 도주하였다. 이때 화봉춘이 쏜 화살이 혁붕의 왼팔을 맞추는 바람에 혁붕은 손에 들고 있던 칼을 떨어뜨리며 배 안으로 굴러떨어졌다. 그새 혁곤과 살두타가 뒤를 추격해 왔다. 동위, 동맹, 악화는 얼른 배에서 내려 군사들과 함께 관문에 설치한 영채로 뛰어들었다.

이준은 복청과 예운 두 장수에게 말했다.

"하마터면 다시는 만나지 못할 뻔했네. 명주협에서 살두타가 귀병을 부리며 우리 전선을 불살랐는데 다행히 큰 비가 내려서 목숨을 건졌네. 그런데 놈들이 여기 온 것은 언제인가?"

"이틀 되었소. 아무래도 이곳 관문이 걱정되어 예운 아우와 상의해 영채를 설치해 두었지요. 이틀 동안 계속 싸웠는데 아직 끝장을 보지 못하고 있었소."

"악화 아우가 놈들의 계책인 것 같다고 하더니 정말 그랬군. 이제 어떻게 해야 좋단 말인가? 섬라성을 공격해 원수를 갚기는커녕 이 금오도조차 보전하기 어렵게 됐으니. 군대와 군대가 맞붙어 싸운다면 승산이 있지만 살두타의 요술은 도저히 감당이 안 되더군. 전에 송공명이 고당주를 공격했을 때 고렴의 요술 때문에 많은 장병을 잃고 두 번이나 패하지 않았던가 말이야. 공손승이 온 덕분에 겨우 그들을 깨뜨릴 수 있었지. 지금은 큰 바다가 가로막고 있으니 어디 가서 도움을 청한단 말인가!"

곁에 있던 악화가 말했다.

"요술이라는 것은 한동안의 방편으로 사용하는 것이오. 계속해서 요술에 의지하면 영험이 떨어집니다. 게다가 악은 결코 정의를 이길 수 없지요. 우리는 섬라국왕의 원수를 갚고 간당을 토벌하려 하는 것이니 하늘이 도와줄 것입니다. 명주협에서 불에 타 죽게 된 것을 갑자기 뇌우가 내려 구원받았는데 이건 틀림없이 하늘의 뜻일 것이오.

마음을 굳게 먹고 단단히 지키면서 방안을 모색해야 합니다. 조급해서는 안됩니다. 듣자니까 개의 피와 오물 같은 것이 있으면 요술의 효험이 떨어진다더군요. 그런 것을 준비해 놓고 있다가 놈들이 다시 오면 대항합시다."

이준은 곧바로 병사들에게 개의 피, 인분, 마늘즙을 모으고 살포하는 기구를 만들게 했다. 교전이 벌어지는 동안 마구 뿌려 요술을 깨뜨릴 작정이었다. 이 같은 계획 하에 영채의 수비를 견고히 하였다.

살두타는 정말 교활한 인간이었다. 원래 그가 세운 계책은 혁조에게 섬라성 수채를 지키게 하고, 혁붕은 군대를 이끌고 금오도를 들이치고, 자기는 혁곤과 함께 명주협을 지키고 있다가 요술을 부려 적을 태워 죽이는 것이었다. 그야말로 빈틈없이 완전무결했다. 하지만 뇌우가 내려 성공하지 못할 줄 누가 알았으랴! 그는 이준 일행을 뒤따라와 혁붕, 혁곤과 함께 금오도 관문 주변을 에워쌌다.

"금오도는 섬으로 통하는 관문을 들어선 다음에도 세 개의 물굽이를 지나야 성문에 이를 수 있다. 이준이 겁에 질려 나와 싸우려 하지 않으니 아무래도 놈을 밖으로 끌어내지 않으면 관문 영채를 무너뜨리기 어렵다."

살두타는 이렇게 말한 뒤 전선 위에서 묘족 장수들과 날마다 술판을 벌였다. 군사들은 대오를 이탈해도 규율을 지키지 않아도 되었다.

그들은 마을에 들어가 양갓집 부녀자를 아무나 가리지 않고 끌어왔다. 나이가 어리고 움직일 기운만 있어 보이면 여자를 끌어다 대낮에 배 위에서 강간을 저지르는데 남의 눈 따위는 전혀 개의치 않았다. 싫증이 나는 여자는 다른 병사에게 넘겼다. 속수무책으로 유린당하다 못해 죽는 여자가 여럿 나왔다. 아무렇지도 않다는 듯이 그들은 시체를 바닷속에 던져 버렸다.

이준은 이런 모습을 보며 분노에 치를 떨었다.

"저런 무례하고 악독한 놈들이 있을까! 어찌 무고한 양민에게 저럴 수 있단 말이냐! 당장 가서 처치해야겠다!"

이준이 고함치는 것을 악화가 달랬다.

"저건 우리를 꾀어내자는 수작입니다. 함부로 움직이면 안됩니다."

"대장부로 이 세상에 태어날 때 이미 타고난 운명이 있을진대 저런 짓거리를 눈앞에 보면서 어찌 참을 수 있겠나!"

이준은 곧 군사를 움직일 기세였다. 그러자 악화가 이렇게 간언했다.

"도저히 참을 수 없다면 하는 수 없지요. 그래도 밤이 되기를 기다립시다. 놈들은 주색에 빠져 있기 때문에 밤이 되면 곯아떨어질 것이오. 동위, 동맹, 복청, 예운 네 장수에게 각기 열 척의 배와 오백 군사를 주어 갈대밭에 매복시킨 다음 대장군은 화공자와 함께 곧장 적의 진영을 들이치시오. 적이 만약 요술을 부리거든 오물을 뿌리시오. 나와 비보는 이곳을 지키겠소. 이렇게 하면 아마 잘될 겁니다."

작전을 수립한 그들은 자정 무렵이 되기를 기다렸다. 동위를 비롯한 장수들이 먼저 출발해 갈대밭에 매복했다. 이준과 화봉춘은 빈틈없는 준비를 마치고 군사 천 명을 열 척의 전선에 태워 용감히 돌진하였다.

살두타는 주색을 탐했으면서도 잠을 자지 않고 있었다. 이준의 배가 공격해 오는 소리를 듣고도 전혀 당황하지 않았다. 그는 이준이 가까이 돌입하기를 기다려 요술을 일으켰다.

하늘을 가득 채우고 있던 별빛과 달빛이 갑자기 사라지며 칠흑같이 어두워졌다. 이준과 화봉춘은 한 척의 배, 한 명의 묘병조차 분간할 수 없었다. 오물을 뿌리려 해도 뿌릴 데가 없었다.

함성소리를 듣고 묘병과 전투를 벌이는 것으로 생각한 동위 일행이 포위 공격해 왔다. 이준 쪽에서도 상대를 묘병으로 오인하였다. 서로 같은 편을 공격하기 시작한 것이다. 그때 해상에서 한바탕 회오리바람이 일었다. 이준은 황급히 배를 해안에 대라고 소리쳤다.

그 시간에 혁붕과 혁곤은 이미 관문을 통과해 금오도군의 영채에 불을 질렀다. 비보와 악화는 대적하지 못하고 성문 근처까지 퇴각하였다. 이준과 화봉춘이 뭍에 오르자 혁붕과 혁곤이 앞을 가로막았다. 쌍방간의 전투는 아침까지 계속되었다.

날이 밝으면서 살두타의 새로운 요술이 등장하였다. 한 무리의 짐승을 불러낸 것이다. 호랑이, 표범, 승냥이, 이리 떼가 이빨을 드러내고 발톱을 치켜세우며 덤벼들어 병사들을 쓰러뜨렸다. 이준이 당황해 오물을 뿌리라고 외쳤다. 하지만 병사들 대부분이 진작에 이미 해안에 올라와 있는 상태인데다 오물은 모두 배 안에 있었다.

이준과 화봉춘은 하는 수 없이 성문 주변까지 퇴각했다. 그 사이에 군사 대부분을 잃고 관문은 적에게 빼앗겼다. 동위를 비롯한 네 장수는 어떻게 되었는지 알 수 없었다. 이준은 펑펑 울었다.

"아우의 충고를 듣지 않아 이런 대패를 당하고 말았네! 이제 군사도 장수도 얼마 되지 않으니 어쩌면 좋단 말인가?"

이준이 눈물을 흘리며 후회하자 악화가 말했다.

"이기고 지는 것은 전투에서 늘 있는 일이니 예기가 꺾여서는 안됩니다. 다행히 이곳 바위성이 견고하기 때문에 적은 절대 침입할 수 없소이다. 우선 사생결단으로 성을 지키면서 다음 방법을 생각합시다."

이준은 악화의 말에 따랐다. 화봉춘, 비보, 악화와 함께 밤낮 가리지 않고 성루 위로 통나무, 돌멩이, 잿병, 쇳물 따위를 날라 방어에 총력을 기울였다.

살두타와 혁붕, 혁곤은 성곽 아래서 무력시위를 벌였다. 하지만 금오도 석성은 미끌미끌해서 기어오를 수가 없고 단단해서 굴을 팔 수도 없었다.

살두타의 요술만은 여전히 위력을 발휘했다. 불길이 치솟으며 땅을 불태우기도 하고 벼락이 치며 산봉우리를 흔들기도 했다. 밤이 되면 귀신이 울부짖는 등 온갖 해괴한 일이 일어나 간담을 서늘하게 했다. 악화가 말했다.

"요술이란 건 이 정도에 지나지 않으니 두려워할 게 없소. 여기는 절대 쳐들어올 수가 없습니다. 다만 산 뒤쪽에 걱정되는 곳이 한 곳 있소이다. 지형이 조금 평탄해서 기어올라올 수가 있으니 단단히 지켜야 하오. 내가 군사를 이끌고 가서 조치하겠소. 화공자는 백운봉에 올라가 네 장수의 종적이 보이는지 바다 위를 살펴주게."

원래 금오도는 섬 앞쪽에 성문이 있을 뿐 사방을 높은 산이 에워싸고 있었다. 산이 가파른데다 고목과 대나무숲이 울창해 섬으로 들어오는 길이 없었다. 주민들은 섬 안쪽에서 밭농사를 지으며 살았다.

동서남북 모두 바다를 면하고 있는 섬 안에서 가장 높은 봉우리가 백운봉이었다. 구름 위로 우뚝 솟은 산봉우리에 올라서면 삼백 리 너머까지 바라보이고 맑은 날에는 섬라성의 모습도 눈앞에 펼쳐졌다. 백운봉 뒤쪽에 언젠가 교룡 한 마리가 승천하고 홍수가 나면서 무너져내린 곳이 있는데 그곳으로 사람이 기어오를 염려가 있었다.

병사들을 시켜 돌로 무너진 곳을 막고 있자니 산 밑에서 나지막한 사람들의 말소리가 들렸다. 악화와 병사들은 숲속에 대포 한 대를 설치한 뒤 화승줄을 쥔 채 숨어서 기다렸다. 허리에 칼을 찬 이삼백 명의 묘병이 등나무 줄기와 칡덩굴을 붙잡으며 기어

올라왔다.

그들이 중턱까지 올라왔을 때 악화는 포문의 약선에 불을 붙이곤 정확히 묘병을 향해 포를 쏘았다. 굉음소리와 함께 묘병들의 몸뚱이는 산산조각이 났다. 포에 맞지 않은 자들도 산 아래로 굴러떨어져 목숨을 잃었다. 또 병사들이 돌을 마구 굴려 떨어뜨리는 바람에 살아서 돌아간 묘병은 몇 되지 않았다.

악화는 병사들에게 화포를 장착해 단단히 그곳을 지키게 했다. 그리고 돌아와 보고했다.

"면구스러운 이야기지만 우리가 한순간만 늦었으면 그놈들이 산 위로 기어오를 뻔했소이다. 대포를 쏘아 삼백여 명의 묘병을 죽이고 군사들에게 단단히 지키도록 했습니다. 더 이상 걱정하지 않아도 될 것입니다."

"아우는 정말 선견지명이 있네그려. 그처럼 귀신같이 알아맞히니 말이야. 하마터면 큰일날 뻔했군."

이준이 감탄했다. 이때 화공자가 돌아와 말했다.

"백운봉에 올라가 사방을 살펴보았지만 바다 어디에서도 자취를 찾을 수가 없었습니다."

"형제들이 잘못되기라도 했으면 어떡한단 말인가!"

이준이 낙담하자 악화가 말했다.

"그렇지 않을 거요. 그날 밤 패하는 바람에 아마 청수오로 간 모양입니다."

이준을 비롯한 네 사람은 금오도 성채를 단단히 지켰다.

출동교 동위와 번강신 동맹 형제.

한편 동위를 비롯한 네 장수는 살두타의 요술에 걸려 혼쭐이 난 뒤 관문 안으로 진입할 수가 없었다. 다음날 새벽에 피해상황을 점검해 보니 두 척의 전선이 침몰하고 백여 명의 병사가 전사하였다.

"관문 안에 온통 묘병들 천지니 들어갈 수가 없군. 형님들은 어떻게 되었을까?"

예운이 걱정하자 동맹이 말을 받았다.

"관문을 묘병한테 빼앗겼으니 이준 형님 등은 틀림없이 석성을 지키고 있을걸세."

그러자 복청이 말했다.

"우리는 의지할 곳 없는 몸이 되었으니 일단 청수오로 가는 게 좋겠소. 적성 휘하에 군사 삼백 명이 있으니까 그들을 데리고 와서 함께 싸웁시다."

"저놈들이 아무리 용감하다 해도 두렵지 않네. 하지만 살두타의 요술만은 비록 천군만마라 해도 대적하기 쉽지 않단 말일세. 생각해 보니 혁붕과 혁곤, 살두타가 모두 이곳에 와 있지 않은가! 그렇다면 섬라성에는 혁조 혼자 있을 것이고 틀림없이 방비가 허술할 걸세. 우리가 그곳을 들이치면 놈들은 자연히 이곳 포위망을 풀게 되지 않을까?"

동위의 제안에 모두들 입을 모아 말했다.

"참으로 훌륭한 묘계요!"

그들은 돛을 올리고 출항해 하루 만에 섬라성 아래 도착하였다. 수채는 십여 척의 전선과 일이백 명의 병사들이 지키고 있을 뿐이었다. 혁조는 그곳에 보이지 않았다. 동위 등은 수채에 배를 가까이 대고 일제히 뛰어올랐다. 온 힘을 다해 묘병을 마구 베어 넘겼다. 겨우 살아남은 삼사십 명은 뭍으로 뛰어내려 도주하였다. 동위 등은 소리치며 쫓아갔다.

 성문 가까이 이르니 혁조가 묘병 한 무리를 이끌고 달려왔다. 네 장수가 혁조와 맞서 싸우기 시작하였다. 혁조는 십여 합을 못 견디고 더럭 겁을 먹은 채 말머리를 돌려 달아났다. 복청이 따라 잡아 창으로 혁조의 왼팔을 찔렀다. 말에서 떨어지려는 것을 묘병이 가까스로 구조해 성안으로 들어가 버렸다.

 동위는 군사를 이끌고 성문을 공격했다. 공도는 금오도 군대가 쳐들어오고 혁조가 패해 성안으로 들어오자 몹시 당황하였다.

 "금오도를 공격하러 간 국사는 소식이 없고 도리어 그쪽 병사가 성을 공격하다니 무슨 까닭이오?"

 "공격해 온 자들은 이준도 화봉춘도 아닌 네 명의 장수들입니다. 이곳에 병사를 얼마 남겨두지 않은데다가 방금 이백여 명이 목숨을 잃었으니 백성들을 징발해 성을 지켜야 합니다. 제가 금오도로 사람을 보내 그곳 사정을 알아본 뒤 군대를 데려와 성을 지킬 것입니다."

 공도는 혁조의 말에 따랐다. 곧바로 병마사에게 영을 내려 성을 지킬 백성을 동원하도록 했다. 혁조는 스스로 묘병을 거느리고 순찰을 돌았다. 백성들은 모두 한이 골수에 사무쳐 당장이라도 반항하고 싶은 마음이었다. 하지만 자칫했다간 혁조에게 죽임을 당할 수 있기에 하는 수 없이 성 위로 올라갔다.

동위 일행은 병사의 수가 삼사백 명밖에 되지 않았다. 적은 병력으로 큰 성을 포위할 수 없어 어쩔 수 없이 사방의 성문만 지킬 뿐 갑작스레 함락시킬 방법이 없었다. 그러던 중 복청이 말했다.

"백성들이 성을 지키러 가는 것을 보니 성안에는 병사가 없는 모양이오. 만약 안팎에서 호응할 수 있다면 성을 빼앗을 수 있을 텐데 말이야. 한밤중에 내가 성벽을 기어올라 안으로 들어가 봐야겠소."

복청은 낮에 성벽 주위를 한 바퀴 돌며 살폈다. 그러던 중 서북쪽 성벽의 수비를 맡고 있는 민병 중에서 평소 안면이 있는 사람을 발견했다. 부마부 앞에 사는 화합아라는 건달이었다. 그들은 서로 눈을 맞추며 암호를 주고받았다. 밤이 되자 복청은 동위 등과 의논하였다.

"부마부 앞에 사는 화합아라고 내가 아는 사람이 서북쪽 성벽을 지키고 있기에 아까 암호를 주고받았소. 내가 성안으로 들어가서 일을 벌일 만한 상황이면 불을 지를 테니까 그와 동시에 밖에서 들이치시오. 승패의 명운이 이 일에 달렸소."

"그렇게만 된다면 얼마나 다행인가! 아무쪼록 조심하게!"

세 사람은 신신당부하였다. 복청은 갑옷을 벗고 몸에 꼭 맞는 평복으로 갈아입었다. 그리고 몸속에 무기를 숨긴 다음 서북쪽 성벽으로 갔다. 성벽 위에는 불빛이 환했다. 화합아가 먼저 그곳을 지키고 있는 다른 주민들에게 조용히 말했다.

"공도는 임금을 시해한 무도한 역도입니다. 또한 살두타와 묘병들이 간음과 약탈을 자행하는 통에 백성들은 엄청난 고통에 시달리고 있습니다. 지금 복장군께서 성을 공격하러 왔는데 저는 이미 그분과 약속했습니다. 조금 있다가 성 위로 올라오게 해 역적 놈을 죽이고 백성들의 원수를 갚읍시다. 다른 사람에게는 누설하지 말고 혁조가 순찰 오거든 조심하면 됩니다."

그곳에 있는 사람들 모두 공도와 살두타 등에게 원한을 품은 사람들이라서 하나같이 화합아의 말에 고개를 끄덕였다.

복청이 밑에서 기침을 한 번 하자 화합아가 밧줄을 던졌다. 복청은 밧줄에 몸에 묶고 두 손으로 밧줄을 잡아당겼다. 위에서는 화합아와 백성들이 힘껏 끌어올렸다. 성벽의 요철 부분을 넘어가 막 밧줄을 풀자마자 순찰 나온 혁조와 공도가 다가왔다. 복청은 성을 지키러 온 백성인 척하며 성밖을 향하고 서 있었다.

혁조는 심상치 않은 낌새를 느꼈는지 성 아래쪽에 보이는 한 떼의 인마를 바라보며 말했다.

"첩자가 있을지도 모릅니다! 전하께서는 각 성문을 순시하십시오. 저는 잠시 여기 있겠습니다."

복청은 움직이려고 해도 움직일 수가 없었다. 날이 밝아서야 다음 조와 교대해 성벽에서 내려왔다. 복청이 화합아에게 말했다.

"자네의 충심이 갸륵하네. 일이 성사되고 나면 후한 상을 받게 될 걸세. 유감스럽게도 혁조 때문에 재빨리 손을 쓸 수가 없었네. 내가 옷을 갈아입고 있는데다 어두운 새벽이라서 사람들이 알아보지 못하니 함께 궁궐에 가서 왕비마마를 뵙고 상의드리세."

두 사람은 함께 궐문에 도착하였다. 궁궐 문 앞을 두 명의 내감이 지키고 있었다. 복청과 낯이 익은 내감이 놀라며 물었다.

"아니, 복장군 아니시오! 어떻게 성안에 들어오셨습니까?"

"왕비마마를 뵐 수 있도록 해주시오. 드릴 말씀이 있습니다."

내감은 궐문을 열게 했다. 복청과 화합아는 함께 궁궐 안으로 들어가 왕비를 알현했다. 왕비가 말했다.

"공도가 전하를 시해한 것은 신이고 인간이고 모두가 공분하는 바이오. 이장군과 화부마가 복수하러 와주기만 밤낮으로 기다리고 있는데 얼마 전에 패전했다는 소식을 듣고는 그만 자결하려 하였지요. 그러다가 공주가 말리는 바람에 다시금 애타게 소식을 기다리는 중이랍니다. 복장군은 언제 성안에 들어온 것이오? 금오도의 전투는 어떻게 되었고요?"

"신은 부마와 함께 금오도에서 생일을 축하하고 돌아오다가 전하께서 시해되셨다는 소식을 들었습니다. 하지만 군사를 데리고 있지 않아 다시 금오도로 돌아갔습니다. 이대장군이 군사를 거느리고 출정했습니다만 놈들의 계책에 속고 말았습니다. 명주협에서 살두타가 귀병을 부리고 불을 질러 돛대가 모두 타버렸는데 다행히 하늘에서 큰 비가 내려 생명을 구했습니다. 금오도에서도 다시 놈의 요술 때문에 지금 포위되어 있는 상황으로 그 뒤 어찌 되었는지는 잘 모릅니다.

신과 예운, 동위, 동맹은 밤에 패전하고 흩어졌다가 섬라성이 비어 있을 것으로 생각해 군사를 이끌고 왔습니다. 하지만 병력이 적어 성을 무너뜨리지 못하고 있던 참에 부마부 앞에 사는 백성인 이 사람 화합아를 만났습니다. 몹시 충성스러운 사람으로 신을 성벽 위로 끌어올려 주었습니다.

막 성벽 위로 올라서는데 공교롭게도 공도와 혁조가 직접 순찰을 나왔습니다. 혁조가 뭔가 수상한 낌새를 느낀 듯해 새벽까지 꼼짝 못하고 있다가 왕비마마께서 안녕하신지 뵈려고 이렇게 왔습니다."

복청이 아뢰자 왕비는 울먹이며 말했다.

"살두타가 그렇게 흉포한 자이고 이대장군이 연패했다면 복수할 가망이 없지 않소!"

"신이 이미 성안에 들어와 있습니다. 내감을 통해 옛 신하들에게 마마의 밀지를 전하시고 화합아에게 의로운 백성들을 규합하게 하십시오. 그러면 이 성은 곧 무너질 것입니다. 성이 무너지면 살두타가 구하러 돌아올 테니 그때 이대장군과 화부마가 쫓아와 안팎에서 협공하면 머지않아 원수를 갚을 수 있습니다. 신이 밖으로 나가면 발각될 염려가 있으니 잠시 궁에 머무르고 싶습니다."

왕비는 복청의 말에 따라 내감으로 하여금 자신의 밀지를 옛 신하들에게 전하게 했다. 화합아에게는 백성들을 규합하도록 분부했다.

이런 일이 일어나고 있는 와중에 이응과 난정옥 등은 전함을 타고 청수오에 도착했다. 완소칠이 해장국에 넣을 신선한 생선을 사오겠다며 뭍에 다녀오겠다는 것을 이응은 말렸다.

청수오의 수비를 맡고 있던 적성은 섬라국왕 마새진이 간신 공도에게 시해되고, 금오도 또한 살두타가 요술을 부리는 바람에 싸움에서 밀려 성채가 포위되었다는 소식을 들었다. 군사를 이끌고 구하러 가고 싶어도 삼백 명 병력으로는 중과부적이라서 내심 방황하고 있었다.

그런데 모래톱 주변에 대전함 백여 척이 와서 정박하는 게 아닌가! 배마다 창칼이 빼곡하고 깃발이 바람에 펄럭이는 것을 바라보며 한편 놀라고 한편 의아했다.

'살두타가 벌써 금오도를 함락하고 나서 이곳 청수오를 빼앗으러 온 것인가?'

이렇게 생각하며 멀리 배를 바라보니 선상의 인물들 모두 깔끔한 의관을 차려입고 위풍당당한 것이 묘족 병사들의 모습과는 달랐다. 별수 없이 그는 작은 배에 네 명의 병사를 태우고 전함 앞으로 노를 저어갔다.

"어디서 오셨습니까?"

적성은 배에다 대고 물었다. 마침 가까이 있는 배는 이응이 탄 배였다. 연청은 적성이 송나라 장수 복장을 하고 있는 것을 바라보며 대답했다.

"우리는 대송의 관군이오. 지금 금오도로 이대장군을 찾아가는 길이오."

"장군께서는 그분과 어떤 사이고 무슨 일로 찾아가시는지요?"

"우리는 모두 옛 형제들인데 이대장군이 이곳에 있다는 말을 듣고 도와주려고 찾아온 것이오."

"이대장군이라면 혼강룡 이준을 말하는 것이지요? 그렇다면 여러분들은 양산박 호걸들이시군요!"

"그렇소. 그런데 존함이 어떻게 되시오?"

적성은 전함으로 올라가 머리를 조아리며 말했다.

"하늘이 우리를 구해 주셨군요!"

이응과 연청이 황급히 일으켜 세우자 적성이 다시 말했다.

"저는 이준 형님과 태호에서 형제의 의를 맺은 수검웅 적성이라고 합니다. 형님은 바다로 나온 뒤 이곳 청수오에서 사룡을 죽이고 금오도를 점거하였습니다. 화지채의 아들 화봉춘이 섬라국왕 마새진의 부마가 되자 일가붙이의 위치에서 서로 왕래하며 금오도는 아주 번성을 누렸습니다.

그런데 뜻밖에도 마새진이 간신 공도에게 살해되어 왕의 자리를 빼앗기고 말았습니다. 공도가 살두타라는 요술에 능한 중을 불러온데다 혁가 삼형제가 묘병 오천을 거느리고 공도를 돕는 바람에 이준 형님은 계속해서 세 번이나 패배를 당했습니다. 지금 금오도는 놈들의 포위로 인해 매우 위급한 상황입니다. 부디 옛 정을 생각해 금오도의 포위망을 깨뜨려 주십시오."

"이형이 어려운 지경에 빠져 있다면 당장 구원하러 가야지. 먼저 열 명의 장수가 금오도로 가기로 하고 나머지 형제들은 여기서 가족들을 보호하고 있게. 승리를 거둔 다음에 만나기로 하세."

이응의 말에 적성은 매우 기뻐하며 물길 안내를 자청하였다. 밤새 돛을 올리고 서남쪽으로 나아갔다. 동행한 열 명의 장수는 이응, 난정옥, 왕진, 관승, 호연작, 공손승, 연청, 호연옥, 서성, 능진이었다.

한편 살두타는 금오도를 포위하고 있었지만 아직 함락시키지는 못하고 있었다. 이때 혁조가 사람을 보내 소식을 전해 왔다.

"복청 일행이 섬라성을 에워쌌습니다. 군사를 돌려 구원해 주십시오."

소식을 들은 혁봉이 말했다.

"섬라성은 이 나라의 근본이니 당장 구원해야 합니다. 군사를 거두어 잠시 물러갔다가 다시 와서 공략하시지요."

"금오도 함락이 코앞인데 지금 포기하고 돌아갔다가는 나중에 또다시 톡톡한 대가를 치러야 할 것이네. 섬라성을 공격하는 자들은 몇 명 안되는 소규모 부대인데다 성이 견고하니 별일 없을 거세. 금오도만 깨뜨리면 그깟 놈들은 어차피 소멸될 텐데 뭘."

살두타는 이렇게 주장하며 공세를 강화하였다. 묘병들은 구름다리와 높이 세운 누대를 성벽에 갖다 댔다. 그리고 마치 원숭이처럼 성벽을 기어오르기 시작했다. 이준, 비보, 화봉춘은 단도를 쥐고 거의 성벽 위까지 다 올라온 자들을 베어 떨어뜨렸다. 묘병은 그런 것쯤 개의치 않고 줄에 꿰인 물고기처럼 계속 올라왔다. 아무리 죽여도 올라오는 적병의 수는 점점 많아졌다.

"이래 가지고는 더 이상 지탱할 수 없겠는걸! 놈들에게 욕을 당하느니 차라리 스스로 죽는 게 낫겠다!"

이준이 한숨을 내쉬자 악화가 말했다.

"놈들이 성안으로 들어온대도 시가전을 벌이면 될 일이오! 어찌 그런 소릴 하는 게요!"

혁봉과 살두타가 성벽 아래서 개미떼처럼 기어오르는 묘병을 지휘하는 모습이 화봉춘의 눈에 들어왔다. 화봉춘은 활시위를 잡아당겨 살두타를 향해 쏘았다. 날아간 화살이 살두타의 허벅

지에 맞았다. 뒤로 넘어지는 살두타를 혁붕이 붙들었다.

구름다리에 타고 있던 묘병들이 무슨 일인가 싶어 뒤돌아보는 사이에 비보가 구름다리에 쇠갈고리를 걸어 힘껏 잡아당기자 우지끈 소리와 함께 구름다리가 부러지고 묘병은 모조리 굴러떨어졌다. 성벽 위에서 돌대포를 쏘아대고 잿병 따위를 빗발치듯 내던지자 묘병은 더는 기어오르지 못했다.

살두타는 화살에 맞았지만 생명에는 지장이 없었다. 그는 배로 돌아가 단약으로 상처를 치료하였다. 그때 해상에서 하늘과 땅이 갈라지는 대포소리가 연달아 백여 발이나 울렸다. 묘병 하나가 살두타 앞으로 달려오며 소리쳤다.

"큰일났습니다! 바다 위에서 창칼을 번득이며 대전함 사오십 척이 이곳으로 몰려오고 있습니다."

그 말을 들은 살두타는 아픈 것도 잊고 몸을 일으켰다. 그는 혁붕과 혁곤에게 즉시 묘병을 퇴각시키라고 소리쳤다. 성루에 있던 이준은 바다에서 대포소리가 들리고 이내 묘병이 모두 물러가는 것을 보고 의아하기 짝이 없었다. 악화가 말했다.

"우리도 성문을 열고 나가 무슨 일인지 알아봅시다."

성벽에서 내려간 일행은 성문을 열었다. 각자 무기를 들고 한 척의 배에 올라탔다. 배를 몰아 관문 앞에 이르니 살두타가 거느린 묘병의 군선은 바다 동쪽에 모여 있었다. 대양 쪽 해상에는 사오십 척의 대전함이 보였다. 전함에 탄 사람들은 모두 중화 장병들로 갑옷 색깔이 선명했다. 눈처럼 하얀 창과 칼날을 번득이며 돛에 바람을 가득 안은 전함들이 앞으로 다가왔다.

이준 등도 관문을 빠져나왔다. 대전함 위에 한 도사가 검을 들고 뱃머리에 서 있는 모습이 멀리서 보였다. 아무래도 공손승인 것 같았다. 가까이 다가온 전함 위에 쌍편을 들고 있는 사람은 보아하니 호연작이었다. 이준은 속으로 생각했다.

'이 사람들이 어떻게 여기까지 왔을까?'

전함 위에서도 이준과 악화 일행을 발견하고 이응이 큰 소리로 외쳤다.

"이형, 우리가 포위망을 풀러 왔소!"

중화의 장사 하늘에서 내려오니
작은 섬의 요사스러운 마귀 물결 잦아들듯 쫓겨나네

제34회
한자리에 다시 모인 양산박 호걸들

살두타, 혁붕, 혁곤은 금오도를 포위한 채 매섭게 공격했다. 묘병들은 성벽 공격용 구름다리와 누대를 타고 개미떼처럼 성벽을 기어올랐다. 이준이 더 이상 버티기 어렵다고 생각할 즈음 돌연 해상에서 포성이 울리며 묘병이 허겁지겁 물러갔다.

이준, 악화, 화봉춘, 비보가 성문을 열고 바다 밖으로 나가니 대전함 위에서 이응이 손짓하며 불렀다. 이준은 기쁨에 겨워 악화 등과 함께 전함 위로 올라갔다. 서로서로 인사를 나누며 이준이 말했다.

"형제들이 올 줄은 꿈에도 몰랐소이다! 우선 묘병을 무찌르고 나서 쌓인 이야기를 나눕시다!"

이응은 전함들에 명해 전투 대형을 갖추게 했다. 북을 치고 깃발을 흔들며 싸움을 걸었다. 살두타도 자신들의 전선을 정비해 혁붕을 왼쪽, 혁곤을 오른쪽에 포진시켰다. 양군에서 일제히 함성이 울렸다.

능진이 자모포를 발사하니 하늘을 울리는 굉음과 함께 순식간에 적의 배 두 척이 산산조각이 났다. 배에 타고 있던 묘병들은 모두 바다에 빠져 죽었다.

이를 본 살두타가 중얼중얼 주문을 외웠다. 호랑이와 표범 등에 올라탄 한 무리의 귀병이 공중에서 춤을 추듯 돌진해 왔다. 공손승이 재빨리 소나무 무늬가 새겨진 고정검을 들어 하늘 한쪽을 가리키며 외쳤다.

"나와랏!"

홀연 두 신장이 위광을 내뿜으며 나타났다. 두 신장은 악마 퇴치용 방망이를 들고 귀병을 모조리 때려치웠다.

때맞추어 이응과 난정옥이 전함을 이끌고 쇄도하였다. 관승이 청룡언월도를 휘두르고 호연작이 쌍편을 날리자 혁붕과 혁곤이 맞아 싸웠다. 연청은 군사들에게 갈까마귀 모양의 화기와 불화살을 쏘게 했다.

혁붕의 배가 순식간에 불길에 사로잡히며 연기가 하늘에 가득 찼다. 묘병은 도망갈 곳을 잃고 바다로 뛰어들었다. 그들의 머리 위로 포석이 날아들면서 물에 빠진 묘병은 모두 바닷속으로 가라앉았다.

살두타는 자신의 요술이 깨지고 배가 불에 타자 싸움터를 벗어나 도주하였다. 혁붕과 혁곤도 도망치려 하였다. 하지만 그들의 뒤를 쫓던 관승이 소리를 내지르며 혁곤의 몸뚱이를 두 동강 내버렸다.

혁붕은 동생이 살해되는 것을 보고도 허겁지겁 배를 돌려 달아났다. 묘병들은 대부분 불에 타 죽었다. 머리가 그슬리고 화상을 입은 채 살아 돌아간 자는 겨우 삼사백 명에 지나지 않았다.

대승을 거두고 나서 이준은 군대를 항구로 인도하였다. 성으로 들어온 호걸들에게 이준은 엎드려 절을 올렸다. 감사의 예를 올리는 이준을 일으켜 세운 그들은 주인과 손님으로 서로 자리를 나누어 앉았다. 이준은 왕진, 난정옥, 호성 세 사람과는 초면이었다. 그들이 누구인지 물어본 이준은 허리를 굽히며 말했다.

"세 분의 존함을 들은 지 오래이건만 오늘에야 뵙습니다."

이어서 화봉춘이 한 사람 한 사람에게 돌아가며 인사를 올리자 이응이 치하했다.

"화지채에게 이런 훌륭한 아들이 있다니 정말 기쁜 일이로군!"

화봉춘과 호연옥, 서성은 양산박에서 어린 시절을 함께 보낸 동무 사이였다. 비록 헤어진 지 오래되고 장성했다 해도 서로를 알아볼 수 있었고 그 기쁨은 말로 다할 수 없었다.

이준은 대연회를 마련하였다. 자리에 앉기를 청하니 모두들 서로 상석을 양보하였다. 결국 왕진, 공손승, 난정옥, 관승, 호연작이 성석에 앉고 나머지는 차례로 자리를 잡았다. 이준, 화봉춘, 악화가 자리에서 일어나 술잔을 건네는 까닭에 모든 호걸들은 큰 잔으로 연거푸 세 잔을 마셔야 했다.

이준이 천천히 지나온 이야기를 꺼냈다.

"나는 병이 있다는 핑계를 대고 송공명의 곁을 떠났지요. 동위 형제와 함께 전에 태호에서 결의형제를 맺은 비보를 비롯한 네 사람을 찾아갔습니다. 태호 내의 소하만에 기거하며 고기 잡고 술 마시고 제법 평화로운 생활을 즐겼지요. 그러던 중 남의 어려움을 지나치지 못하는 천성 탓에 염방사를 지낸 정자섭이라는 자와 상주 태수 여지구의 계략에 걸려들어 감옥에 갇히게 된 겁니다. 다행히 악화 아우와 화공자 덕에 무사히 빠져나왔지요.

그런데 꿈에 송공명께서 노란 두건을 두른 역사를 보내 한번 만나고 싶다는 것이었소. 검은 이무기를 타고 양산박에 갔더니 송공명께서 '우리 사업의 나머지 절반은 자네가 주관해 달라'며 네 구절의 시를 건네주더군요. 지금도 기억이 생생합니다. 눈을 뜨고 생각했지요. '나는 원래 수군 두령이었으니까 물에서 사업할 수밖에 없다.'

그래서 일행과 함께 바다 어귀로 나와서는 원양 무역선 두 척을 빼앗아 청수오에 도착했던 것이오. 청수오에 머물다가 금오도를 차지하고 있던 사룡이 음탕하고 포악한 자라서 그를 죽이고 금오도를 점거했지요. 섬라국 승상 공도와 대장 탄규가 공격해 오기에 탄규를 죽이고 그 길로 섬라국을 공격하게 되었고요. 국왕 마새진은 한나라 복파장군 마원의 후손으로 너그럽고 온후한 사람이었지요. 우리의 공격을 막아내기 어렵다는 것을 알고 사자를 보내 화평을 청하는 동시에 옥지공주의 배필로 화봉춘을 원하더군요. 그래서 군사를 거두었답니다.

이곳 금오도는 사람도 물산도 풍부해 안주하기에 좋은 곳이지요. 그런데 올해 단옷날이 마침 이 사람의 마흔 번째 생일이라서 화부마가 축하하러 왔답니다. 승상 공도는 아주 간특하면서 전권을 휘두르던 자인데 송나라로 치면 채경 같은 부류지요. 이자가 오래전부터 딴마음을 품고 있었던 겁니다. 왕위를 빼앗으려는 속셈이었지요. 이놈이 화부마가 없는 틈을 타서 천축국에서 온 살두타라는 중과 함께 계략을 꾸민 겁니다. 하루아침에 변란이 일어나 마새진은 어이없이 살해당하고 말았지요.

　화부마와 함께 놈들의 죄를 묻기 위해 출병했는데 놈들의 계략에 걸려들 줄은 차마 생각지도 못했지요. 명주협에서 살두타가 귀병을 부리고 화공을 펴는 바람에 하마터면 불에 타 죽을 뻔한 것을 천지신명의 보살핌 덕분에 살아날 수 있었습니다. 때마침 큰 비가 내려 불이 진화된 것이지요. 금오도로 도주했지만 뒤쫓아온 놈들이 금오도를 에워쌌고 또다시 놈들의 유인책에 걸려 대패하고 말았답니다. 동위, 동맹, 복청, 예운 네 사람은 행방불명되어 생사조차 알 수 없군요.

　묘병이 구름다리며 누대를 타고 개미떼처럼 기어올라 성이 거의 함락 직전까지 몰렸지요. 그래서 능욕을 당하느니 스스로 목숨을 끊을까 하는 절체절명의 순간에 뜻밖에도 여러 형제들이 하늘에서 내려온 것이외다. 환란에서 우리를 구해 준 것은 참으로 무상의 큰 은혜입니다."

　이준의 이야기를 듣고 있던 이응이 말을 받았다.

　"나 역시 관리가 되고 싶지 않아 독룡강으로 돌아가 농사를 짓고 있었는데 우리집의 살림을 주관하던 두흥이 손립의 부탁을 받고…"

　이응은 악화를 가리키며 말을 계속했다.

"여기 악화 아우한테 편지를 보낸 것이 화근이 되어 두흥이 창덕으로 유배되고 말았지 뭐요. 그런데 두흥이 창덕에서 배선, 양림과 함께 풍표의 아들을 죽이는 바람에 그 불똥이 내게 튀었고 제주 감옥에 갇히게 되었지요. 감옥에서 도망쳐 풍표를 살해한 다음 음마천으로 합류했답니다. 그후 불가사의한 사건이 꼬리를 물면서 우리 옛 형제들이 모두 한자리에 모이게 된 것이지요.

동관은 조양사의 건의에 따라 금나라와 손을 잡고 요나라를 멸망시켰는데 다시 금나라에 도발하다가 동경이 함락되고 말았지요. 도군 황제는 태자에게 보위를 물려주었지만 두 황제 모두 금나라군에 잡혀가고 말았고요. 이런 속에서 유예가 제나라 황제를 참칭하자 관승 형님은 그자에게 바른말을 간하다가 처형될 뻔했는데, 다행히 연청 아우의 묘계 덕분에 사지에서 벗어날 수 있었답니다. 왕진 노장군과 호연작 형님 그리고 주동은 모두 전쟁에서 패하면서 우리가 있는 곳으로 합류하였고요.

하북 지방은 온통 유예가 관할하는 곳인데다 우리는 그의 아들과의 전투에서 그들에게 격멸적인 타격을 입혔지요. 그래서 무리를 이끌고 남쪽으로 내려와 종유수 밑에 들어가려고 계획했답니다. 동경이 함락된 후 강왕은 남경에서 즉위하며 연호를 건염으로 개원하였지요. 그런데 황잠선과 왕백언을 중용해 금나라와의 화친에 힘을 실어주는 바람에 종유수가 화병으로 죽고 만 겁니다. 우리는 돌아갈 곳이 없어 잠시 등운산에 몸을 의탁하기로 했습니다.

등운산은 원래 추윤이 터를 잡은 곳인데 완소칠이 장간판을 죽인 뒤 손신, 고대수와 함께 그곳에 합류했지요. 난정옥 장군은 등주 통제로 있다가 제자인 호성의 설득으로 산채에 들어왔답니다. 등운산에 합류한 뒤 우리가 주동과 송청을 구하기 위해 제주를 한바탕 들쑤셨더니 금나라 장수 아흑마가 산채를 토벌하려 하더군요. 당시 올출이 임안을 협공하기 위해 등주에서 대전함을 건조하고 있었는데 마침 그때 안도전이 금오도에 이형이 자리를 잡고 있다고 하더군요. 그래서 그들의 전선 백여 척을 빼앗아 이리로 온 것이오."

"안선생이 고려에서 돌아올 때 배가 난파되어 우리가 구해 주었는데 지금 어디에 있지요?"

이준의 물음에 이응이 대답했다.

"우리 형제들이 모이게 된 데는 저마다 우여곡절이 많아서 한꺼번에 다 이야기하기는 어렵지요. 안도전은 지금 몇몇 형제와 함께 가솔과 무기, 양곡, 군마를 돌보며 청수오에 머물고 있소이다. 육십여 척의 배가 그곳에 있지요."

"그렇다면 어서 맞아들여야지요."

이준이 말을 마치자 화봉춘이 바닥에 엎드리며 읍소했다.

"묘병은 비록 물리쳤지만 궁중에 계신 왕비마마와 제 어머니께서 어떻게 되셨는지 전혀 모르고 있습니다. 삼촌들께서 놈들을 마저 토벌해 원수를 갚아주시기를 부탁드립니다. 지하에 계신 아버님께서도 그 은혜를 잊지 않을 것입니다."

"화공자, 자네의 효심이 이렇게 갸륵하니 우리가 당장 출동하겠네!"

이웅과 난정옥이 당장이라도 일어날 기세를 보이자 이준이 말했다.

"요 며칠 피곤했을 테니 오늘은 마음껏 마시고 내일 아침에 떠납시다."

잔치가 계속되면서 모두들 흉금을 터놓고 마음껏 마셨다. 각자 애틋한 속이야기를 풀어놓았음은 물론이다. 관승, 호연작 등은 금오도의 산세가 험준하고, 석성이 견고하고, 토지가 비옥하고, 주민이 많고, 물산이 풍부한 것을 보고 매우 기뻤다.

다음날 이준은 비보에게 금오도의 수비를 맡기고 적성에게는 청수오에 있는 식구들을 데려오게 했다. 그런 다음 호포를 발사하며 섬라성을 향해 배를 띄웠다.

한편 살두타와 혁붕은 패잔한 군사들을 모아 섬라성으로 돌아왔다. 동위와 동맹의 군대가 성을 공격하는 모습을 본 살두타는 혁붕에게 말했다.

"일이 다 되었다 싶었는데 한순간에 망치고 말았네. 자네 막냇동생도 죽고 말이야. 놈들이 추격해 올 것은 불을 보듯 훤한데다 이곳에도 적병이 있으니 싸우기가 쉽지 않겠네. 자네가 일본국에 가서 군사를 빌려 오게. 그곳 국왕은 내게 귀의한 자로 섬라국이 번영한다는 말을 듣고 진작부터 이곳을 손에 넣고 싶어했네.

나는 성안으로 들어가 성을 굳게 지킬 것이네. 그리고 청예, 백석, 조어 삼도의 군사들까지 합세시켜 놈들과 일대 혈전을 벌이겠네. 섬라국 놈들을 하나도 남김없이 몰살해야만 내 평생의 염원이 이루어질 것이네."

혁붕은 살두타의 말을 듣고 일본으로 떠났다.

동위 등은 살두타가 패잔병을 데리고 돌아온데다 배가 불에 타 망가진 것을 보고 그들이 패주한 것을 알 수 있었다. 길을 막고 싸우고 싶었지만 살두타의 요술이 두려워 선뜻 나서지 못했다. 성안으로 들어간 복청의 소식도 아직 알지 못해 살두타 일행이 성문을 열고 들어가는 것을 지켜볼 수밖에 없었다.

공도는 살두타가 패전해 돌아온 것을 보고 말했다.

"과인이 오로지 국사만 믿고 있었는데 이렇게 패해서 돌아오고 동위와 예운이 또 성을 공격하고 있으니 어쩌면 좋단 말이오?"

"내게는 귀신도 헤아릴 수 없는 재주가 있습니다. 천상계의 장수인 천봉 원수가 오더라도 대수롭지 않지요. 다만 전에 약속한 한 가지 조건을 들어주셔야 일이 순조롭게 풀릴 것입니다."

"과인이 거국적으로 국사를 돕고 있잖소! 비록 과인의 심장과 간을 끓여 먹는다 해도 승낙할 것이오. 그저 금오도의 군사들만 섬멸해 주시오."

"이전에 마새진이 이준의 병사들에게 포위되었을 때 화봉춘에게 옥지공주를 내어주며 부마로 삼았잖소! 그래서 군대를 물러가게 했단 말입니다. 전하의 딸을 내게 주시오. 나를 부마로 삼으면 비장해 둔 솜씨를 다 발휘하겠지만 거절한다면 구름을 타고 이곳을 떠나겠소. 그들이 전하를 사로잡아 죄를 묻는다 해도 그건 내 알 바 아니오."

살두타의 뜻밖의 요구에 공도는 한동안 멍하니 있다가 말했다.

"국사가 적병을 물리치고 난 뒤 진정 원한다면 국사를 부마로 삼겠소."

"불법엔 헛된 말이 없습니다. 오늘밤 혼인을 하게 해주시오. 우리가 장인과 사위 사이가 되면 자연히 최선을 다하지 않겠소이까!"

공도는 여전히 살두타가 귀신 같은 요술을 부린다고 믿고 있었다. 그래서 눈물을 머금고 딸아이를 단장시킨 뒤 살두타와 혼인하게 했다. 살두타는 화살에 맞은 상처가 낫지 않아 절룩거리며 공도의 딸을 끌어안고 방으로 들어갔다.

궁중에 머물고 있던 복청은 내감 및 화합아와 굳게 약조한 뒤 조정 신료와 백성들을 규합하려 했다. 막 거사를 일으키려는 참에 살두타가 돌아왔다. 경솔하게 움직일 수 없어 잠시 관망하고 있는데 금오도에서 이준과 화봉춘이 진격해 왔다는 소식이 들렸다.

복청은 왕비에게 조서를 써달라고 부탁해 화합아로 하여금 성벽 아래로 던지게 했다. 오늘밤 삼경에 성 안팎이 호응해 거사를 도모할 것이며 때를 놓치지 말라는 내용이었다. 동위의 부하가 그것을 주워 이준에게 전했다.

관승과 호연작 등은 모두 성 아래 주둔해 있었다. 이준은 복청이 성안에 있다는 것을 알게 된데다 왕비의 조서를 받았기에 삼경에 성안에서 불길이 치솟거든 전군이 모두 진격하라는 영을 내렸다.

과연 한밤중이 되었을 때 성벽 서북쪽에서 화광이 하늘로 충천하였다. 화봉춘, 서성, 호연옥은 때를 놓치지 않고 군사들로 하여금 성벽을 기어오르게 했다. 성안으로 들어간 군사들이 수비병을 벤 뒤 성문을 열어젖히자 전군이 성안으로 쇄도하였다.

화봉춘의 인도에 따라 그들은 먼저 승상부를 앞뒤로 포위하였다. 속수무책이었던 공도는 대들보에 목을 매려다가 화봉춘에게 붙잡혔다. 공도의 가족 사십여 명은 모두 포박되어 병마사에 갇혔다.

그런 다음 궁궐로 들어가니 이미 날이 밝아오고 있었다. 왕비, 화부인, 진부인, 옥지공주가 모두 무사한 것을 본 화봉춘은 땅에 엎드려 통곡했다. 다른 사람들도 모두 눈물을 흘렸다. 왕비는 눈물을 거두며 말했다.

"다행히 살아서 만나게 되었네. 공도와 살두타는 잡았는가?"

"공도와 그의 가족 사십여 명은 병마사에 보내 감금했지만 살두타는 아직 잡지 못했습니다."

화봉춘이 대답하자 국모가 다시 말했다.

"부마는 어서 밖으로 나가 마저 일을 보게. 살두타는 반드시 체포해야 하네."

궁궐 밖으로 나온 화봉춘은 동문으로 갔다. 성안으로 진입한 이준 등이 혁조와 악전고투를 벌이고 있었다. 화봉춘은 혁조를 향해 창을 내질렀다. 화봉춘의 일격에 혁조는 목숨을 잃고 말았다. 잘린 혁조의 머리는 장대 위에 높이 매달리는 신세가 되었다.

이준은 각 성문에 전령을 띄워 단단히 지키도록 지시하였다. 하지만 살두타의 모습은 어디에서도 발견할 수 없었다.

성문에 군사를 주둔시켜 지키게 한 이준은 장수들과 함께 입궐해 왕비를 알현하였다. 이준은 먼저 너무 늦게 섬라성을 수복한 것을 사과하였다. 아울러 다행히도 중국에서 여러 장수들이 찾아와 도와준 덕분에 역도를 무찌를 수 있었다고 아뢰었다. 왕비는 이준에게 감사의 말을 전했다.

"역신의 모반으로 전하께서 붕어하셨는데 대장군과 여러 장군들이 온 힘을 다해 준 덕분에 이제야 원한을 풀게 되었습니다. 복장군은 가장 먼저 성에 들어와 충성을 다했으니 한층 큰 상을 내려주기 바랍니다."

이준 등은 궁궐에서 물러나왔다. 승상부는 원수부로 바뀌어 여러 장수들이 그곳에 기거하게 되었다.

사흘째 되는 날 청수오에 머물던 사람들이 도착했다. 이준과 화봉춘은 가족이 있는 사람들에게는 큰 저택을 마련해 주었다. 노이 부인, 여소저, 노소저는 화부인과 함께 살게 되었다.

병사들은 부대를 새로 편성해 각 군영에 배속시켰다. 군량과 무기는 국고에 귀속시키고 말들은 목장으로 보냈다. 전선은 동위와 동맹으로 하여금 항구에 수채를 건설해 관리하게 했다.

신료들은 모두 승진시키고 백성들에게는 돈과 피륙을 나누어 주었다. 화합아는 궁문사에 제수되었다. 불에 탄 민가는 장인들로 하여금 새로 짓게 하는 등 조리있게 사후처리가 진행되었다.

그리고 크고 성대한 잔치를 열어 삼군을 위로하였다. 원수부에서 열린 잔치에는 마흔두 명의 호걸들이 참석해 서열에 맞추어 좌정하였다. 금오도 수비를 맡은 비보와 청수오를 책임진 적성은 자리를 함께하지 못했다.

이준은 술잔을 들고 말했다.

"위로 하늘이 굽어보시고 송공명의 영령이 지켜준 덕분에 뿔뿔이 흩어졌던 형제들이 다시 한자리에 모일 수 있었습니다. 이는 참으로 경이로운 일입니다.

우리가 경하해야 할 일이 네 가지가 있습니다. 섬라국왕께서 시해되어 나라의 운명이 위기에 처하고 금오도 또한 누란의 위험에 처했는데 다행히 원수를 갚고 원상태를 회복했으니 이것이 첫 번째 경하할 일입니다. 왕진 장군, 난정옥 통제, 문환장 참모, 호성 대협은 옛 동지는 아니지만 지금 우리와 일심동체의 새로운 결의 형제가 되었으니 이것이 두 번째 경하할 일입니다. 양산박의 백팔 형제 중 그 태반이 세상을 뜬 속에서 사방으로 흩어졌던 형제들이 불가사의한 인연으로 다시 모이게 되고 지난날 태호에서 저와 결의형제를 맺은 네 형제가 우리의 해외사업을 전폭적으로 뒷받침해 주었으니 이것이 세 번째 경하일 일입니다. 화봉춘, 송안평, 호연옥, 서성의 네 조카가 아직 어린 나이임에도 불구하고 하나같이 영명하고 뛰어난 자질을 지녔으니 이것이 네 번째 경하할 일입니다. 자, 밤을 세워 즐겁게 마십시다! 위하여!"

일동은 모두 함께 술잔을 들며 외쳤다.

"위하여!"

화봉춘은 만족 무희를 불러 가무로 주흥을 돋우었다. 모두들 크게 취해 잠자리에 들었다.

다음날 악화가 말했다.

"살두타를 붙잡지 못하면 후환이 있을 수 있으니 반드시 추포

해야 합니다."

"정말 구름을 타고 사라지기라도 했단 말인가? 하지만 걱정할 건 없네. 공손승 선생이 여기 있으니까 말이야!"

이준이 이렇게 말하자 악화가 자리에서 일어서며 말했다.

"내가 한 번 더 찾아보겠소."

연청, 호연옥, 서성이 탄궁彈弓과 장대 등을 들고 악화의 뒤를 따라나섰다. 오륙 명의 하인들이 술과 안주까지 챙겨 동행한 가운데 이들은 구경도 할 겸 여기저기 찾아 돌아다녔다.

그러던 중 진해사라는 절에 도착했다. 진해사는 장엄하고 화려한 절로 경내에 칠층보탑이 하늘 높이 솟아 있었다. 악화 일행이 법당에 참배하고 나자 주지가 차를 대접하였다. 밖으로 나와 탑 언저리를 지나는데 악화가 연청에게 말했다.

"연청, 자네는 신궁 아닌가! 저 탑 위에서 울고 있는 까치가 보이는가? 까치를 맞춰 떨어뜨리면 자네의 솜씨를 인정하겠네!"

그랬더니 정말로 연청은 탄궁을 꺼내 탄환을 장전하였다. 그리고 까치를 향해 쏘았다. 까치는 아래쪽에서 사람이 활을 조준하는 것을 보았다. 새는 아주 영적인 동물이어서 탄환이 몸에 닿기 전에 두 날개를 펴고 날아갔다.

날아간 탄환은 탑에 나 있는 창문 안으로 들어갔다. 갑자기 탑 속에서 '앗!' 하는 사람 소리와 함께 데굴데굴 굴러떨어지는 소리가 들렸다. 모두들 달려가 보니 한 사람이 탑 바닥에 엎드린 채 뻗어 있었다. 하인이 그의 몸을 뒤집었다. 악화는 저도 모르게 소리를 질렀다.

"이놈이 바로 살두타다! 어서 묶어라!"

"위쪽에 이놈의 일행이 있을지 모르니 찾아봐라!"

연청의 말에 따라 하인들이 탑 위로 올라가 살폈다. 머리를 풀어 헤친 한 여자가 웅크린 채 흐느끼고 있었다. 여자 옆에는 두 자루의 계도와 호리병 하나 그리고 절인 쇠고기 꾸러미가 놓여 있었다.

하인이 그 물건들을 집어들고 내려왔다. 여자도 끌려 내려왔다. 여자는 두 다리가 꼬여서 잘 걷지를 못했다. 여자는 다름아닌 공도의 딸이었다.

살두타는 공도의 딸을 데리고 구름 속으로 도주할 속셈이었지만 마새진의 혼령이 달라붙는 바람에 법술이 듣지를 않았다. 그래서 섬라성이 함락되던 날 밤에 이 여자를 데리고 탑 속으로 숨어들었다. 혁붕이 일본 군대를 빌려 오기를 기다렸다가 다시 한 번 못된 짓거리를 벌일 생각이었다.

하지만 어찌 알 수 있었으랴! 하늘의 법망이 관대한 듯하나 죄인은 반드시 벌을 면치 못한다는 것을! 공교롭게도 연청이 쏜 탄환이 튕기며 그의 눈에 맞고 말았던 것이다. 눈동자가 튀어나와 선혈이 낭자한 그의 모습은 완전한 악귀의 형상이었다. 악화는 살두타를 데리고 돌아와 이준에게 말했다.

"진해사에 놀러 가서 탑 위에 앉아 있는 까치를 향해 쏜 탄환이 탑 창문으로 날아가 이놈의 눈에 맞았지 뭐요. 꽁꽁 묶어서 이리 데려왔소. 여자는 공도의 딸인데 살두타가 속여서 자신의 여자로 만든 모양이오."

이준과 화봉춘은 크게 기뻐하며 살두타의 어깻죽지에 쇠사슬을 꿰어 묶었다. 그러고도 둔갑술을 쓸까봐 개의 피, 마늘즙, 인분을 그의 온몸에 바른 다음 공도와 함께 물이 들어찬 감방에 가두었다. 공도의 딸은 그의 가족이 있는 곳에 일단 감금했다가 나중에 조치하기로 했다.

이준은 왕비에게 국왕의 장례절차를 아뢰었다. 배선은 장례식의 의례 순서를 정하고 소양은 제문을 지었다. 연청과 악화는 장례절차 전반을 주관하였다. 문무백관은 모두 상복을 입었다. 오동나무 관을 마련해 국왕의 시신을 파보니 얼굴빛이 마치 살아 있는 듯 조금도 썩은 기색이 없었다. 향기로운 물로 깨끗이 씻은 다음 예복을 입히고 입속에 구슬을 머금게 해 염을 마쳤다.

국왕의 영구는 북문 밖에 마련한 단 위에 안치되었다. 스물여덟 명의 도사를 뽑아 공손승의 인도 아래 사흘 밤낮 동안 망자의 명복과 극락왕생을 빈 뒤 만수산 왕릉에 안장할 예정이었다.

상주 차림의 화봉춘은 세상을 뜬 국왕에 대한 정성을 다했다. 왕진과 관승 등이 조례를 거행하고 이준은 제주로서 제사를 집전하였다. 왕비, 화부인, 옥지공주는 영구 옆에서 슬픔을 억눌렀다.

이어서 이준은 형장을 정비하도록 했다. 양림과 두홍이 거느린 군사들이 형장 양쪽으로 늘어섰다. 일지화 채경은 검사역으로 임명되었다. 수만 명이 넘는 백성들이 손에 향을 들고 구경하였다.

이준은 먼저 공도 가족의 목을 치라고 명령했다. 도부수는 공도와 살두타를 끌어내 무릎 꿇린 후 서로 마주보게 했다. 공도 딸의 참수가 다가왔을 때 호연옥이 이준에게 부탁했다.

"이 여자는 남겨 주십시오."

"죄인의 딸을 남겨 어떡하자는 것이냐?"

이준의 물음에 호연옥이 대답했다.

"조카에게 용처가 있습니다."

이준은 빙그레 웃으며 공도 딸의 포박을 풀어주라고 했다. 나머지는 한 사람도 남김없이 모두 처형했다.

이어서 공도와 살두타의 형이 집행되었다. 도부수는 공도와 살두타에게 천이백 번이나 칼질을 가한 후 배를 가르고 심장을 도려냈다. 도려낸 심장을 국왕의 영전에 올리고 다시 제사 의식이 거행되었다. 왕비, 공주, 화봉춘은 크게 소리내어 곡하며 예를 올렸다.

이어서 운구가 시작되었다. 어가에 영구를 실어 운구했는데 이전의 국왕 행차 때처럼 의장 행렬은 너무 화려하지 않게 했다. 운구 행렬의 선두는 곡예사들이 춤을 추며 이끌었다. 길가 곳곳에는 장막을 치고 향불과 등촉을 밝혔다. 문무백관과 백성들 모두 걸어서 영구를 따랐는데 그 수는 만여 명에 달했다.

만수산에 도착하자 문환장이 신주를 부르고 시진은 하관식을 주재하였다. 이로써 안장 절차가 모두 완료되었다.

다음날 왕비는 문무백관 모두 금란전에 모이라는 전지를 내렸다. 소복을 입고 상좌에 앉아 있던 왕비는 이준을 비롯한 일동이 배알하자 일어서서 답례하고 다시 자리에 앉았다. 왕비 앞의 향안 위에는 옥새가 놓여 있었다. 왕비는 눈물을 흘리며 말했다.

"선대왕께서 나라를 세운 지 삼대째 마씨 왕조가 전해져 왔습니다. 백성들이 사랑하고 그리워함에도 전하께서 불행한 화를 당하신 오늘, 세자가 일찍 세상을 뜨는 바람에 보위를 이을 사람이 없습니다. 다행히 역도를 처단해 나라의 법은 바로잡혔지만 나라에 하루라도 임금이 없으면 안될 일입니다. 여러분이 협의해 마씨 선대왕들께 제사지내는 의식이 끊이지 않도록 해주시면 고맙겠습니다."

이준이 앞으로 나섰다.

"이 나라는 어디까지나 마씨의 나라입니다. 아들이 없다고는 하나 화봉춘이 부마의 자리에 있으니 반은 아들이라 할 것입니다. 화부마가 종사를 잇는 것이 바른 이치라고 생각합니다."

그러자 화봉춘이 눈물을 흘리며 아뢰었다.

"저는 아버지를 일찍 여의고 가까운 친족도 없는 몸으로 어머니와 함께 외롭게 살았습니다. 그러던 중 그만 악당의 계략에 빠져 만약 악화 숙부가 저희 모자를 구해 주지 않았다면 어디서 죽었을지 모릅니다. 게다가 대장군께서 해외로 나와 그 위광을 널리 떨친 까닭에 섬라국이 화의를 청하게 되었고 제가 부마가 되어 부귀를 누리고 있으니 이미 큰 은혜를 입었습니다. 또한 전하께서 시해당한 후 선친과의 깊은 우정의 바탕 위에서 원수를 갚아주셨습니다.

이제 저는 왕비마마와 홀어머니를 모셔야 하고 공주와 함께 삼년 동안 전하의 묘소를 지키며 사위의 도리를 다하고 싶습니다. 아무쪼록 대장군께서 속히 보위를 이어받음으로써 이웃나라가 우리를 넘보는 일이 없도록 해주십시오. 더 이상 논의가 필요없는 일입니다."

　화봉춘에 이어 모두가 한목소리로 입을 모았다.

"부마의 말씀이 지당합니다. 대장군의 창업은 하늘의 뜻이니 나라의 기틀을 바로세우셔야 합니다. 부디 사양하지 마십시오."

　이준이 다시 말을 받았다.

"나는 본래 심양강에서 고기나 잡던 일개 어부일 뿐입니다. 송공명을 따라 양산박에 들어갔지만 초안을 받은 뒤 나 자신의 우직함이 세상에 별 소용이 되지 않는다는 것을 알기에 관직을 사양하고 태호에서 숨어 지냈습니다. 우연한 변고를 만나 해외로 나오게 되었는데 금오도에 눌러사는 것만 해도 과분합니다. 섬라국의 변란을 평정한 것은 전적으로 여러분의 힘이거늘 어찌 그 공을 탐내어 분에 넘치는 행동을 할 수 있겠소!

　화부마가 끝내 사양한다면 여러분 가운데서 나라를 다스릴 재주와 덕을 갖춰 만민의 희망이 될 만한 사람을 뽑아 왕위를 잇도록 합시다. 나는 원래대로 금오도로 돌아가 지낼 수 있도록 해주시오. 그것으로 충분히 영광이외다."

　의론이 분분한 것을 들은 화부인이 논의가 진행되는 곳으로 나와 인사하며 말했다.

"제 남편이 여러분과의 돈독한 우정 속에서 세상을 뜬 덕분에 저희가 사고무친의 의지할 곳 없는 몸이었음에도 불구하고, 아들이 여러 삼촌들의 가르침을 받아 오늘에 이른 것이 얼마나 다행인지 모릅니다. 남편도 지하에서 웃고 있을 것입니다.

　아들이 아직 어리고 철부지인데 어찌 중임을 감당할 수 있겠습니까? 왕비마마께서 아끼는 마음에 혹 그런 말씀을 하셔도 저는 간언으로 막을 것입니다. 그러니 대장군께서는 쾌히 승낙하시어 신하와 백성들의 기대에 부응해 주십시오."

연청은 영리한 사람이라서 돌아가는 상황을 판별할 수 있었다.

'이준 형님이 이곳을 개척했기 때문에 사람들의 높은 신망을 받고 있구나! 그러니 이준 형님이 임금 자리에 오르는 것은 당연해. 다른 사람이 어찌 넘볼 수 있겠는가?'

이렇게 생각한 연청은 목소리를 높이며 말했다.

"인간 만사는 하늘이 정해 준 운명에 따르는 것이지 억지로 구한다고 되는 것이 아닙니다. 하물며 한 나라의 왕위는 말할 것도 없지요. 대장군께서는 일찍이 은둔자의 삶을 살고자 했지만 운명처럼 부귀가 찾아온 것입니다. 송공명께서 꿈에 나타나 자신이 못 이룬 나머지 절반의 사업은 대장군의 어깨에 달려 있다고 말씀하셨는데 오늘의 상황에 딱 맞아떨어집니다. 화봉춘 모자는 현명하고 사리에 통달한 분들이니 대장군께서는 더는 사양하지 마십시오."

왕비가 논의를 종결지으며 말했다.

"연장군의 말씀이 더없이 지당하군요. 그렇게 결정하겠습니다. 이제 우리 모녀가 지낼 수 있는 방안만 마련해 주시면 되겠습니다."

"왕비마마께서는 걱정하지 마십시오. 비록 대장군이 왕위를 물려받지만 모든 일은 왕비마마의 전교를 받들어 시행할 것입니다. 우리 형제들 모두 일편단심 충심을 다할 것입니다. 결코 은혜를 저버리지 않을 것입니다."

연청이 이렇게 대답하는데도 이준은 주저하며 말했다.

"왕비마마의 자애로운 말씀과 형제들의 추대가 있으니 더는 거절을 못하겠습니다. 그러면 병마, 재정, 정무 같은 일은 우리 형제들이 분담해 관장하되 왕비마마께서 수렴청정을 하시면 어떻겠습니까?"

연청이 다시 나섰다.

"그것은 안됩니다. 가정에 가장이 둘일 수 없고 나라에 임금이 둘일 수는 없습니다. 그렇게 되면 나라도 가정도 평화로울 수 없습니다.

양산박도 처음에 왕륜이 창립했지만 그가 속이 좁은데다 능력 있는 사람을 시기한 까닭에 임충이 동료들과 함께 그를 제거하고 조천왕을 우두머리로 받들지 않았습니까? 그때는 송공명조차 조천왕 앞에서 함부로 행동하지 않았습니다. 나중에 조천왕이 증두시에서 화살을 맞고 죽은 다음에 송공명이 뒤를 이어 우두머리가 되었고 군령을 따르지 않는 자가 한 사람이라도 있었던가요?

하나의 산채에서도 기강과 법도가 흐트러지면 안되거늘 섬라 같은 대국에서야 말해 무엇하겠습니까? 법령 공포, 제후 알현, 사신 송별, 군사, 재정, 재판 및 형벌, 문물예악, 정무 등의 온갖 일들이 산적해 있는데 이를 가볍게 여겨서는 안됩니다. 사공이 많으면 배가 산으로 가는 법입니다. 수렴청정은 부득이할 때나 하는 것입니다. 나라에 제대로 된 임금이 없어 신료들을 제어하지 못할 때 등장하는 일시적인 편법 같은 것입니다. 한고조의 황후 여태후와 당고종의 황후 측천무후가 후세의 조롱거리가 된 것을 보십시오.

이제 섬라국의 혈통은 끊겼습니다. 대장군은 섬라국의 오랜 신하가 아닙니다. 화부마로 인해 친척 위치에 있다고는 해도 대대로 나라의 은혜를 입은 신하들과는 다릅니다. 천하라는 것은 원래 세상 모든 사람의 천하이지 한 사람의 천하가 아닙니다. 현자가 대를 이으면 걸출한 나라를 일군 경우가 많습니다. 요임금이나 순임금은 자식이 아니라 현자에게 황제의 자리를 물려주었습니다. 대장군께서도 마땅히 받아들여야 합니다."

완소칠이 웃으며 말했다.

"연청이 시원스럽게 말하는군. 옛날에 송공명이 산채의 우두머리 자리를 노준의에게 물려주겠다고 했을 때 형제들의 마음이 다 돌아서 버렸는데 자네는 오늘 그때처럼 되어서는 안된다는 것 아닌가! 그런데 화부마가 거절하고 이준 형님도 받아들이지 않으면 이 완소칠이 옛날에 그랬던 것처럼 충천건 쓰고 자황포 입고 섬라국의 임금이 되는 것 아닌지 몰라!"

완소칠의 말에 모두가 웃음을 터뜨렸다.

"그러면 당분간 국정을 책임맡도록 하겠습니다. 하지만 송나라의 신하인 것은 종전대로이며 여러분은 각자의 직을 맡되 양산박 때와 마찬가지로 형제로 호칭할 것이니 갑자기 허례허식에 빠지지 맙시다. 왕비마마, 공주, 화부마 모자는 원래대로 궁궐에 계시고 저와 형제들 중 가족이 없는 사람은 원수부에 기거하며 국사를 돌보겠습니다."

좌중에 있던 사람 모두가 기뻐하였다. 곧 황도길일을 택해 섬라국을 다스리게 되었음을 하늘의 신과 땅의 신에게 알리기로 했다. 일동은 왕비에게 인사하고 물러나왔다.

임금의 자리가 이미 정해졌음에도 거듭 사양하더니
나라를 다스리자마자 혁혁한 전과를 올렸더라

제35회

왜국의 침략을 물리치다

 사람들이 모두 이준을 섬라국왕으로 옹립하기로 의견을 모았지만 이준은 거듭 사양하며 정동대장군으로서 국정을 수행하기로 했다.
 곧 흠천감에 황도길일을 택하라는 명이 떨어졌다. 이윽고 식전 준비가 완료되어 모두 아침 일찍 금란전 앞에 모였다. 섬돌 아래 근위군이 늘어서고 단상에는 휘황하게 등촉을 밝혔다. 왕비 소비는 예복을 차려입고 남쪽을 향해 서서 대장군에게 전각 위로 오르도록 권했다. 이준은 금빛 두건을 쓰고 진홍색 망포를 입었다.
 관승을 비롯한 사람들의 의관은 모두 송나라 관원 차림이었다. 의례를 관장하는 기관인 홍려시에서 식의 시작을 알렸다.
 왕비가 태감에게 명해 국새와 부절을 이준에게 전했다. 이준은 그것을 받아 용안 위에 올려놓았다.
 이준은 먼저 천지신명께 절하고 이어 북쪽으로 돌아서 왕비에게 배례하였다. 왕비는 반례로 회답했다. 이어서 이준이 서쪽을

향해 서자 왕진 이하 모두가 사배를 올렸다. 이준 또한 사배로 답
례했다. 화봉춘, 송안평, 호연옥, 서성도 단 위에 올라와 사배를
올렸다. 이준은 이들에게는 반례로 답했다. 이들 네 사람은 조카
뻘이기 때문에 재배를 한 것이었다. 섬라국의 옛 신하들도 모두
북향한 가운데 이준에게 사배를 올렸다.

의식이 끝나고 왕비는 내전으로 들어갔다. 비로소 이준은 남쪽
을 향해 용상에 앉았다. 왕진과 관승 등이 모두 열좌한 가운데
각자의 직책이 발표되었다.

철면공목鐵面孔目 배선: 감찰어사

소선풍小旋風 시진: 섬라국 승상

입운룡入雲龍 공손승: 국사國師

신기군사神機軍師 주무: 군사軍師

혼세마왕混世魔王 번서: 악마를 퇴치하는 진인眞人

낭자浪子 연청: 기밀 담당 상주국上柱國

박천조撲天雕 이응: 재정 담당 탁지사

신산자神算子 장경: 탁지부사

철봉鐵棒 난정옥: 병마 담당 추밀사

호성: 추밀부사

철규자鐵叫子 악화: 참지정사 겸 대장군 비서실장

왕진: 도지병마사

대도大刀 관승: 전군 도독

쌍편雙鞭 호연작: 후군 도독

병울지病尉遲 손립: 좌군 도독

진삼산鎭三山 황신: 우군 도독

미염공美髯公 주동: 중군 도독

문환장: 학교를 총괄하는 국자감

성수서생聖手書生 소양: 사령, 표장, 문서 담당하는 중한中翰

옥비장玉臂匠 김대견: 관인, 부절 담당하는 상새尙璽

신의神醫 안도전: 태의원

자염백紫髯伯 황보단: 어마감御馬監

철선자鐵扇子 송청: 광록시

활염라活閻羅 완소칠: 수군도총관

출동교出洞蛟 동위: 수군좌총관

번강신翻江蜃 동맹: 수군우총관

적수룡赤鬚龍 비보: 금오도 방어사

태호교太湖蛟 복청: 금오도 방어사

권모호卷毛虎 예운: 청수오 진알사

수검웅瘦臉熊 적성: 청수오 진알사

화봉춘: 부마도위

송안평: 한림학사

호연옥: 좌친군지휘사

서성: 우친군지휘사

굉천뢰轟天雷 능진: 화약국 총관

신행태보神行太保 대종: 통정사 겸 관풍행인사觀風行人司

독각룡獨角龍 추윤: 경성관찰사

금표자錦豹子 양림: 순작오성병마사

귀검아鬼臉兒 두흥: 염철사

소차란小遮攔 목춘: 둔전사

소울지小尉遲 손신: 상림원 겸 제독관역사

모대충母大蟲 고대수: 태군부인 겸 육궁 방호

일지화一枝花 채경: 행형 담당 금의위

이처럼 관직이 제수되고 각자 그 직책을 받들었다. 섬라국의 옛 신료들은 그 직책을 올려주고 백성들에게는 한 해 동안의 세금을 감면해 주었다. 또 대종에게 명해 스물네 개 섬에 이 모든 사실을 알렸다.

이로써 당면한 업무는 모두 마무리되었으니 여기에 어울리는 시가 있다.

소하만 가에서 오래도록 은거하던 몸이
붕새처럼 다시 높이 날 줄 누가 알았으랴
영웅은 자고로 미리 예단할 수 없음인가
도롱이옷 내던지고 곤룡포로 갈아입네

이준은 섬라국의 정사를 맡아 다스리게 되면서 대종을 보내 각 섬에 이 사실을 알렸.

청예도를 다스리던 사람은 철라한이었다. 철라한은 본시 흉포하고 거만한 자로 마새진이 유약한 것을 보고는 약조한 조공도

보내지 않았다. 오히려 공도와 결탁해 안팎에서 다른 섬들을 괴롭히는 데 앞장섰다. 이준의 포고문이 전해지자 그는 마음속으로 크게 분노하였다.

'우리 섬라국은 바다 밖에 멀리 떨어져 있는 나라이다. 마새진이 겁이 많고 무능했던 탓에 공도 승상이 왕위를 잇게 된 것인데 어떻게 그 자리를 중국인이 차지할 수 있단 말인가! 정말 분하기 짝이 없다.'

그는 백석도의 도공과 조어도의 사루천을 만나 거사를 의논할 생각이었다. 사람을 보내 청하자 이튿날 도공과 사루천이 도착했다. 두 사람을 보고 철라한이 이야기를 꺼냈다.

"섬라국 스물네 개 섬 중에서 우리 네 개 섬이 가장 강했소. 그런데 이준이란 자가 자칭 정동대원수라며 나타나 사룡을 죽이고 금오도를 빼앗았지 않소? 그때 당장 군사를 내어 원수를 갚아야 했는데 말이오.

무능하기 짝이 없는 마새진은 오히려 화의를 청하고 화봉춘을 부마로 삼기까지 했지요. 공도 승상이 마새진을 죽이고 살두타를 국사로 삼은 뒤 편지를 보내왔답니다. 우리 세 사람에게 스물네 개 섬을 병합하게 해줄 테니 오래도록 이웃의 의리를 맺자는 것이었소.

그런데 어찌된 일인지 이준이 그들을 파하고 공공연히 섬라국의 국주가 되더니 이제는 조공을 바치라는군요. 지금까지 아무런 구속도 받지 않고 지내왔는데 우리더러 고개를 숙이라니 어찌 참을 수 있겠소! 두 분을 청한 것은 이참에 군사를 일으켜 섬라국을 다시 빼앗자는 의논을 하기 위해서요. 어떻게 생각하시오?"

"지극히 옳은 말씀입니다. 우리 두 사람도 몹시 불쾌하게 여기고 있었습니다. 청예도에서 군사를 일으킨다면 우리 두 사람도 뜻을 함께할 것입니다."

도공과 사루천의 대답을 들은 철라한은 몹시 기뻤다. 술자리를 마련해 두 사람을 대접하는 중에 갑자기 보고가 올라왔다.

"황모도의 혁붕이 찾아와 뵙고 싶답니다."

철라한은 얼른 혁붕을 맞아들였다. 자리에 마주앉은 혁붕이 말했다.

"내 두 동생이 이준에게 죽임을 당해 원수를 갚기 위해 일본으로 군사를 빌리러 가는 길입니다. 여러분은 공도 승상과 깊이 교유하던 사이인데 어째서 그의 원수를 갚으려 하지 않습니까?"

"마침 조어, 백석에서 오신 두 분과 거병을 의논하던 참입니다. 장군이 가세해 일본 군사를 빌려 온다면 정말 묘책이 되겠군요!"

철라한의 대답에 혁붕이 말했다.

"일본 국왕은 진작부터 섬라국을 손에 넣고 싶어했습니다. 내가 가서 군사를 청하면 즉각 군사를 일으킬 것입니다. 다만 먼저 결정해 두어야 할 일이 있습니다. 섬라국이 일본에 귀속되면 금오도는 내가 다스리겠소이다."

"공도 승상은 원래 스물네 개 섬을 우리 셋이서 분할해 가지라고 했소. 장군이 금오도를 원한다면 스물네 개 섬을 넷으로 나누면 됩니다."

철라한이 시원스레 대답하자 혁붕이 다시 말했다.

"철석 같은 약속을 믿고 나는 일본에 가서 군사를 빌려 오겠습니다. 병장기와 전선을 준비해 정한 기일에 모여주시기 바랍니다. 지체되어서는 안됩니다."

그들은 즉시 피를 나누어 마시며 굳게 맹약했다. 혁붕은 일본으로 떠났다.

진시황 때 서복이라는 사람이 소년, 소녀, 여러 분야의 기술자, 예인, 의원, 무당, 점쟁이 등 수천 명을 거느리고 바다 저편으로 불로장생약을 구하러 간 일이 있었다. 진시황이 포학한 군주였으므로 서복이 그 땅으로 피신한 것이 일본이라는 나라의 기원이 되었다.

일본은 수천 리에 이르는 큰 섬나라로 열두 개의 주로 이루어져 있으며 금은을 비롯한 진기한 물건이 많이 난다. 국민들은 책을 즐겨 읽고 시짓기를 좋아하며 골동품을 애호한다. 반면에 툭하면 남의 물건을 빼앗고 살인을 즐기는 나라이다. 다른 이름으로 왜국이라고도 불린다.

왜왕은 포악하고 무자비한데다 옳지 못한 수단으로 재물을 손에 넣으면서도 만족할 줄을 몰랐다. 나라 안의 열두 개 주에 도사린 군대만 십만 명에 이르렀다. 그들은 해외에 나가 약탈하기를 즐기는 까닭에 고려국과 인근 지방에 수시로 출몰하곤 했다. 한편으로는 섬라국이 부강 번성한 나라여서 병탄할 기회가 오기만 엿보고 있었다.

혁붕이 군사를 빌리러 왔다는 보고가 올라오자 왜왕은 혁붕을 안으로 들게 했다. 수놓은 비단 보료 위에 앉은 왜왕은 키가 오 척에 불과했다. 그의 좌우에는 네 명의 절세미녀가 시립하고 있었다. 뜰아래에는 왜병 백여 명이 긴 칼을 손에 든 채 양쪽으로 늘어선 모습이었다.

혁붕이 배무의 예를 올리자 왜왕이 물었다.

"그대는 어디 사람인데 무슨 이유로 군사를 빌리겠다는 것인가?"

"저는 원래 점성국 사람으로 오천 명의 군사를 거느리고 황모도에 주둔하고 있었습니다. 섬라국왕 마새진이 죽은 후 승상 공도가 왕위를 물려받았는데 송나라 정동대원수 이준이라는 자가 그 자리를 빼앗으려고 쳐들어왔습니다. 국사 살두타가 사람을 보내 구원을 요청하기에 저는 두 아우 혁조, 혁곤과 함께 구원하러 갔습니다. 뜻하지 않게 공도와 살두타 그리고 저의 두 형제가 모두 죽는 바람에 이준은 지금 섬라에 눌러앉아 관직을 제수하는 등 눈에 거슬리는 행동을 하고 있습니다.

섬라에는 이십사 개 섬이 있는데 청예도의 철라한, 백석도의 도공, 조어도의 사루천은 이준의 조치에 불복해 혈맹으로써 빼앗긴 땅을 되찾으려 하고 있습니다. 병력이 적어 그를 당해 내지 못할까봐 이렇게 특별히 군사를 빌리러 왔습니다. 이준을 죽이면 섬라는 모두 귀국의 것이 될 것이며 이십사 개 섬 모두 조공을 바칠 것입니다."

혁붕의 말을 듣고 왜왕이 말했다.

"바다 밖에 있는 나라들이 모두 중국인들에게 점령당하는 것을 어찌 가만히 지켜볼 수 있단 말인가! 즉시 관백에게 일만의 군사를 내어주어 반드시 그 이준이라는 자를 죽이고 섬라 땅을 차지해야겠다!"

원래 관백은 사람의 이름이 아니라 일본국 대장을 가리키는 명칭으로 매사를 자신의 의사대로 처리할 수 있는 권한을 갖고 있었다. 그 관백은 키가 팔 척이나 되는 용력이 넘치는 자였다. 왜왕의 명을 받자마자 관백은 살마와 대우大隅 두 주의 병력 일만 명을 모았다.

삼백 척의 전선에 군사를 태운 관백은 깃발을 높이 올리고 출항하였다. 때는 마침 늦가을이어서 파도가 잔잔하고 북동풍이 알맞게 불었다. 관백이 이끄는 일본군과 혁붕은 순조로이 청예도에 도착하였다. 철라한은 이들을 맞아들여 쇠고기, 양고기, 술, 밥 등을 대접하며 위로했다. 거기에 사루천과 도공이 합세해 군사작전을 의논하였다.

한편 이대장군은 군신들과 함께 국사를 의논하고 있었다. 이때 행인사 대종이 돌아와 보고했다.

"청예, 백석, 조어의 세 섬은 복종하지 않고 군사를 일으켜 복수에 나설 듯이 보입니다."

"그 세 섬은 우리나라의 속령인데 복종하지 않고 다른 섬까지 선동한다면 새로운 나라를 만들어가는 데 장애가 될 것입니다. 문 앞의 도적은 토벌하지 않으면 안됩니다. 즉시 군대를 파견해 죄를 물어야 합니다."

주무가 이렇게 말하자 대장군은 그 말에 따르기로 했다. 군대를 진격시키려는데 수군도독 동위가 새로운 소식을 갖고 달려왔다.

"혁붕이 세 섬과 연합한데다 일본국에 가서 군사를 빌렸다고 합니다. 왜왕이 관백에게 군사 일만 명, 전선 삼백 척을 내어주어 그들이 이미 청예도에 도착했습니다. 대장군께서는 속히 여기에 대비해 주십시오."

보고를 들은 이준은 크게 놀라며 말했다.

"우리는 현재 병력이 오천 명도 안되는데 어떻게 싸우면 좋겠소?"

주무가 의견을 냈다.

"장수에게 중요한 건 지모이지 용맹함이 아닙니다. 군대는 얼마나 정예병인지가 중요하지 숫자가 중요한 게 아닙니다. 먼저 항구 입구에 수채를 세워 적을 막아야 합니다. 적을 상륙시켜서는 안 됩니다. 그리고 사방 멀리 군사를 매복시켰다가 적을 무찌르는 게 좋겠습니다."

이준은 곧 관승, 호연작, 난정옥, 이응을 대장으로, 번서, 양림, 손신, 목춘을 부장으로 삼아 군사 이천에 전선 백 척을 거느리고 수채를 지키게 했다. 완소칠, 동위, 동맹, 주동, 황신, 손립, 호성, 추윤에게는 따로 군사를 내어주어 사방에 매복시켰다. 스스로는 공손승, 주무, 연청, 호연옥, 서성, 능진과 함께 중군이 되어 성 가까이에 병영을 세웠다. 왕진과 화봉춘은 남아서 성을 지켰다. 또한 금오도와 청수오에 전령을 파견해 단단히 수비하도록 했다.

작전계획에 따라 성밖에 막 병영을 세우고 났을 때였다. 홀연 바다 위에 적의 배들이 먹구름이 몰려오듯이 다가오고 있었다. 세 개 섬과 일본 전선들이었다. 그런데 그들은 항구 밖 오 리쯤 떨어진 곳에 수채를 세우고는 교전하러 나서지 않았다. 이를 지켜보던 주무가 건의했다.

"왜놈들은 몹시 간사한데다 저들 군사의 수효가 많으니 수채를 밤낮으로 지키라고만 명하십시오. 나가서 싸우면 안됩니다."

명령을 전달받은 관승 등은 조심스레 지키기만 했다. 그래서 사오일 동안 양군의 교전이 일어나지 않았다. 어느 날 삼경에 이르렀을 때 조타수가 소리쳤다.

"배에 물이 샌다!"

허겁지겁 석회, 삼베 등으로 물이 새는 곳을 막았다. 하지만 얼마 지나지 않아 이 배 저 배 할 것 없이 바닷물이 솟구치듯 흘러들어와 물이 가득 찼다. 흘러들어오는 물을 막을 방법이 없는데다 배가 가라앉으려 했다.

관승은 군사들에게 빨리 해안으로 오르라고 명했다. 군사들은 모두 새로 구축한 병영으로 옮겨갔다. 이준이 고개를 갸웃하며 말했다.

"전선이 모두 견고한데 왜 물이 샐까?"

하는 수 없이 그들은 같은 병영 안에 머물며 지킬 수밖에 없었다. 이것은 다름아닌 관백의 계략이었다. 일만 명 왜병 가운데는 오백 명의 물귀신이라고 불리는 자들이 있었다. 이들은 밤낮 없이 줄곧 물속에 머물 수 있었다. 배가 고프면 물속에서 물고기나 새우 따위를 날것으로 잡아먹었다.

관백은 이들에게 명해 배 밑바닥에 구멍을 뚫게 하였다. 뚫린 구멍으로 바닷물이 차오르는 바람에 관승 일행은 수채에 머물 수 없었던 것이다. 이것은 양산박 수군 두령들의 장기인데 도리어 같은 방식에 당하고 말았다.

다음날 아침이 되자 관백과 혁붕이 왜병을 이끌고 북쪽 해안으로 상륙해 성을 포위하려 한다는 보고가 날아들었다. 섬라국은 사방이 넓은 바다로 둘러싸여 있는데 도성까지의 거리가 남쪽은 일 킬로미터 정도인데 비해 다른 세 곳은 수십 리에서 백 리 정도 되었다.

관백은 물귀신 병사를 시켜 전선에 구멍을 내어 관승 등을 육지로 쫓아낸 다음 철라한, 도공, 사루천이 이끄는 세 개 섬 군사를 시켜 자신들의 수채를 지키게 했다. 그 자신은 혁붕과 함께 상륙해 성을 들이칠 계획이었다. 대장군은 보고를 받고 말했다.

"성안이 텅 비어 있다시피 하니 가서 지켜야 하오!"

이준은 관승 등 여덟 명의 장수를 남겨 병영을 지키게 했다. 그곳은 전투를 수행하기 위해 중요한 곳인데 수채에 있는 적병이 내습해 올까 염려되었기 때문이다.

주무를 비롯한 장수들과 함께 성안으로 들어간 이준은 성벽 위의 포를 설치하는 자리마다 군사를 배치했다. 장수들은 저마다 한 구역씩 맡아 포석과 통나무를 쌓아놓고 적이 성 아래로 접근하면 굴려 떨어뜨렸다.

관백은 과연 지모가 뛰어난 사람이었다. 병사들에게 생소가죽을 이어붙여 장막처럼 쳐서 가리게 한 뒤 그 속에 들어가 성벽에 구멍을 뚫었다. 또한 구름다리와 높은 누대를 만들어 성벽을 기어오르게 했다. 성벽 위의 장수들은 밤낮 없이 방어하느라 숨돌릴 틈조차 없었다.

당황한 이준은 장수들을 불러모아 의논하였다.

"이제 막 나라를 세워 채 안정되기도 전에 세 개 섬이 반란을 일으키고 혁붕이 왜병을 데려왔소. 관백이 꾀가 많은 자여서 우리가 잠시 방심하는 사이에 우리 전선에 모두 구멍이 뚫리고 수리도 불가하니 바다로 나갈 수도 없게 되었소! 죽어도 몸둘 곳이 없게 되었단 말이오!"

"왜병이 이곳에 온 뒤 한 번도 싸운 적이 없으니 그들이 강한지 약한지조차 알지 못합니다. 성밖으로 나가서 한바탕 싸워보면 어떻겠습니까? 만약 관백을 해치운다면 나머지는 염려할 게 없습니다."

호연옥이 이렇게 말하자 이준은 그 말에 따르기로 했다. 왕진, 화봉춘, 서성, 호연옥에게 천 명의 군사를 거느리고 출진하게 했다. 자신도 조야옥사자를 타고 손에 쇠창을 든 채 북문을 열고 뛰쳐나갔다.

북문 밖은 지형이 가장 넓게 트인 곳이었다. 관백의 진영이 그곳에 있었다. 관백은 성안에서 군사가 나오는 것을 보고 왜병들을 전투 대형으로 포진시켰다. 한편 그는 혁붕에게 오백 명의 왜병을 내어주며 기회를 보아 동문을 들이치게 했다. 명을 받은 혁붕은 동문을 향해 멀찍이 돌아갔다.

이준이 장수들을 이끌고 나가자 관백은 흰 코끼리를 타고 돌진해 왔다. 머리를 틀어올려 결발한 관백은 손에 쇠몽둥이를 들고

일지화 채경. 오른쪽은 그의 형 채복.

있었다. 호연옥이 쌍편을 들고 관백과 맞섰다. 두세 합도 겨루기 전에 수많은 왜병이 긴 칼을 휘두르며 덤벼들었다.

　순간적으로 밀리면서 이준 일행은 등을 보이며 도주하였다. 병사들도 이리저리 도망치느라 아군끼리 밟고 밟히는 상황이 벌어졌다. 그 바람에 적지 않은 병사들이 목숨을 잃었다. 성문 앞에 이르자 다시 급보가 날아들었다.

　"혁붕이 동문을 뚫었습니다!"

　이준은 급히 성안으로 진입하였다. 과연 혁붕의 군사들이 성안 방비가 허술한 것을 알고 누대를 통해 우르르 올라오고 있었다. 동문은 호연옥과 서성이 지키고 있었는데 두 사람 모두 성밖으로 나가 싸우는 통에 틈이 생긴 것이었다. 그새 수백 명의 군사들이 성벽을 기어올랐다.

　연청과 채경은 서문에 있다가 혁붕이 성벽 위로 올라왔다는 소식을 듣자 날듯이 달려왔다. 혁붕과 일이백 명에 달하는 그의 부하들이 성벽 수비병을 난도질하듯 베어 죽이고 있었다. 누대 위에는 기어오르는 왜병이 개미떼처럼 붙어 있었다.

　채경이 급히 칼을 내리치자 혁붕은 창을 휘두르며 맞섰다. 채경은 혁붕을 당해 낼 수가 없었다. 이때 연청이 쏜 화살이 날아가 혁붕의 어깨에 맞았다. 하지만 급소를 벗어난 탓에 혁붕은 아랑곳하지 않고 성큼성큼 채경을 압박해 왔다. 채경이 몹시 위험에 처한 순간 화봉춘, 호연옥, 서성이 말을 타고 달려왔.

　화봉춘의 창이 보기 좋게 혁붕의 목을 찌르자 혁붕은 땅으로 푹 쓰러졌다. 호연옥과 서성은 닥치는 대로 왜병을 때려눕혔다.

능진도 달려와 대포를 설치하더니 누대를 날려버렸다. 기어오르던 왜병들이 모조리 성벽 밑으로 떨어져 내렸다. 채경은 혁봉의 목을 베어 버렸다.

왜병들을 몰살시키고서야 비로소 한숨을 돌릴 수 있었다. 성벽 위로 올라온 이준은 혁봉의 머리를 성문 위에 높이 매달게 하고 왜병의 시체는 모조리 성벽 아래로 내던지게 했다.

"하마터면 일을 망칠 뻔했다! 혁봉을 베어 버렸지만 관백은 전혀 물러설 것 같지 않으니 어찌하면 좋을까?"

이준이 걱정하자 주무가 말했다.

"비록 배에 구멍이 뚫렸지만 이삼십 척의 배는 금세 수리할 수 있습니다. 관승을 비롯한 여덟 명의 장수로 하여금 청예 등 세 섬의 군사들이 지키고 있는 수채를 공격해 격파하시지요. 관백의 귀로를 차단한 후 놈들을 섬멸하는 것입니다."

이준은 관승 등에게 배를 수리해 적의 수채를 공격하라고 일렀다. 동위가 나가서 한 척 한 척 점검해 보니 스무 척 남짓의 배는 구멍이 뚫리지 않은 채였다.

"수상 전투는 화포가 최고이니 능진이 함께 가면 쉽게 무너뜨릴 수 있을 것일세."

관승은 이렇게 말하며 동위에게 능진을 데려오라고 하는 한편 전투 준비에 총력을 기울였다. 곧 능진이 화포를 챙겨가지고 합류하였다. 그들은 한참 어두워지기를 기다려 출항하였다.

한편 철라한은 수채에서 도공, 사루천과 상의하였다.

"이준이 대패하고 혁봉이 동문을 뚫기에 섬라가 순식간에 손에 들어오는 줄 생각했더니 혁붕이 당할 줄 누가 알았겠소? 우리 세 섬의 군사가 내내 여기 가만히 있어 가지고는 언제 공을 세운단 말이오! 오늘밤은 푹 쉬고 내일 가서 남문을 공격합시다."

"옳은 말씀이오. 오늘 취하도록 실컷 마시고 내일 아침 힘을 합쳐 돌격합시다."

도공의 말에 따라 그들은 술을 더 가져오게 했다. 자신들이 흠뻑 취했을 뿐 아니라 군사들에게도 술을 나누어주는 바람에 모두가 곤드레만드레 취해 버렸다.

전군이 한창 꿈속에 있는데 호포소리가 연거푸 들려왔다. 부랴부랴 자리에서 일어나는데 갑자기 배에서 불길이 치솟기 시작했다. 관승을 비롯한 여덟 장수가 용맹스레 쇄도하였다. 철라한, 도공, 사루천은 응전할 용기를 잃은 채 저마다 겨우 한 척의 배를 몰고 자신의 섬으로 도망쳤다.

이백 척의 전선이 거의 불에 타고 수채를 지키던 세 섬의 군사들도 대부분 죽고 말았다. 살아 보겠다고 뭍으로 오른 자들은 사방에 매복해 있다가 포성 소리를 듣고 싸움을 가세한 이준의 군사들에게 전멸당했다. 대승을 거둔 뒤 이들은 성안으로 들어가 대장군에게 보고하였다.

"적의 수채는 모두 무너졌고 철라한 등은 각자의 섬으로 도주했습니다. 이제 관백이 날개를 단다 해도 도망칠 수 없습니다."

"관백은 용맹하고 왜병의 숫자는 여전히 많습니다. 성 아래 머무르면서 필사적인 공격이라도 감행하면 감당하기 어렵습니다. 듣자니 왜병은 추위를 몹시 탄다더군요. 눈이나 얼음을 보면 겨울잠을 자는 곤충처럼 꼼짝도 못한다는 거예요. 물론 이곳은 따뜻한 고장이라서 눈과 얼음은 생각지도 못하겠지만 말입니다."

주무의 뜬금없는 소리에 공손승이 나섰다.

"내가 기도를 올려 보리다. 종일 눈을 내려 그들을 얼어죽게 만들겠소. 큰 죄업을 짓는 것이라서 주저되기는 합니다만."

"왜병이 반란에 가세했으니 스스로 멸망을 자초한 것입니다. 만약 저들에게 패한다면 우리는 영원히 갈 곳을 잃을 뿐만 아니라 섬라의 수백만 백성들 모두 화를 면치 못할 것입니다. 공손 선생, 부디 법술을 시행해 주시오."

이준의 간곡한 부탁을 들은 공손승은 곧바로 북극성을 향해 단을 쌓게 했다. 동서남북과 중앙의 오방에 맞추어 단을 꾸미고 선발된 스물여덟 명으로 하여금 손에 깃발을 들고 사방에 갈라서 있게 했다. 별자리 이십팔수를 상징하는 것이었다. 또 열두 명을 따로 뽑아 둔갑술을 시행할 때 부르는 육정육갑의 신으로 삼았다. 동자 하나는 향로를 맡고 다른 동자 하나는 검을 들고 섰다.

공손승은 단 위에 올라 머리를 풀어헤쳐 산발하고 손으로 칼을 쥐었다. 이어 북두칠성의 배치를 따라 걸으며 부적을 태웠다. 이렇게 법술을 시행하기를 하루에 세 번씩 반복했다. 셋째 날이 되었다.

먹장구름이 자욱이 밀려오고 검은 안개가 사방을 채우는가 싶더니 사나운 서풍에 온 숲의 나뭇잎이 시들어 낙엽을 흩날리기 시작했다. 이어 하늘 가득 버들개지 날리듯 흰 눈이 내리며 천지를 뒤덮었다. 마른 가지 위에서 새들이 애처로이 울고 짐승 떼는 울부짖으며 토굴 속으로 몸을 숨겼다. 귀신조차 울며 몸부림치니 사지가 얼어붙고 피부가 갈라질 지경이었다.

매서운 추위에 소슬소슬 진눈깨비가 내리는가 싶더니 이내 모든 것을 얼려버렸다. 지독히 추운 흉노땅 북해에서 한무제가 준 부절을 지팡이 삼아 양을 치던 소무의 고사며 귀양길에 '남관藍關에 눈이 가득 쌓여 말도 나아가지 못하네'라고 읊은 한유의 시를 떠올리게 만들었다.

눈은 밤낮으로 계속 내려 다섯 자 남짓이나 쌓였다. 섬라국 사람들은 예로부터 이런 폭설을 본 적이 없어서 모두 놀라고 괴이쩍게 여겼다.

왜병들은 더위에는 강하나 추위에는 약한데 본래 겨울옷이라는 것을 모르고 지내던 자들이었다. 하물며 아직 가을이거늘 어찌 이런 추위가 닥치리라고 생각이나 했겠는가! 눈 속에 한데 엉겨 얼어죽은 자들이 무수하였다.

'분명 하늘이 노하신 모양이다. 내가 여기 있는 것을 용납할 수 없어 이런 끔찍한 벌을 내리는 것일 게야. 하루라도 더 지체하다가는 전부 얼어죽겠다!'

이렇게 생각한 관백은 마침내 군사를 거두어 회군하기 시작하였다. 눈 속을 한 발짝 한 발짝 걸어 남문에 이르러 살펴보니 자신들이 타고 온 전선 대부분은 불에 타 버리고 겨우 수십 척이 바다 위에 떠 있었다.

관백은 물귀신 병사들에게 바다로 들어가 배를 끌고 오라고 명했다. 그들은 물속에서 며칠씩 지낼 수 있는 자들인데도 눈 때문에 바닷물에 살얼음이 어는 바람에 자맥질해 들어갈 때 마치 칼로 살을 에는 듯하였다. 그 과정에서 적지않은 병사들이 동사하였다. 그래도 다행히 몇 척의 배를 해안가로 끌고 왔다. 관백과 왜병들은 배에 올라탔다.

공손승은 이번에는 세찬 바람이 일어나라고 빌었다. 눈 깜짝할 사이에 흰 파도가 하늘로 솟구치고 바닷물이 끓어오르며 배에 물이 가득 차올랐다. 한 치도 나아갈 수 없어 배는 바다 가장자리에 묶여 있어야 했다.

사흘이 지나 바람이 잦아드니 바닷물은 두꺼운 얼음으로 변했다. 관백과 왜병들 모두 얼음 속에 갇혀 수정인간처럼 뻣뻣하게 굳은 채 동사하였다.

당나라 현종 때 중앙아시아의 소발율국이 오색 옥을 공물로 바치지 않자 이임보가 정벌하러 갔다. 사만 명의 당나라 군사에 변방 속령의 군사를 더해 정벌군이 편성되었다. 소발율국을 밀어붙이는데 그곳에 천문에 통달한 술사가 있어 신의없음을 꾸짖으며 큰 바람을 일으켰다. 수백 리에 이르는 바람이 홀연 사방에서 불어오며 눈송이가 날리기 시작했다.

바람이 내륙의 바다를 휘젓는 바람에 물이 얼음 기둥으로 변해 사만 명의 병사가 모두 얼어 죽었다. 병사들의 시체는 서 있는 자, 앉은 자 할 것 없이 너무도 맑고 투명했다. 살아남은 사람은 당나라 사람과 변방 사람 하나씩 단 둘뿐이었다. 〈명산장〉이란 책 속에 실려 있는 내용으로 관백과 왜병의 최후는 이 이야기를 차

용했다.

 다음날이 되자 하늘이 맑게 개었다. 해가 비치며 눈도 얼음도 모두 녹았다. 대장군 이준은 동위, 동맹, 번서, 양림의 네 장수에게 왜병의 모습을 살피게 했다. 네 장수가 해안에 와 보니 관백과 왜병들이 겹겹이 쓰러진 채 죽어 있었다. 살아 있는 사람은 하나도 없었다.

 그들은 수천 자루의 일본도를 수거하고 온갖 보석이 박힌 관백의 모자도 습득하였다. 시체는 모두 바닷속으로 던져 버렸다.

 적이 타고 온 전선은 수리해 사용할 생각으로 모두 수습하였다. 얼추 백여 척에 이르렀다. 관백이 타던 흰 코끼리는 죽지 않았으므로 성안으로 끌고 들어왔다. 동위 등이 돌아와 대장군에게 보고하니 문무백관 모두가 크게 기뻐했다.

 "공손 선생 덕분에 큰 전과를 거둘 수 있었소. 앞으로는 베개를 높이 베고 편안한 잠을 잘 수 있게 되었습니다. 혁붕이 동문을 돌파하고 내가 패전해 돌아왔을 때는 모든 게 끝장이라고 생각했는데 다시 평온을 되찾았소이다."

 이준은 이렇게 말하며 주연을 베풀어 승리를 경축하였다. 연회가 진행되는 동안 주무가 말했다.

 "외적은 물리쳤지만 내부의 우환은 아직 완전히 도려내지 못했습니다. 청예도가 선동해 세 섬이 반란을 일으켰으니 반드시 죄를 물어야 합니다. 토멸하지 않았다가는 스물네 개 섬이 그들을 본받을 것입니다."

 그러자 이준이 말을 받았다.

"병졸들이 성을 지키느라 크게 고생했고 문무백관들도 아직 정신이 없을 것이오. 며칠 지난 뒤에 출병합시다."

새로운 나라의 기틀을 세우는 일은 간난신고일 수밖에 낙토를 건설하는 데 어찌 고생을 마다할까

제36회
세 섬의 반란을 평정하다

관백이 이끄는 왜병이 모두 얼어 죽었다는 소식을 들은 왜왕은 하늘의 뜻으로 알고 다시는 감히 섬라국을 침범하지 못했다. 혁붕도 이미 도륙을 당했기 때문에 출병을 유혹할 재앙의 근원은 사라졌다.

다만 청예도의 철라한, 백석도의 도공, 조어도의 사루천 이 세 명은 방자하게 굴며 복속하지 않은 대가를 치러야 했다. 주무는 대장군에게 군대를 내어 정벌할 것을 건의했다.

이준은 난정옥, 호성, 동위에게 천 명의 군사와 전선 이십 척을 내어주며 청예도를 정벌하게 했다. 관승, 양림, 동맹에게도 같은 천 명의 군사와 전선 이십 척으로 백석도를 치게 했다. 주동, 황신, 목춘 역시 천 명의 군사와 전선 이십 척을 이끌고 조어도를 정벌하라는 명령을 받았다. 명령을 받은 장수들은 각기 군사를 거느리고 출전하였다.

철라한을 비롯한 세 사람은 수채가 공격당할 때 각자 자신들의 섬으로 도망쳤다. 혁붕이 피살되고 관백이 끌고 온 왜병이 모두 얼어죽었다는 소식을 들은 철라한은 마음속으로 크게 동요하였다.

'피를 나누는 맹약 끝에 난을 일으켰지만 어처구니없는 패배를 당하고 말았구나. 이준이 반드시 군사를 일으켜 쳐들어올 것인데 정예병은 모두 죽고 생존자는 수백 명의 노약자밖에 없으니 어찌 대적한단 말인가. 일본에 가서 다시 군사를 빌리자 한들 왜왕이 받아들일 리는 없고 도망치자면 애써 일군 모든 부귀영화를 포기해야 하니 안될 일이지. 항복한다면 치욕을 당할 텐데 대장부가 죽을지언정 어찌 무릎을 꿇을 수 있는가! 놈들이 오기를 기다리는 수밖에 없다.'

철라한은 섬 안의 백성들 가운데 건장한 자는 모두 징집하였다. 끌어온 자들의 이마에 인두로 지져 글자를 새기고는 모두 군사로 만들었다. 그렇게 천여 명의 군사를 모아 항전 준비를 갖추었다.

청예도는 험한 산지라고는 거의 없는 비옥한 평야로 이루어져 오곡이 풍성하였다. 전답이 부족한 섬들에서 다투어 달려와 곡식을 사가는데 청예도에서 팔지 않으면 굶어죽을 판이었다. 게다가 철라한은 천성이 사납고 힘이 장사인데다 걸핏하면 사람을 죽이는 탓에 다른 섬들 모두 그들 두려워했다.

청예도에는 철라산이라는 질 좋은 철의 산지가 있었다. 그곳에서 나는 철로 만든 칼은 어찌나 예리하고 좋은지 그 칼을 갖게 된 사람은 절대로 남에게 주는 법이 없었다. 철라한이 자신의 이름을 그렇게 지은 것도 다 그 때문이었다.

철라산 발치에 바위 연못이 하나 자리하고 있는데 물이 맑아 보이지만 사실은 독성이 아주 강했다. 쇳물이 녹아 스며든 물이기 때문에 멋모르고 그 물을 마셨다가는 즉시 복통이 일어나고 며칠 내로 위와 장이 헐어 죽고 만다.

철라한은 법을 어기는 자가 있으면 다른 형벌을 가하는 것이 아니라 그 물을 한 그릇 마시게 했다. 그렇게 해서 죽게 되는 까닭에 청예도 사람들은 감히 법을 어길 엄두를 내지 못했다.

난정옥과 호성, 동위는 청예도에 도착하였다. 성곽다운 것은 보이지 않고 비옥한 평야만이 끝없이 펼쳐져 있었다. 마을에서는 백성들이 벼를 베어 탈곡장으로 운반하는 중이었다. 난정옥은 백성들의 것은 풀 한 포기 나무 한 그루 건드리지 말라고 명했다.

그들은 군사를 거느리고 철라산 아래 이르렀다. 철라한은 산꼭대기에 진을 친 채 사방에 목책을 세워두고 있었다. 날은 저물고 산 위로 올라가는 길을 모르기 때문에 난정옥은 다음날 공격하기로 하고 산 아래 진영을 세우게 했다.

군사들은 솥을 걸고 밥을 지었다. 연못의 물이 맑은 것을 보고 그 물을 떠다가 밥 짓는 데 사용하였다. 밥을 먹지 않았으면 별일 없었을 테지만 밥을 먹고 말았으니 그게 문제였다. 밥을 먹은 군사들 모두가 복통에 시달린 것이다. 난정옥과 호성, 동위는 술을 마시느라고 밥을 먹지 않았다. 그래서 다행히 중독을 면했다.

"우연히 배가 아플 수는 있지만 천 명이나 되는 사람이 모두 아픈 것은 무엇인가에 중독된 것이 틀림없다. 아마도 이 연못의 물 때문일 것이다."

난정옥은 이렇게 말하며 급히 섬사람을 찾아가 연유를 알아오게 했다. 역시 먹을 수 없는 물이었고 며칠 내로 내장이 녹아 죽고 만다는 것이었다.

당황한 난정옥은 즉시 동위를 섬라성으로 보냈다. 안도전에게 해독법을 묻기 위해서였다. 동위는 날듯이 배를 몰고 떠났다. 군사들은 증상이 점점 심해져 하나같이 배를 부여잡고 눈썹을 찌푸리며 신음했다. 난정옥은 어찌해 볼 도리가 없었다.

그때 북소리와 나팔소리가 일제히 울리며 철라한이 만족 병사를 거느리고 공격해 왔다. 만병들은 장도를 휘두르며 바람이 휘몰아치듯 몰려왔다.

아픈 군사들로 어찌 싸운단 말인가. 난정옥은 급히 철수하라고 명하고 호성과 함께 퇴각하는 군대의 후미를 지켰다. 하지만 순식간에 걸음이 느린 군사들 백여 명이 살해되고 말았다. 배로 돌아와 보니 군사들은 하나같이 초죽음이 되어 있었다. 난정옥의 마음은 타들어가는 듯했다.

다행히 다음날 정오쯤 동위가 오백 명의 병력을 새로 끌고 와서 말했다.

"안도전 태의원께서 말하기를 감초탕을 마시면 해독이 된답니다. 감초 가루를 큰 대접에 담아 맑은 물에 풀어 마시랍니다."

병사들은 제각기 큰 대접으로 감초탕을 몇 그릇씩 마셨다. 그리고 시커먼 물을 무수히 토해 냈다. 그런 다음에야 비로소 통증이 가라앉아 배 안에서 요양할 수 있었다.

난정옥과 호성은 새로 온 군사들을 이끌고 다시 교전하러 나섰다. 이번에는 철라한이 산정에 있지 않고 평지에 머물고 있었다. 그의 주위에는 만족 병사들이 늘어서 있었다. 철라한이 독설을 퍼붓는 바람에 난정옥은 대로하였다.

화가 머리끝까지 치민 난정옥은 강철 창을 꼬나쥐고 군사를 몰아 달려갔다. 그런데 돌연 하늘이 무너지고 땅이 갈라지는 소리가 들리는가 싶더니 그는 군사들과 함께 함정 속으로 떨어지고 말았다. 함정 양켠에서 철라한의 부하들이 갈고리를 뻗어 그들을 사로잡으려 하였다. 난정옥은 요도를 뽑아 갈고리를 끊어버리고는 몸을 솟구쳐 함정에서 빠져나왔다.

호성과 동위는 얼른 걸음을 멈추는 바람에 함정 속에 빠지지 않았다. 난정옥이 다시 창을 겨누며 베려 하자 철라한은 구리 몽둥이를 들고 맞섰다. 십여 합쯤 겨루고 있을 때 호성과 동위가 달려와 난정옥을 도왔다.

철라한이 아무리 용맹하더라도 세 사람을 당할 수는 없었다. 철라한은 달아날 수밖에 없었다. 난정옥이 바짝 뒤를 쫓았다. 철라한은 어느 동굴 입구에 이르더니 그 안으로 몸을 숨겼다.

동굴 속으로 기어들던 만병 몇몇이 붙잡혀 죽임을 당했다. 나머지 만병들은 뿔뿔이 흩어져 도망쳤다. 달아나는 병사 하나를 붙잡아 베려 하자 그가 큰 소리로 애원하였다.

"저는 만족 병사가 아닙니다! 무고한 백성입니다!"

난정옥이 꾸짖으며 말했다.

"백성이라면서 왜 역적을 도와 반란을 일으킨 것이냐?"

"병사가 부족하자 철라한이 백성들을 끌어다가 얼굴에 낙인을 찍고 군사로 삼은 것입니다."

그 말을 들은 난정옥은 부하들에게 말했다.

"이 사람을 살려줘라! 앞으로 얼굴에 낙인이 있는 자는 죽이지 마라!"

난정옥은 다시 백성에게 얼굴을 돌리며 물었다.

"여기는 무슨 동굴이고 깊이가 얼마나 되오?"

"오룡동이라는 동굴인데 입구가 좁아서 한 사람만 겨우 들어갈 수 있습니다. 이삼백 명을 수용할 수 있을 정도로 동굴 안은 굉장히 넓습니다. 밤낮 불을 켜놓고 있으며 건조식품을 충분히 비축해 두었습니다. 큰 바위 속에 뚫린 동굴이라서 굴을 무너뜨릴 수 없기 때문에 철라한은 금은보화를 이곳에 감추어두었지요. 철문을 닫아 버리면 천군만마가 와도 끄떡없습니다. 놈의 가족은 모두 이 속에 들어가 있습니다."

백성의 말을 들은 난정옥은 속으로 생각했다.

'동굴 안으로 도망치다니 남자답지 못한 놈이로군!'

난정옥은 군사들에게 숯을 가져오게 했다. 군사들이 날라온 숯을 철문 앞에 쌓아놓고 불을 붙였다. 그런 다음 풀무질을 가하자 반나절쯤 지나 철문이 녹아내렸다. 하지만 동굴 속으로 들어갈 수는 없었다. 난정옥은 다시 장작더미와 건초를 가져오게 해 불을 당겼다. 군사들이 불덩이를 연신 동굴 안으로 밀어넣었다.

동굴 안은 금세 연기로 가득 찼다. 밀려들어오는 불길과 뜨거운 열기에 숨쉴 수조차 없는 생지옥이 펼쳐졌다. 하루 밤낮 불을 피워대는 사이에 철라한을 비롯해 동굴 안에 있던 사람들의 몸은 녹아 문드러졌다.

난정옥은 동굴 입구에 파수병을 세워두고 돌아와 청예도 백성들을 안정시키기 위한 고시문을 내걸었다. 창고에 쌓인 곡식은 자자당한 백성들에게 나누어주었다. 살아남은 만족 병사들은 모두 투항하였다. 난정옥은 바위 연못의 물을 마시게 하는 잔혹한 악습을 폐지하였다. 그러자 앞으로 그 같은 고통을 당하지 않게 된 백성들이 모두 와서 감사를 표했다.

사흘 후에 군사를 보내 동굴 속을 조사하였다. 목탄처럼 변한 시체를 하나하나 수습하였다. 철라한의 수급은 잘라서 나무궤짝에 넣고 동굴 속에서 찾아낸 십여만 냥의 금은과 함께 대장군에게 보냈다. 동위로 하여금 이들 전리품을 갖고 가 승전보를 전하게 했다. 대장군은 난정옥과 호성에게 청예도를 지키도록 했다.

한편 주동, 황신, 목춘은 조어도에 도착했다. 섬으로 들어가는 입구에 두 개의 작은 동산이 마주 바라보고 있었다. 두 산 사이의 산허리에 사람이 통행하는 돌다리가 놓여 있고 돌다리 위에는 망루가 설치되어 있었다.

사루천은 자신들을 공격하는 군대가 도착했다는 소식을 듣고 만족 병사들과 함께 망루를 지켰다. 다리 밑에는 철책이 세워져 있어 안으로 진입할 수 없었다.

주동 일행이 도착한 지 이틀이 지났는데도 사루천은 교전하러 나오지 않았다. 다리 근처로 다가가면 죽노竹弩를 쏘아대는데 그 위력이 매우 강력했다. 또한 방어용 석포가 설치되어 있어 장치를

제36회 세 섬의 반란을 평정하다　197

조작해 발사하면 돌덩이가 삼백 보 밖까지 날아왔다. 석포 한 발에 십여 명씩 부상을 입는 까닭에 배가 가까이 접근하기 어려웠다.

주동은 초조하지 않을 수 없었다. 그는 배를 섬 동쪽 일 킬로미터쯤 떨어진 곳으로 옮겼다. 그곳에 가서 보니 섬으로 오를 수 있는 길이 있었다. 황신, 목춘과 함께 배에서 내린 주동은 작은 언덕 위로 올라가 사방을 둘러보았다.

너른 바위가 바다 쪽으로 돌출해 있는 모습이 건강의 명소 연자기를 방불케 하였다. 바위가 구슬처럼 영롱하고 아름다운데다 도처에 기화요초가 가득했다. 바위벽에 글자가 새겨져 있는데 비바람에 마모되었어도 춘추전국시대의 인물인 '임공자가 낚시를 하던 곳'이라는 글자를 알아볼 수 있었다. 주동이 혼잣소리로 말했다.

'본래 이런 유래가 있어서 조어도라는 이름이 붙은 것이로구나!'

그곳 일대의 언덕은 천혜의 성벽이나 다름없었다. 멀리 섬 안쪽을 바라보니 넓게 펼쳐진 논밭 사이로 여기저기 민가가 무리를 이루고 있었다. 마을에서는 닭과 개들이 뛰놀고 무성한 뽕나무밭과 삼밭도 눈에 띄었다. 언덕을 올라가자니 온통 가시덤불과 칡넝쿨이 뒤엉켜 칼과 도끼만 가지고 잘라내서는 앞으로 나아가기 어려웠다.

"아무리 철옹성이라도 방법을 강구하면 뚫을 수 있거늘 하물며 이까짓 것쯤이야! 주도독은 섬 앞쪽으로 가서 교전해 주시오. 황도독과 나는 군사를 거느리고 적의 후미를 들이치겠소. 쇠가위로 천천히 잘라내면서 길을 만들어갈 것이외다. 놈들은 절대로 버티지 못할 것이오."

목춘의 말에 따라 배로 돌아간 주동은 삼백 명의 군사를 황신과 목춘에게 붙여주었다. 황신과 목춘은 외진 곳을 골라서 가시덤불을 자르며 앞으로 나아갔다. 접근로를 확보한 그들은 밤이 깊어지기를 기다렸다가 살금살금 언덕을 내려갔다.

사루천은 용감무쌍하기는 하나 앞만 볼 뿐 뒤를 돌아볼 생각은 못했다. 게다가 병력이 적어 나누어 배치할 수도 없었다. 황신과 목춘은 십여 개의 횃불을 만들어 민가에 불을 붙였다.

불길이 치솟는 것을 본 사루천은 급히 망루에서 내려가 어디서 불이 났는지 둘러보았다. 사루천을 발견한 황신은 단칼에 그의 몸을 두 동강 내버렸다. 만족 병사들이 잇따라 항복해 왔다. 황신과 목춘은 더 이상 적병을 죽이지 않았다.

섬 안에서 불이 난 것을 본 주동은 이내 뭍으로 상륙하였다. 그는 사루천의 가족을 찾아내 모두 죽여 버렸다. 이로써 모든 일이 마무리되었다.

조어도는 청예도만큼 풍족하지는 않으나 먹고 사는 데는 충분한 안락한 땅이었다. 백성들의 성정은 착하고 질박하였다. 사루천이 야박한 인간인데다 백성들을 능멸하고 학대하였으므로 그의 멸망을 보고 기뻐하지 않는 사람이 없었다.

주동은 고시문을 내걸어 백성들의 마음을 다독이는 한편 보관 중이던 쌀과 보리를 나누어주었다. 그리고 목춘으로 하여금 금은 보화와 사루천의 수급을 가지고 가 승리 소식을 보고하게 하였다.

감격한 백성들은 선물을 하나 들고 와 주도독에게 바쳤다. 주동과 황신이 상자를 열어보니 상자 안에는 큰 뱀이 들어 있었다. 뱀은 길이가 열 자가 넘고 무게가 삼백 근이나 되는데 축 늘어져 있는 것이 거의 죽어가는 모습이었다.

"이런 큰 뱀을 어디에 쓰라는 거요?"

주동이 묻자 백성들이 대답하였다.

"이것은 '파시'라고 하는 뱀입니다. 고기 맛이 좋고 먹으면 정력이 증진되어 오래 살 수 있지요. 뱃속에 들어 있는 오리알만한 쓸개는 그 값어치를 돈으로 매기기 어려울 정도입니다. 어떤 풍질이라도 복용하면 대번에 씻은 듯이 나을 뿐 아니라 가래, 천식을 가라앉히고 근육과 뼈를 튼튼하게 해줍니다.

나는 듯이 빠르고 힘이 세서 평소에는 잘 잡히지 않는데 이놈한테 물렸다가는 곧바로 죽고 맙니다. 사계절 내내 임공자 사당 앞에 미리 그물을 쳐두어야 겨우 잡을 수 있지요.

이놈에게 매일 약주를 먹여 취한 상태로 만들어줍니다. 이렇게 열흘은 지나야 독기가 빠집니다. 술에 재우거나 소금에 절이면 달콤한 맛이 아주 그만입니다. 마새진 국왕께서 살아 계실 때도 사루천은 국왕께는 바치지 않고 오직 공도 승상한테만 한 병 보냈을 뿐입니다.

사루천이 해마다 이놈을 잡아오라고 들볶아대는 통에 백성들이 얼마나 큰 고통을 겪었는지 모릅니다. 게다가 이렇게 큰 놈은 좀처럼 보기 어렵습니다. 아마 장군님께서 중국에서 오신 복 많은 분이라 이런 놀라운 놈이 나타난 모양입니다."

주동이 부하에게 파시의 배를 가르게 하니 과연 오리알을 닮은 쓸개가 들어 있는데 금빛처럼 번쩍였다. 그것을 숯불에 말려 도자기 속에 보관하려니 다른 섬에 사는 자가 와서 사겠다고 하였다.

삶은 고기 맛은 마치 곰발바닥 요리 비슷했다. 주동은 황신 등과 함께 고기 맛을 조금 보고 나서 나머지는 왕비와 이대장군에게 보냈다. 파시를 본 안도전이 말했다.

"이 뱀의 쓸개는 정말 황금만큼이나 비싸고 어떤 중병이라도 치료할 수 있지요. 전에 내가 고려국왕의 병을 치료한 것도 모두 이것 덕분이었습니다. 고기 역시 사람의 몸에 아주 이롭습니다."

대장군은 파시 고기를 모든 형제들에게 나누어 주었다. 주동과 황신에게는 조어도를 지키게 하였다.

또 다른 섬인 백석도는 그 모습이 더욱 기이하였다. 눈처럼 하얀 바위섬으로 매끈매끈해서 초목이 자라기 어려웠다. 또한 병풍 같은 절벽이 사방을 에워싸고 있어서 바다에 면한 한 개의 큰 동굴을 통해서만 출입할 수 있었다.

섬 중앙은 평지로 이루어져 있는데 길이가 백 리에 이르렀다. 땅이 매우 비옥해 그곳에서 재배한 향긋한 찹쌀은 알갱이가 오동나무 열매만큼 컸다. 섬 안에 자리한 금사천 샘물로 빚은 향설춘이라는 이름의 술은 향기롭고 달콤한데다 맛이 아주 뛰어났다. 한 번 취하면 사흘이 지나야 깨어나는데도 몸에 전혀 해롭지 않았다.

또 한 가지 대나무숲에 사는 자고새처럼 생긴 진귀한 새가 있었다. 봄에 가장 기름진 까닭에 쌀가루를 씌워 기름에 튀기면 뼈가 아삭아삭하고 통통한 살은 감미로웠다. 이 새의 이름은 죽구라고 불렸다. 향설춘과 죽구는 백석도에서 진상하는 특산품이었다.

섬을 다스리는 도공은 흉악한 자로 철라한이나 사루천보다 더 욕심이 많고 음탕하고 술에 취해 사는 까닭에 이를 갈지 않는 사람이 없을 정도였다. 도공은 군대가 쳐들어온다는 소식을 듣고는 섬으로 통하는 동굴 문을 철판으로 단단히 막아 버렸다. 아무리 공격해도 철문을 깨뜨릴 수 없다는 생각이었다. 섬에는 양식이 풍부해 밖에서 들여오지 않아도 삼 년은 능히 버틸 수 있었다.

군대를 이끌고 백석도로 온 관승, 양림, 동맹은 단 한 사람의 그림자도 발견할 수 없었다. 동굴 문은 철판으로 막혀 있고 바다에서 솟아오른 절벽이 가로막아 뭍으로 오를 길이라곤 어디에도 보이지 않았다. 바닷물이 흘러드는 동굴 안으로 배가 들어서야 비로소 상륙할 수 있었던 것이다.

섬을 둘러싼 절벽은 높이가 십여 미터나 되는데다 마치 흰 구슬을 다듬은 듯해 손발을 걸치고 올라갈 만한 틈이라곤 찾을 수 없었다. 섬 주위를 한 바퀴 돌며 살폈으나 어디나 똑같았다.

"자연 절벽을 무슨 수로 허문단 말인가! 난정옥이 숯으로 오룡동 동굴의 철문을 녹였다지만 우리가 이곳 철문을 녹이려면 도대체 숯이 몇 만 가마니나 있어야 할까!"

양림이 한숨을 쉬자 동맹이 말을 받았다.

"동굴이 바다 밑바닥에서부터 시작되는데 숯을 어디에 놓고 불을 붙인단 말이오? 배 안에서 숯을 태우면 배가 먼저 탈 텐데!"

모두가 웃음을 터뜨리는 것을 보며 양림이 말했다.

"섬라성으로 돌아갔다가 다시 군사를 동원할 방도를 의논합시다."

"우리는 병사는 충분하지만 가지고 있는 힘을 사용할 방법을 찾지 못하고 있는 것이네. 청예도와 조어도 모두를 평정했다지 않은가! 같은 수의 병력을 가지고 우리만 성공하지 못하면 무슨 낯으로 대장군을 만나러 갈 수 있겠는가!"

관승은 안절부절못하며 이렇게 말했다. 그때 작은 배 한 척이 바다 쪽에서 다가왔다. 병졸이 갈고리를 걸어 배를 잡아당겼다.

배에는 두 사람이 타고 있었다. 하나는 사공이고 다른 사람은 선실에 앉아 있었다. 선실에 앉아 있는 사람은 수수한 용모에 나이가 쉰 살쯤 되어 보였다. 얼핏 보기에 중국사람 같아서 관승이 그를 보고 물었다.

"너는 누구냐? 첩자 노릇을 하고 있는 것이냐?"

"저는 양주 사람으로 방명이라고 합니다. 첩자가 아닙니다."

"그럼 왜 여기 있는 것이냐?"

관승이 다시 묻자 방명이 대답했다.

"저는 십 년 전에 동업자들과 함께 이곳에 무역하러 왔다가 배가 뒤집혀 동업자들이 모두 죽는 바람에 고향으로 돌아갈 수 없었습니다. 황사주라는 작은 어촌에 살면서 약초를 팔아 생계를 유지하고 있습니다.

제게는 수고라는 이름의 딸아이가 하나 있습니다. 그 애가 여덟 살 때 아내가 세상을 뜨고 말았지요. 돌봐줄 사람이 없어 제가 늘 옆에 끼고 살았답니다. 올해 열여섯 살로 자태가 좀 있는 편이지요. 그런데 호색한 도공이란 놈이 제 딸이 이쁘장하다는 말을 듣고는 한 달 전에 빼앗아가 버렸습니다.

그놈의 마누라는 만족 여자인데 사납고 질투심이 심해서 섬 여자들을 얼마나 많이 해쳤는지 모릅니다. 제 딸이 살았는지 죽었는지 알아보러 왔다가 이곳에 장군님의 배가 있는 줄도 모르고 지나치게 된 것입니다."

"그 도공이란 자의 무예 솜씨는 어떻소? 만족 병사들의 숫자는 얼마나 되고 식량 사정은 어떤지 알고 싶소만."

관승의 물음에 방명이 다시 말문을 열었다.

"그놈의 실력은 별게 아닙니다. 만족 병사는 불과 사오백 명밖에 되지 않지만 양식만은 충분해서 십 년 동안 갇혀 있어도 끄떡 없을 겁니다. 언젠가 마새진 국왕이 향설춘을 진상하지 않는다고 크게 노해서 섬을 정벌하려 한 적이 있습니다. 하지만 도공이 동굴 입구를 닫아거는 바람에 어찌할 도리가 없었지요. 군대가 몰려오면 안으로 들어가 숨어버린다고 해서 돌거북이라는 별명으로 불립니다."

"우리는 섬라국 이준 대장군의 명령을 받들어 그자를 징벌하러 온 것이오. 그자가 일본국 군사를 끌고 와 반란을 일으켰기 때문인데 보다시피 공격할 수가 없구려. 혹시 무슨 방책이라도 없겠소?"

방명은 한참을 생각하다가 대답했다.

"장군께서 두어 사람을 안으로 들여보내 몰래 공작을 벌이면 깨뜨릴 수 있을 것입니다."

"동굴 문이 단단히 닫혀 있는데 어떻게 안으로 들어간다는 말이오?"

"우선 장군께서 거느리고 있는 배를 이동시키십시오. 동굴 옆의 절벽에 엽전 구멍만한 크기의 구멍이 뚫려 있는데 놈들은 천리경을 통해 밖을 살핍니다. 장군의 배들이 물러가면 자연히 동굴 문을 열게 될 것입니다."

"성공하면 그대에게 관직을 내리고 딸을 돌려주겠소."

관승은 크게 기뻐하며 방명에게 술과 음식을 내렸다. 그리고 양림과 동맹에게 무기를 감추고 방명을 따라 안으로 들어가라고 일렀다. 아니나 다를까 전선을 섬의 측면으로 옮겼더니 반나절쯤 지나 동굴 문이 열렸다.

양림과 동맹은 방명의 배를 타고 동굴 안으로 들어갔다. 동굴은 겨우 배 한 척이 지나갈 정도의 넓이였다. 동굴 문을 지난 배는 이어지는 큰 계곡으로 들어섰다. 계곡을 곧장 거슬러 올라가자 산에서 흘러내리는 냇물이 어찌나 맑은지 바닥이 다 들여다보였다. 냇물 바닥에는 오색 돌멩이가 영롱했다.

냇물 양쪽 언덕 위에는 논밭이 펼쳐지고 무성한 수풀과 대나무 숲 사이에 민가가 들어서 있었다. 흡사 무릉도원을 연상케 했다.

계곡을 따라 오 리쯤 나아가자 도공의 처소가 나타났다. 높다랗고 커다란 집이 멋스러웠다. 사오십 명의 만족 병사들이 문 앞을 지키고 있었다. 방명이 앞으로 나가 말을 전하려는데 만족 병사가 손사래를 치며 말했다.

"들어갈 수 없습니다!"

금표자 양림(왼쪽)과 양산박 초기 멤버 송만.

방명이 그 이유를 채 묻기도 전에 도공이 헐레벌떡 집을 뛰쳐나와 남쪽으로 달아나는 것이었다. 그의 뒤에서 노기등등한 고함소리가 들렸다. 곧바로 손에 쌍칼을 든 여인이 대여섯 명의 만족 여성을 거느리고 쫓아나왔.

양림과 동맹은 얼른 옆으로 비켜서서 소리지르는 만족 여인을 지켜보았다.

머리털은 노랬는데 쪽찌어 올린 머리에 비취 비녀를 꽂고 있었다. 올이 굵은 빨간 저고리 위에 털실로 짠 허리띠를 두르고 짙은 눈썹과 덩그런 큰 눈이 도드라진 얼굴에는 덕지덕지 연지와 백분을 바르고 있었다. 처음 꽃망울을 터뜨린 수국처럼 촌스럽기 그지없었다. 찢어진 목소리로 내뱉는 교성은 숲속에서 사자가 포효하는 듯했다. 사람을 잡아먹는 나찰녀가 아니라면 귀신 잡는 야차가 분명했다. 여인은 쌍칼을 들고 뒤쫓아가며 연신 욕설을 퍼부었다.

"이 돌거북이 놈아! 그깟 어린 계집년만 끼고 살면서 이 조강지처를 박대한단 말이냐! 이 연놈들, 오늘 내 손에 죽어 봐라!"

도공은 뒤도 돌아보지 않고 도망쳤다. 여인은 더 이상 뒤쫓지 못하고 숨을 헐떡이며 남편의 뒤에다 대고 손가락질과 욕을 퍼부어댔다. 한참 후 여성은 다른 만족 여성들의 부축을 받아 손으로 자기 가슴을 치며 안으로 들어갔다. 양림은 속으로 웃으며 말했다.

'참으로 꼴불견이로군! 알고 보니 천하의 공처가 아닌가!'

방명이 만족 병사에게 무슨 일이냐고 물으니 한 병사가 대답했다.

"이 모든 일의 발단은 다 당신 딸 때문이오. 도공 어른께서 당신 딸을 총애해 저 위쪽 별채에서 따로 지낸답니다. 그래서 마님께서 화가 나서 하루종일 소란을 피운 것이지요."

"별채는 어디 있소?"

방명이 묻자 만병이 턱으로 방향을 가리키며 대답했다.

"여기서 오백 미터도 채 되지 않소. 내가 안내하지요."

방명과 양림, 동맹은 그 병사의 뒤를 따라갔다. 작은 문루를 지나 안으로 들어가자 도공이 붉은 보료 위에 앉아 있는 것이 보였다. 방명은 그의 앞으로 가서 예를 표했다. 도공은 몸도 꿈쩍하지 않은 채 자리에 앉으라고 하면서 물었다.

"이 두 사람은 누구요?"

"일가 되는 사람입니다."

도공은 양림과 동맹에게도 자리에 앉으라면서 말했다.

"당신 딸은 여기서 부귀를 누리고 있는데 무엇하러 왔단 말이오? 마누라가 성질이 좀 지랄 같아서 강짜를 부리기는 하지만 말이오. 조만간 처치해 버리고 당신 딸과 함께 즐겁게 지낼 생각이오. 그러면 당신도 집으로 돌아가지 않아도 되겠구려."

그러면서 도공은 작은마누라를 소리쳐 불러냈다. 양림은 그녀의 모습을 살짝 훔쳐보았다.

얼굴은 연꽃 같고 허리는 버드나무를 닮았으니
양주 이십사교에서 피리 불던 미인들 못지 않네
어찌해 동해 밖을 떠돌았더란 말인가

아리따운 여인이 돌거북이의 깊은 동굴 속에 갇힐 줄이야

수고는 자신의 아버지에게 인사를 올렸다. 양림과 동맹은 모르는 사람이지만 그래도 정중히 허리 굽혀 인사했다. 양림과 동맹 역시 벌떡 일어나 답례하였다.

도공은 수고의 손을 잡아 방명 옆에 앉혔다. 수고는 방명과 사소한 일상적인 이야기를 나누면서 자신도 모르게 눈물을 흘렸다.

시중드는 만족 여성이 돼지 족발 두 개와 삶은 거위 한 마리, 고기만두 한 쟁반을 내왔다. 그리고 빈 잔에 향설춘을 따라 주었다.

도공은 손님에게 양보도 하지 않고 거위살을 칼로 도려내 입에 넣으며 부지런히 술잔을 비웠다. 양림과 동맹도 향긋한 술 냄새에 끌려 실컷 마셨다. 한참 동안 술을 마시던 도공은 크게 취해 만녀의 부축을 받으며 침실로 들어갔다. 수고는 아버지에게 울며 호소했다.

"마님이 매일같이 찾아와서 죽여 버리겠다고 하니 제 목숨은 오래 가지 못할 것입니다. 오늘 이렇게 아버지를 뵈었으니 이제 죽어도 여한이 없습니다."

방명은 딸의 귀에 대고 말했다.

"걱정하지 말거라. 이 두 장군은 섬라국에서 오신 분들인데 오늘밤 그자를 해치울 테니 너는 잠시 몸을 숨기고 있거라."

그러자 수고가 말했다.

"저 사람은 술에 취해서 내일 정오나 돼야 잠에서 깨어납니다.

침실에 만족 여인이 몇 명 있을 뿐이니 들어와도 괜찮습니다. 저는 들어가서 그가 푹 잠이 들도록 다독이겠습니다."

수고는 술을 더 내오라고 이르고는 안으로 들어갔다. 만녀가 다시 술을 가져오자 동맹이 말했다.

"이 술은 정말 맛이 좋군. 일을 그르칠 수 있으니 취할 수도 없고…"

"도공은 참 우직한 놈일세그려. 조금도 의심하지 않으니 말이야."

양림의 말을 동맹이 다시 받았다.

"제 장인이 데려왔으니까 일가인 줄 안 거죠. 그러니까 마음을 탁 놓은 것 아니겠소! 조금만 더 있다가 거사를 벌입시다. 저놈 마누라만 방해하지 않는다면 일이 순조롭게 성사될 거요."

두 사람은 술을 한 잔 더 들이켜고 나서 일어나 출입구를 막아섰다.

이윽고 삼경이 되자 방명은 동맹과 양림을 데리고 침실로 들어갔다. 수고가 호젓한 등불 아래 앉아 있는 가운데 도공은 천둥소리처럼 코를 골며 두 눈을 감은 채 자고 있었다. 단도를 뽑아 든 양림과 동맹은 비단 이불을 들추고 도공의 목덜미를 싹둑 베어 버렸다.

네 명의 만녀가 벽에 기대어 자고 있는 것을 동맹이 손을 쓰려 하자 수고가 외쳤다.

"안돼요! 제 시녀들입니다!"

양림은 도공의 수급을 들고 나오면서 수고를 밖으로 나오게 했다. 그리고 침실 문을 잠근 채 날이 밝기를 기다렸다. 이윽고 날이 밝자 방명에게 말했다.

"당신하고 딸은 여기 있으시오. 절대 소식을 누설해서는 안되오. 우리가 관도독을 데리고 와 그놈의 마누라를 죽여 버리겠소."

도공의 수급을 배에 실은 양림과 동맹은 사공에게 배를 동굴 입구로 몰게 했다. 철문 앞에 도착한 양림은 밖에 나갔다 올 테니 철판을 올려달라고 말했다. 동굴을 지키는 만병은 그들이 작은마님의 친척인 줄 알기에 문을 열어 주었다. 양림이 거듭 말했다.

"우리가 곧 돌아와야 하니 잠시 문을 열어두시오!"

전선이 머물고 있는 곳에 이르자 관승이 애를 태우며 기다리고 있었다. 양림과 동맹은 도공의 수급을 들고 전선에 올라 그동안의 경위를 설명했다.

관승은 크게 기뻐하며 빨리 배를 몰라고 지시했다. 먼저 한 척이 동굴 문을 통과하고 뒤를 이어 줄줄이 다른 배들이 안으로 진입했다. 문을 지키는 병사는 전선의 진입을 막을 수가 없었다. 관승의 군대가 섬 내부로 쇄도했건만 도공의 부인은 아직 그것을 모르고 있었다.

관승의 군대가 처소를 에워싼 다음에야 도공의 부인은 산발한 머리로 쌍칼을 휘두르며 달려나왔다. 관승이 한 번 내리친 청룡도에 고꾸라진 여인을 병사들이 달려들어 목을 베었다. 나머지 만족 병사들은 모두 투항하였다.

관승은 도공 부부의 시체를 땅에 파묻도록 했다. 그리고 백성들을 안심시키기 위해 고시문을 내걸었다. 모든 게 끝나자 관승은 방명에게 감사의 말을 전했다.

"이 섬을 정벌할 수 있었던 것은 당신 덕분이오. 대장군께 보고해 큰 상을 내리겠소."

"장군께서 섬사람들을 위해 화의 근원을 제거해 주셨습니다. 저 또한 딸을 구했는데 제가 세운 공이랄 게 뭐가 있겠습니까?"

방명은 겸손히 대답하였다. 관승은 창고를 조사하게 했다. 금은과 미곡은 물론 진기한 물건들이 많이 나왔다. 향설춘은 곳간 하나에 가득하고 술에 담근 죽구도 발견되었다. 관승은 술통을 개봉해 양림, 동맹, 방명과 함께 즐기고 군사들에게도 위로주를 내렸다.

관승은 방명의 공적을 적은 문서를 작성해 향설춘, 죽구, 도공의 수급과 함께 대장군에게 보냈다. 사흘 후 답서가 도착했다. 관승과 양림은 섬에 남아 백석도를 지키고 동맹은 돌아오라는 내용이었다. 방명에게는 수비라는 군관 직함을 내려 관승과 양림을 돕게 했다. 동맹은 관승 등에게 인사하고 섬라성으로 돌아갔다.

"형제들이 공이 많았네. 그런데 자네들 말이야, 향설춘을 먼저 얼마나 많이 마셔 버린 거야? 보내온 술 가운데 열 병은 궁으로 보내고 나머지는 형제들과 함께 나누어 마셨는데 아직 부족하거든."

이준이 농담을 꺼내자 완소칠이 말했다.

"나는 말이오, 평생 동안 딱 두 번 최고의 술을 맛보았지요. 이번의 향설춘이 그중의 한 번이오. 그리고 양산박에서 태위 진종선이 귀순을 권하러 왔을 때 황제가 하사한 용봉담 안에 들어 있던 열 병의 어주 가운데 여섯 병을 훔쳐먹은 것이오. 그런데 그 어주도 향설춘만은 못합디다."

듣고 있던 동맹이 말을 받았다.

"백석도는 정말 특이하게 생겼더군요. 마치 백옥을 깎아 만든 것 같은데 동굴 입구에 있는 철판을 닫으면 섬 안으로 들어갈 수가 없습니다. 다행히 방명이란 사람을 만나 안으로 따라 들어갔는데, 도공이 주색을 밝히는 자여서 양림 형님과 나는 그놈 작은 마누라의 친척인 척하고 그놈하고 같이 앉아서 향설춘을 마시게 되었지요. 그런데 일을 그르칠까봐 많이 마시질 못한 겁니다. 어제 배로 돌아온 다음에야 비로소 관승, 양림 형님과 함께 마음껏 마셨지요. 이제 벼가 익었으니 섬사람들에게 새 술을 빚으라고 일러두었습니다.

그런데 도공이란 놈이 죽은 것도 다 운이 나빠서일 겁니다. 만족 출신 마누라가 칼을 들고 죽이겠다고 달려드는데도 감히 어떻게 해보질 못하더군요. 공처가를 어찌 사내라고 할 수 있겠소!"

모두가 웃음을 터뜨렸다. 웃는 모습을 보며 대장군이 말했다.

"공도가 왕위를 찬탈한 이후 반년 넘게 전쟁이 계속되어 밤낮으로 걱정뿐이었지. 다행히 관백과 혁붕이 죽고 세 섬이 평정되었으니 이제 걱정 없이 형제들과 즐겁게 겨울을 보낼 수 있게 되었네."

그러자 연청이 조심스레 입을 열었다.

"평안할 때일지라도 위험이나 재난을 잊지 않고 늘 스스로를 경계해야 합니다. 나라를 다스리는 사람은 백성보다 근면하고 성실해야 합니다. 안일함을 좇다가는 크게는 나라를 잃고 작게는 일신을 망치는 법이지요. 도군 황제가 채경을 재상으로 삼자 간사한 무리가 서로 결탁해 위아래를 속이지 않았습니까! 황제가 정무를 등한시한 결과 결국 도성이 함락되고 두 분 황제께서 북쪽 오랑캐에게 끌려가는 수모를 당했습니다.

마새진도 마찬가지이지요. 우유부단했던 탓에 권력을 공도에게 넘겨주고 결국 시해당하는 화를 자초했습니다. 대장군께서는 이제 막 나라의 기틀을 세웠으니 나라를 반석 위에 올리는 일에 온 힘을 쏟아야 합니다. 모름지기 스스로 안락함에 빠져서는 안 될 것입니다. 지금은 위엄을 떨쳐 멀리 있는 사람들까지 모두 복속시켜야 할 때입니다. 속히 서두르는 게 좋겠습니다."

집안이 망하는 것은 방탕한 자식 때문이고
나라가 흥하는 것은 곧은 말 하는 사람을 알아보기 때문일지니

제37회

중원을 구원하다

 대장군 이준은 오랜 전쟁으로 몸과 마음이 지쳐 형제들과 함께 남은 겨울을 즐겁게 지내려고 생각했다. 연청은 아직 급한 일이 남아 있다며 말을 계속했다.
 "세 섬은 평정했지만 아직 이십사 개 섬 모두가 복종한 것은 아닙니다. 이들 섬 전부를 순행하며 위무하고 덕을 펼치시지요. 우리의 위엄이 두려워 감히 다시는 배반하는 섬이 나오지 않게 해야 비로소 평안할 수 있을 것입니다. 한 번의 고생으로 영원한 평안을 얻는다는 말도 있지 않습니까?"
 "아우의 말이 참으로 지당하네."
 이준은 연청의 말을 옳게 여기고 즉시 순행 준비에 나섰다. 이준은 시진, 연청, 주무, 악화, 호연작, 이응, 화봉춘, 호연옥, 서성, 능진 등 문무 관원 열 명과 함께 전선 백 척에 나눠 탄 삼천 명의 군사를 거느리고 순행길에 오르기로 했다. 명을 받들어 곧바로 팔방십이신장과 별자리 이십팔수를 그려 넣은 선명한 깃발이 제작되고 갑옷과 병장기 제조에 들어갔다. 섬라국왕의 권위를 드러내는 붉은 영기와 황색 장막, 그리고 섬라국 군대의 위엄을 상징하는 군기도 제작하였다.

모든 준비가 끝나자 이준은 열 명의 관원과 더불어 배에 올랐다. 열두 쌍의 북이 울리고 세 발의 호포가 울리는 가운데 그들은 바다로 나아갔다.

그들은 먼저 청예도에 도착하였다. 난정옥과 호성이 나와 영접하였다. 이준은 난정옥 등의 노고를 치하하는 한편 철라한의 수급을 동쪽 다섯 개 섬에 돌려 위엄을 과시하였다. 그러자 다섯 개 섬에서 모두 달려와 순종을 약조하며 공물을 바쳤다. 대장군이 그들에게 붉은 비단과 견직물 등을 하사하자 모두 기뻐하며 돌아갔다. 난정옥은 대장군과 형제들에게 철라산과 오룡동 등을 구경시키며 유쾌한 하루를 보냈다.

이준 일행은 이번에는 조어도로 갔다. 주동과 황신이 마중을 나왔다. 사루천의 수급을 서쪽 다섯 개 섬에 돌리게 하였더니 그들 역시 공물을 가지고 와 순종을 약속하였다. 이준은 그들에게도 큰 상을 내려 돌려보냈다.

주동은 파시의 쓸개를 헌상하였다. 파시 쓸개는 안도전의 약상자에 넣어 후일의 소용에 대비하였다. 이준 일행은 종일토록 술을 즐기며 조어대 등을 유람하였다.

다음에는 북쪽으로 방향을 잡아 백석도에 도착하였다. 관승과 양림이 일행을 영접하였다.

"과연 이 섬은 듣던 대로 기묘하게 생겼군. 방명이 없었다면 공략하기 어려웠겠어."

이준은 이렇게 말하며 방명에게 큰 상을 내렸다. 관승은 연회를 베풀어 대장군과 형제들에게 향설춘을 대접하였다. 형제들 모두 흠뻑 취했다. 북쪽에 위치한 다섯 개 섬에서도 모두 달려와 순종의 뜻을 표했다.

이윽고 다시 배를 출발하여 금오도에 이르자 비보와 복청이 마중나왔다. 이준이 감개무량한 듯 말했다.

"이 섬은 우리 창업의 근간이네. 산천이 수려하고 성벽이 견고해 섬라국의 병풍 역할을 해야 할 곳이지. 자네들 두 아우가 감당하기 어려울 수 있으니 왕진과 완소칠 두 장군을 이곳 수비에 합류시킬 작정이네. 왕진 노장군은 누구보다 병법에 밝고 우리 가운데 가장 선배이니 잘 모시도록 하게. 완소칠 도총관은 수전에 익숙한 사람이네. 네 사람이 이곳을 지키면 남쪽 방면의 방비는 걱정할 것이 없을 것이야."

성루에 오른 이준은 탄식하며 말했다.

"만약 중국에서 형제들이 오지 않았으며 살두타한테 당할 뻔했는데 참으로 요행이었어!"

비보는 일행을 큰 대청으로 모시고 연회를 베풀었다. 남쪽에 자리한 다섯 섬에서도 공물을 들고 와 순종을 약속하였다. 이준은 그들에게도 하사품을 주어 돌려보냈다.

한창 술을 마시고 있는데 대나무 삿갓에 깃옷 차림의 도사 하나가 표연히 나타났다. 화봉춘은 도사를 보자마자 넙죽 엎드리며 절을 했다. 도사가 웃으며 말했다.

"부마께서는 빈도를 기억하시는군요."

대장군은 도사가 선인의 풍모를 지닌 것을 보고 상석으로 모셨다. 도사는 사양하지 않고 자리에 앉자마자 술을 열 잔이나 연거푸 마셨다. 안주는 입에 대지도 않았다. 대장군이 어떤 분인지 묻자 화봉춘이 대답했다.

"봄에 마새진 전하께서 단하산에 유람하러 갔을 때 이 도사께서 전하의 기색이 좋지 않다며 자기를 따라 출가하라고 했습니다. 그렇지 않으면 머지않아 불의의 화를 당할 거라고 하면서요. 그리고 네 구절의 게송을 읊었는데 아주 불길한 내용이었습니다. 게송의 말대로 재앙이 일어나긴 했지만 아직 그 자세한 의미는 풀지 못하고 있습니다."

도사가 말했다.

"어려울 게 뭐가 있소? '홍수로 인한 재해'洚水爲災에서 강수洚水는 곧 홍수洪水이고, '한동안 사라졌거늘'長年不永의 장년長年은 장수長壽, 곧 목숨 '수'壽자를 가리키는 것이오. '홍'洪자의 부수를 떼다가 '수'壽자에 붙이면 '공도'共濤라는 두 글자가 되지 않소? 그자가 재앙의 화근이 된다는 뜻이었소. 그 뒤의 두 구절은 해석할 필요도 없지요. 내가 조금 전에 국왕의 묘소를 참배하고 왔으니 말이오."

"만약 국왕께서 그때 도사님을 따라 출가했다면 화를 면했을까요?"

화봉춘이 묻자 도사가 대답했다.

"도가에서는 화를 바꾸어 복을 불러 올 수 있으니 의당 면할 수 있었겠지요. 하지만 국왕이 출가했을 리 있겠소? 늙고 병들고 가난하고 고통스러운 죄악을 뒤집어쓰고 있는 사람들도 뜬구름 같은 인생살이에 연연하거늘 일국의 왕이 어찌 그 자리를 헌신짝처럼 벗어던질 수 있겠는가 말이오? 괜히 빈도가 쓸데없는 소리를 내뱉었던 것이지요."

"공도는 부귀와 영화를 누리고서도 왜 그런 역적질을 저질러 멸망을 자초했을까요?"

화봉춘이 다시 묻자 도사가 말했다.

"사람의 욕심이란 게 이익만 탐할 뿐 해를 입을 줄은 생각조차 안하는 법이지요. 마음을 깨끗이 닦으면 비록 강도짓을 한 사람이라도 나중에 좋은 결과가 생기기 마련입니다. 하지만 망령되이 왕후장상 같은 헛된 꿈을 꾸다가는 반드시 주륙을 당하고 말지요. 공도는 중국의 채경이나 고구 같은 부류의 인간이기 때문에 더러운 이름을 만세에 남기게 된 겁니다."

'이 도사가 보통 분이 아니로군! 지금 하는 말이 하나하나 절실히 가슴에 와닿지 않는가 말이야!'

이렇게 생각한 이준은 도사에게 물었다.

"나 같은 사람도 도사님의 제자가 되어 출가할 수 있을까요?"

도사는 이준을 얼굴을 찬찬히 바라보며 말했다.

"지금 무거운 짐을 지고 있는 몸이거늘 어떻게 출가한단 말이오? '등'燈이 온다면 그때나 가능할까…"

"'등'이 온다니 그게 무슨 말입니까?"

이준이 묻자 도사가 대답했다.

"나중에 자연히 알게 될 겁니다."

"선생께서 이곳에 머무르면서 공손 선생과 함께 수련하시면 어떻겠습니까?"

"공손일청은 내 스승의 조카입니다. 지난번에 눈과 바람을 일으켜 너무 잔인하게 많은 사람을 해치는 바람에 하늘로 오르는 것이 좀 많이 늦어질 것이오."

말을 마친 도사는 새하얀 맞은편 벽을 바라보며 붓과 벼루를 갖다 달라고 하였다. 화봉춘이 붓과 벼루를 가져오자 도사는 도포 소맷자락을 걷어올리고 먹을 갈기 시작했다. 그리고 짙게 간 먹물을 붓에 듬뿍 묻혀 벽 위에 용이 날아가는 듯한 필체의 시 한 수를 적었다. 사람들이 일제히 일어나 대접 크기만한 글자의 시를 바라보니 다음과 같은 내용이었다.

모려탄 가에 가로놓인 배 한 척
석양은 지고 조수 들기를 기다리네
보위에 오르라는 기약 어기지 말고
곧장 금빛 자라의 등에 올라타게나

시구 아래에는 '서신옹 지음'이라는 작은 글자가 적혀 있었다. 아무도 시의 내용이 무슨 뜻인지 알지 못했다.

"곧 귀인이 오실 것이니 그러면 차차 알게 될 것입니다."

도사는 이렇게 내뱉고 나서 화봉춘에게 말했다.

"향설춘을 몇 잔 마시고 싶소이다."

"향설춘은 백석도에서 빚는 술인데 가져다놓은 것이 없고 오백 리나 떨어져 있으니 어떡하죠?"

화봉춘이 난감해 하자 도사가 말했다.

"술통을 하나 빌립시다. 술은 빈도가 여기 가지고 있으니까."

사람을 시켜 빈 술통을 가져오게 했다. 도사는 술통 위로 소매를 뻗었다가 거두어들였다. 그런 다음 술통을 여니 술통 안에는 향설춘이 가득했다. 그 맛이 향설춘과 똑같았다.

"이렇게 술맛이 좋은데 꽃과 과일이 없으면 안되지요."

도사는 큰 옻칠 쟁반을 가져오라고 일렀다. 그의 소매 속에서 튀어나온 것은 복주 풍정역의 특산품인 상원홍 여지였다. 방금 새로 딴 여지가 쟁반 가득 쌓였다. 그리고 또 다른 소매 속에서 모란꽃 두 송이를 꺼냈다. 낙양 지방에서 피는 요황과 위자라는 품종의 모란이었다. 아직 새벽이슬도 마르지 않은 싱싱한 꽃을 탁자 위에 꽂고 나서 그는 껄껄 웃었다.

"빈도는 가진 게 없는 사람이라서 겨우 이 두 가지 물건을 바칠 뿐이오."

도사는 여지 하나를 쪼개어 먼저 대장군에게 건넸다. 향기롭고 감미로운 것이 금세 입안에서 살살 녹았다. 그는 또 하나를 쪼개 연청에게 주며 말했다.

"타모강에서 황제에게 진상한 감람과 비교해 맛이 어떻소? 감람은 뒷맛이 좋으니까 돌이켜 음미하라는 의미였겠지요. 여지는 입안에 넣자마자 감미로운 맛을 내니까 감람 같은 뒷맛이야 없지요."

도사는 모든 사람에게 돌아가며 여지를 하나씩 집어 주었다.

그리고 큰 대접에 향설춘 세 잔을 따라 마시고는 하늘을 향해 손짓을 보냈다. 그러자 공중에서 날아온 백학 한 마리가 연회석 앞에 앉아 몇 차례 맑은 울음소리를 냈다. 도사는 학을 타고 하늘로 날아가며 말했다.

"빈도는 이제 나부산에 가서 매화 구경이나 해야겠소."

"정말 신선이 하강한 것이로군! 공손 선생을 만나지 못한 것이 아쉽구먼!"

모두가 그렇게 말하며 바라보는 사이에 도사는 홀연 시야에서 사라져 버렸다. 놀라움을 금할 수 없었다.

이때 탐망선의 보고가 날아들었다.

"모려탄에서 송나라 황제가 금나라 대장 아흑마에게 쫓겨 포위되었습니다. 아주 위급한 상황입니다."

시진과 연청이 나서며 말했다.

"본시 우리가 나라를 세운 것도 충의 때문이었습니다. 중원 땅이 적의 손아귀에 떨어지고 두 분 황제께서 몽진하는 것을 보면서도 초야의 이름없는 신하로서 병권이 없어 그저 지켜볼 수밖에 없었습니다. 지금 강왕께서 중흥을 도모하다가 또다시 좌초될 위기에 봉착했거늘 구원하지 않고 어찌 가만히 지켜만 보겠습니까?

현재 우리 병사들의 수효가 비록 중과부적이라 해도 금나라군은 육전에는 강하지만 수전은 잘하지 못합니다. 우리가 금나라군과의 싸움에서 이겨 조정을 구해 낸다면 이는 오래도록 빛나는 공적이 될 것이며 청사에 이름을 남기게 될 것입니다. 실로 멋진 일 아닙니까?"

대장군이 분연히 말했다.

"나 이준은 일개 필부에 지나지 않는 사람인데 형제들의 도움으로 이 같은 대업을 이룰 수 있었소. 우리의 뿌리인 송나라 군왕의 어려움을 보고도 구원하지 않는다면 이는 짐승이나 다를 게 없을 거요. 있는 힘을 다해 싸우다 비록 목숨을 잃는다 해도 달갑게 받아들일 것이오. 우리 형제들 모두 용기를 내어 한마음으로 대의를 위해 싸웁시다."

그러자 주무가 나섰다.

"우선 작전계획을 세웁시다. 군사를 세 부대로 나누어 밤이 이슥할 때 진격하기로 합시다. 그래야 적이 우리 군대의 수효를 알아보지 못할 테니까 말이오. 이십팔수의 기수표箕水豹에 해당하는 날 밤에는 반드시 큰 바람이 불 것입니다. 빈 배 열 척에 갈대를 가득 싣고 유황과 화약을 채웁시다. 그들이 무방비 상태일 때 화공을 퍼부으면 승리를 거둘 수 있을 것입니다."

한창 논의를 진행하고 있을 때 왕진과 완소칠이 도착했다. 대장군은 크게 기뻐하며 부대를 편성하였다. 호연작, 시진, 호연옥, 서성이 한 부대를 이루고 왕진, 이응, 완소칠, 복청이 이끄는 또 하나의 부대를 편성하였다. 이준 자신은 주무, 연청, 비보, 화봉춘, 능진과 함께 본진을 맡았다. 배치를 마치고 출전을 기다렸다.

한편 임안에서 즉위한 고종 황제는 황잠선, 왕백언, 탕사퇴 등 무능하기 짝이 없는 재상을 신임하며 오로지 금나라와의 화의에 힘썼다.

화포 전문가 굉천뢰 능진. 오른쪽은 방랍 토벌시 익사한 후건.

이강, 장소, 부량 같은 충직한 신하들은 파면되었다. 그 바람에 동경을 다시 잃고 회수 양쪽에 걸친 회북과 회남 지방도 지킬 수 없었다.

올출은 파죽지세로 쳐내려왔다. 독송관이 무너지는 바람에 고종은 명주를 거쳐 동남쪽 해안 지방까지 쫓겨와 있었다.

만 명의 군사를 이끌고 모려탄까지 곧장 추격해 온 아흑마는 고종 일행을 포위한 채 마지막 명줄을 끊으려 하는 참이었다. 하지만 그들의 배가 모려탄 가에 이르렀을 때 황룡 두 마리가 고종이 머물고 있는 곳의 상공을 빙빙 돌며 비바람이 거세게 몰아친 까닭에 무서워서 감히 뭍에 오르지 못하고 있었다.

고종을 따르던 병사들은 대부분 목숨을 잃고 오직 근위군 수백 명이 남아 있을 뿐이었다. 곁을 지키는 사람도 문무대신과 내감을 합쳐 십여 명에 지나지 않았다. 식사도 제때 못할 정도로 매우 위급한 상황이었다.

모려탄 부근에 도착한 이준의 군대는 삼경에 이르러 세 부대 모두 공격을 개시하였다. 먼저 불붙인 배를 금나라군 진영으로 밀어넣었다. 홀연 큰바람이 일면서 금나라군의 배가 일제히 불에 타기 시작하였다. 동시에 능진이 대포를 쏘아대니 그 소리가 하늘을 진동하였다. 호연작 등은 함성을 지르며 쳐들어가 닥치는 대로 적을 베었다.

아흑마는 어디서 구원군이 왔는지 그들의 수효가 얼마나 되는지 칠흑 같은 밤이라서 전혀 짐작조차 할 수 없었다. 그런데다 대부분의 금나라군 배에 불이 붙은지라 하는 수 없이 한 무리의 군사와 함께 바다 밖으로 도망쳤다. 칼에 맞아 죽은 자, 불에 타 죽은 자, 바다에 뛰어들어 죽은 자의 수효를 헤아리기 어려울 정도였다.

패잔병을 이끌고 달아난 아흑마는 감히 명주로 돌아갈 생각조차 못하고 등주, 내주 쪽으로 달아났다. 호연옥과 서성은 금나라 군을 뒤쫓아 배 한 척을 나포하였다. 배에 타고 있던 두 명의 장수와 삼십 명의 금나라 병사는 본진으로 끌고 왔다.

포성이 끊이질 않고 불길이 하늘로 치솟는 것을 보면서 고종은 놀란 가슴으로 눈물을 흘리며 생각했다.

'금나라군이 상륙한 것인가? 욕을 당하느니 차라리 스스로 목숨을 끊는 게 낫겠다!'

이때 곁에 있던 한 신하가 아뢰었다.

"저 함성은 아무래도 구원병이 도착해 교전을 벌이는 소리 같습니다. 청컨대 성상께서는 조금만 더 참아 주십시오."

날이 밝자 이준 등은 뭍에 올라 근위군에 전했다.

"우리는 폐하를 구원하기 위해 왔소. 금나라군이 대부분 죽고 나머지는 패주하였으니 폐하를 뵙고 싶소. 아뢰어 주시오."

근위군이 소식을 전하자 고종은 놀라움을 금치 못하며 이준 등을 불러들이라고 명했다. 이준 등은 고종을 배알하였다.

"신 등은 모두 갑옷을 입고 있는 까닭에 몸을 굽혀 배례를 올리기 어렵습니다. 저희가 늦게 달려와 옥체를 놀라게 하였으니 큰 죄를 지었습니다. 용서하시옵소서."

고종이 눈을 들어 바라보니 모두 용모가 단정하고 위풍당당했다.

"경들은 누구인가? 어떻게 짐을 구하게 된 것이오?"

이준이 대답했다.

"신 이준 등은 양산박 송강의 부하입니다. 도군 태상황제로부터 세 번이나 초안을 받은 뒤 분부를 받들어 요나라를 정복하고, 방랍을 토벌하였으며, 관직을 제수받는 은혜를 입었습니다. 하지만 채경, 고구, 동관 등이 우리의 공을 질투해 성지를 거짓으로 꾸민 까닭에 송강, 노준의는 독주를 마시고 죽고, 그들이 저희마저 해치려 하기에 신 등은 바다 밖 섬라국으로 갔습니다.

섬라국왕 마새진이 간신 공도에게 죽임을 당해 나라에 주인이 없게 되자 그 나라 백성들이 신을 추대하여 섬라국의 나랏일을 맡아 보고 있는 중입니다. 그러던 중 폐하께서 아흑마에게 포위되었다는 소식을 듣고 몸을 던져 구원하기 위해 신 등이 달려왔습니다."

고종은 크게 기뻐하며 칭찬했다.

"짐은 송강과 경 등이 충의의 마음으로 조정을 위해 공을 세운 것을 오래 전부터 알고 있었소. 간신배들이 경들을 모함했지만 선황께서 이미 간당을 모두 죽였소. 오늘 짐이 맞닥뜨린 위난을 경 등이 구해 주었으니 실로 그 공적이 역사에 기록되어 길이 전해질 것이오. 경들의 성명을 말해 주오. 짐이 조정에 돌아가면 나라를 위해 싸우다 죽은 사람은 크게 포상하고 남아 있는 사람은 관작을 올리고 제후로 봉하겠소."

이준 등은 황제의 은혜에 감사하며 다시 주청하였다.

"폐하께서 수라도 걸렀다는 말을 들었습니다. 청컨대 신이 머물고 있는 곳에 행차하시어 병마를 정돈한 뒤 조정으로 돌아가시면 어떻겠습니까?"

고종은 그렇게 하라는 전지를 내렸다. 문무대신과 내관 등이 고종을 호위하며 배에 올랐다.

얼마 후 배는 금오도에 닿았다. 황제용 어가를 타고 고종이 공관에 들어섰다. 이준 등은 조복으로 갈아입고 만세를 외치며 배무의 예를 올렸다.

이어서 산해진미가 차려진 수라상을 올렸다. 문무대신과 내감에게는 별도의 접대 자리가 마련되고 근위군에게도 음식과 술을 대접하였다. 고종은 배불리 먹고 나서 웃으며 말했다.

"짐이 하루 남짓 동안 아무것도 먹지 못했는데 오늘은 경 덕분에 포식을 했소."

그러면서 문득 고개를 돌려 벽에 쓰여 있는 시에 눈길을 주었다. 고종은 깜짝 놀라며 물었다.

"이 시는 언제 쓴 것이오? 그리고 이 섬 이름이 무엇이오?"

"이곳은 금오도라는 섬입니다. 이 시는 며칠 전 서신옹이라는 도사가 갑자기 나타나서 쓴 것입니다. 신 등이 그 뜻을 이해하지 못하자 그는 '곧 귀인이 오실 것이니 그러면 차차 알게 될 것'이라고 말했사옵니다."

이준의 설명을 들은 고종은 문득 생각난 듯이 말했다.

"세상일이란 사전에 다 정해져 있다더니 정말 그렇군. 짐이 보위에 오르기 전에 한 도사를 만났는데 바로 저 시를 구술해 주더란 말이오. 그러면서 '나중에 자연히 경험하게 될 것'이라고 하더이다. 그로부터 제법 긴 세월이 흐른 오늘 뜻밖에도 여기 와서 그걸 경험하게 될 줄이야. 인생이란 게 모두 다 사전에 정해져 있는 것이거늘 어찌 한 걸음이라도 마음대로 할 수 있겠소! 알고 보니 그 도사가 바로 서신옹이었구려."

황제는 다시 이준을 바라보며 물었다.

"그 도사는 지금 어디에 있소? 짐의 앞날이 어찌 될지 물어 보고 싶소이다."

이준은 그 도사가 향설춘과 모란꽃, 신선한 여지를 만들어낸 놀라운 일이며 백학을 불러 타고 하늘로 날아간 이야기를 아뢰었다.

"그 도사가 며칠만 더 머물렀으면 짐이 앞으로 겪게 될 길흉을 물어 보았을 텐데 말이오."

고종이 아쉬워하자 이준이 아뢰었다.

"폐하께서는 이미 큰 재난을 겪으셨습니다. 앞으로 틀림없이 만수무강하실 것입니다. 오늘은 섣달 스무여드레입니다. 잠시 섬라국으로 행차해 새해를 맞으시면 어떻겠습니까? 그곳에서 설을 지내고 중국으로 돌아가시기를 청하옵니다."

이준의 요청에 고종은 머리를 끄덕이며 대답했다.

"전쟁통에 정신이 없어 세월조차 잊고 지냈구려. 경의 말대로 섬라국에 가서 설날을 지내기로 합시다."

이준은 먼저 화봉춘과 악화를 보내 황제를 맞을 준비를 갖추도록 했다.

일산을 펴고 큰 배 위에 앉은 고종은 맑은 바다 기운과 점점이 늘어선 산들의 짙은 푸르름을 맛보며 몹시 흡족했다. 항구에 도착하자 악화가 황제를 맞아들이는 의식을 주관하였다. 채색 비단과 색지로 꾸민 장막을 치고 지나는 길가에는 향기로운 꽃과 청사초롱이 내걸렸다.

아름다운 음악이 연주되는 가운데 이준과 관원들은 걸어서 황제를 금란전으로 안내했다. 금란전에 도착하자 관원들이 모두 나와 황제를 알현하였다.

알현이 끝난 뒤 황제는 편전으로 자리를 옮겼다. 이 자리에는 이준, 공손승, 연청 세 사람만 참석하였다. 고종이 공손승에게 물었다.

"어제 서신옹이 왔다는데 선생은 만나 보았소? 그리고 그분의 내력을 아시오?"

"신은 금오도에 가지 않아 인연이 닿지 않은 까닭에 만나 보지 못했습니다. 그분은 봉래산 신선으로 제 스승 나진인과 친히 교유하는 분이라서 도의 세계에서 제게는 사숙뻘이 됩니다."

공손승이 대답하자 고종이 다시 물었다.

"짐은 이미 속세에 염증을 느끼는 터인데 신선의 도를 닦으면 어떻겠소?"

"천자의 자리는 서민과는 다릅니다. 천지사방을 다스려 인민의 생업을 편안하고 안락하게 하는 것이 바로 폐하의 정해진 과업입니다. 적막하고 무미건조한 삶을 살 이유가 무엇입니까? 태상 도군 황제께서는 신선의 세계를 몹시 동경해 임영소를 숭배하셨지요. 하지만 오욕을 떨쳐내지 못한 속에서 소인배 무리를 총애하신 까닭에 나라의 몰락을 초래하지 않았습니까?

　임영소는 보잘것없는 법술가에 지나지 않았습니다. 부귀를 탐하고 문도를 모아 불법을 자행하였을 뿐입니다. 그래서 하늘이 재앙을 내린 것입니다. 서신옹처럼 세속을 초탈해 흐르는 구름처럼 살아야 진정한 신선일 것입니다."

　이때 연청이 엎드리며 고종에게 아뢰었다.

　"소신 연청은 선화 2년 정월 대보름날 밤에 행수 이사사의 집을 찾아가 태상 도군 황제를 뵌 일이 있습니다. 도군 황제께서는 친필로 저의 죄를 사면한다고 써주셨습니다. 얼마 전 도군 황제께서 북쪽으로 끌려가시기 전의 일입니다. 타모강에 머무르실 때 신은 금나라 군영으로 찾아가 폐하를 뵙고 귤 열 개와 감람 백 개를 바쳤습니다. 그랬더니 폐하께서 가지고 계시던 부채에 시 한 수를 적어 제게 주셨는데 바로 이것이옵니다."

　고종은 연청이 내민 부채를 받아 그 위에 적힌 시구를 여러 번 읊조리더니 주르르 눈물을 흘리며 말했다.

　"짐은 금나라군에게 쫓기느라 감히 어가를 배웅조차 하지 못했소. 그런데 경이 이렇듯 충의를 다했으니 국란을 당해야 충신이 난다는 말은 이런 경우를 두고 하는 말인가 보오. 태상황제의 손길이 묻은 물건이니 소중히 간직하시오."

　고종은 연청에게 부채를 돌려주었다. 연청은 머리를 조아려 예를 표하며 다시 아뢰었다.

　"소신은 미천한 몸이지만 폐하께 아뢰올 말씀이 있사오니 부디 가납해 주시기 바랍니다. 두 분 황제께서 몽진하시고 중원이 오랑캐의 수중에 들어간 것은 천고에 없는 참변이옵니다. 다행히 폐하께서 하늘의 뜻과 백성들의 바람에 따라 대통을 이으시니 온 세상 사람이 다 목마르게 중흥을 학수고대하고 있습니다.

부형의 원수를 갚기 위해서는 폐하께서 모름지기 병기를 베고 잠을 청하는 인고의 세월을 견디셔야 합니다. 소인들이 주장하는 화평론에 귀기울여서는 안됩니다. 화평론이란 금나라 사람들이 우리를 우롱하기 위한 것인데 어찌 스스로 우매함에 빠진단 말입니까? 종택이 울분을 못이겨 죽고 장소가 파면되자 결국 도성은 다시 적의 수중에 들어가고 말았습니다. 양회 지방마저 지킬 수 없어 폐하께서는 간난신고의 어려움을 겪으셔야 했습니다. 조종영령의 보살핌으로 폐하께서 무사하신 것은 참으로 천만다행입니다.

조정에 돌아가시거든 부디 화의를 주장하는 신하를 멀리하고 충량한 신하를 등용하시옵소서. 그러면 끌려가신 두 분 황제께서도 돌아올 수 있고, 천하 또한 예전의 모습으로 돌아갈 것입니다. 죽음을 무릅쓰고 진정드리오니 엎드려 바라건대 부디 소인의 말을 살펴주시옵소서."

"경의 충정은 잘 알겠소. 참으로 탁월한 식견이오. 경의 말을 명심하겠소. 짐이 조정에 돌아가거든 장준과 조정을 재상에 임명하겠소."

연청은 고종에게 감사의 절을 올리고 자리에서 일어났다. 고종은 저녁밥을 먹고 잠자리에 들었다.

다음날 아침은 설날이었다. 다섯 개의 북이 울리는 가운데 황제를 알현하는 의식이 펼쳐졌다. 의식이 시작되기에 앞서 이준은 문무 관원들과 함께 준비상황을 살폈다. 화톳불을 피우고 단檀, 침沉, 강降, 속速 등의 향을 사르니 자욱한 향기가 하늘로 흩어졌다. 단 아래 의장을 갖춘 근위군이 엄숙히 도열한 속에 북소리와 징소리가 울려 퍼졌다.

고종은 북쪽을 바라보며 두 분 선대 황제에게 절을 올린 후 군신들의 옹위를 받으며 대전에 올랐다. 급히 황제가 앉는 용상을 만들 수는 없었으므로 마새진 국왕이 사용하던 섬라산 코뿔소와 용무늬가 새겨진 상아 어좌에 앉았다. 이준은 문무백관을 거느리고 배무의 예를 올리며 고종의 만수무강을 축원했다. 섬라국 신료들은 물론 유력 가문의 인사들까지 모두 하례를 드렸다.

마새진 국왕의 왕비 소씨도 봉황 장식을 한 관에다 수놓은 예복을 입고 나와 궁녀들의 옹위를 받으며 예를 올렸다. 고종은 곧바로 몸을 일으키라는 분부를 전했다. 황제를 알현하는 의식이 끝나고 사람들은 모두 흩어졌다.

이준은 금란전에서 화려한 연회를 베풀었다. 진기한 보물이 진열된 가운데 산해진미가 어느 하나 빠진 것 없이 상 위에 가득했다. 이준은 친히 금잔을 받들어 예를 올리며 다시 한 번 고종의 만수무강을 기원했다. 고종이 함께 자리에 앉을 것을 권하자 이준, 공손승, 시진, 연청 네 사람은 감사를 표하며 연석에 앉았다. 전각 아래서는 주악이 울리고 만족 무희가 춤을 추었다. 고종은 크게 기뻐하며 말했다.

"임안에서는 도읍을 정한 초창기라서 하례를 받고 연회를 베푸는 의식을 근근이 법도에 맞추는 정도였는데, 뜻밖에도 오늘 이 곳에서 이런 성대한 의식을 치르게 되니 참으로 조정 안팎이 하나요 군신이 함께 경하하는 자리라 할 만하오."

이준 등 네 사람이 차례로 고종의 장수를 축원하며 무릎을 꿇은 채 향설춘을 올렸다. 고종은 매우 흡족하였다.

"깊고 그윽한 술맛이 일품이로군! 아주 마음에 드오."

"이 술은 향설춘으로 백석도에서 빚은 것입니다. 많이 마셔도 취하지 않고 취한다 해도 정신이 혼미해지지 않습니다. 폐하께서 돌아가실 때 선물로 드리겠습니다."

이준은 이렇게 아뢰었다. 오후 늦게까지 즐거운 잔치가 계속되었다. 자리가 파할 무렵 고종이 말했다.

"경들이 환대해 주니 며칠 더 머무르고 싶지만 관원들과 백성들이 걱정하고 있을 테니 내일은 돌아가야겠소."

그러자 이준이 대답했다.

"신이 배를 준비해 두었습니다. 초사흘이 황도길일이니 그날 출행하시옵소서."

고종은 편전으로 물러나 밤늦도록 공손승과 도의 세계에 대해 이야기를 나누었다.

다음날 아침 호연옥과 서성이 모려탄에서 사로잡은 금나라 장수 두 사람을 끌고 왔다. 대장군은 감찰어사 배선에게 그들을 심문하게 하였다. 자백을 받고 보니 뜻밖에도 그들은 조양사와 왕조은이었다. 금나라에 귀순한 후 향도로서 금나라군 공격의 길잡이 노릇을 해온 것이었다. 배선이 진술서를 올리자 크게 노한 고종은 어필을 들어 이렇게 적었다.

'조양사는 변방의 분쟁을 촉발해 두 분 황제를 몽진케 하였고, 왕조은은 국정을 농단하던 간사한 무리의 일당으로 짐을 해상으로 내몰았으니 참으로 대역무도한 자들이다. 우선 곤장 팔십 대의 벌을 내린 후 도성으로 돌아가 능지처참하리라.'

배선은 성지를 받들어 형을 준비했다. 화봉춘은 부마부로 사람을 보내 자신의 어머니와 고모에게 소식을 알렸다.

'왕조은이 이곳에 잡혀와 곤장형을 받게 되었습니다.'

그러자 화부인과 진부인 모두 후당으로 나와 지켜보았다. 악화와 번서도 형장으로 왔다. 배선이 형을 집행하기 위해 죄인들을 데려오라고 일렀다. 군사들이 매가 제비를 채가듯 두 놈을 끌고 와 섬돌 위에 무릎을 꿇었다. 놈들을 향해 악화가 호통을 쳤다.

"왕선위, 네 이놈! 윤문화와 화공자를 알아보겠느냐? 어째서 벼슬아치 집안의 백옥같이 깨끗이 수절하던 부인을 잡아다 동루에 가두었던 것이냐?"

왕조은은 악화를 바라보더니 부끄러워하며 애원했다.

"이번 일과는 상관없는 일이지만 모두 곽경이 시킨 대로 했을 뿐입니다. 윤상공, 부디 용서해 주십시오."

"나는 본래 양산박에 있던 철규자 악화다. 지금은 섬라국의 참지정사로 있다."

악화에 이어 번서가 조양사에게 호통을 치며 나섰다.

"이대관(조양사), 너는 당시 내가 도술 싸움에서 곽경한테 이긴 것을 보지 않았느냐? 집으로 초대해 환대한 것까지는 그렇다 치고 어째서 곽경이 내뱉는 미친 소리를 듣고 나를 붙잡아 동관에게 넘기려 하였느냐? 나는 토둔지법을 사용해 벗어났다마는 네 놈은 다시 군사를 보내 공손승 선생을 붙잡으려 하였다. 나는 혼세마왕 번서이거늘 공손 선생이 너와 무슨 관계가 있다는 말이냐? 공손 선생은 지금 성상과 담소 중이시다. 그리고 곽경이란 놈은 금나라에 투항해 운성현 현령이 된 것을 내가 환도촌으로 끌고 가 죽여 버렸다."

왕조은이 다시 입을 열었다.

"이미 다 지나간 일이라서 후회해도 소용없으니 악대인의 자비를 바랄 뿐입니다."

그러자 악화가 조용히 말을 이었다.

"당신이 내게 박하게 굴지는 않았다. 하지만 당신 부자는 나라의 은혜를 입고도 충성을 다하기는커녕 오히려 금나라의 앞잡이가 되어 성상의 뒤를 추격했다. 두 사람의 죄는 도저히 용서할 수 없다. 어쨌든 술과 음식을 가져다줄 테니 먹도록 해라. 그래야 형벌을 견딜 수 있을 것이다. 그나마 형을 집행하기 앞서 사사로운 정을 베푸는 줄 알아라. 물론 그 다음에는 의당 국법에 의거한 처벌을 받아야지."

병사들이 두 놈을 형틀에 붙들어 매고는 고의춤을 끌어내려 볼기짝을 드러내었다. 그리고 주홍색 막대기를 들고 곤장을 치기 시작했다. 한 사람은 곁에 무릎을 꿇고 앉아 곤장을 칠 때마다 그 숫자를 큰 소리로 외쳤다. 공중에 높이 들린 막대기가 두 사람 엉덩이에 번갈아 떨어지며 팔십 대를 치기까지 반나절이 걸렸다. 조양사와 왕조은은 살갗이 찢어지고 살이 터져 죽었다가 겨우 되살아났다. 배선은 두 놈을 데려가 가두라고 명했다.

"오늘에서야 비로소 연자기에서 진 빚을 갚았구나!"

악화가 이렇게 말하자 화부인과 진부인도 통쾌해 하며 자리를 떠났다. 배선은 고종을 찾아가 곤장형을 집행한 자초지종을 아뢰었다.

초사흗날이 되자 이준은 준비해 둔 여러 척의 대전함으로 하여금 고종을 호위하게 하였다. 시진, 연청, 악화, 소양의 문신 네 명과 호연작, 이응, 손립, 서성의 무장 네 명이 이천 병사를 거느리고 고종을 따라가게 되었다.

황제를 떠나보내는 마지막 연회를 마친 후 이준은 무릎을 꿇고 진상품 목록을 올렸다. 고종이 받아든 목록에는 이렇게 적혀 있었다.

야광주 4개, 묘안석 10개, 무소뿔 요대 1개, 우전于闐 옥대 1개, 산호수 2그루(높이 3척), 마노반 1개(길이 2척), 침향 1개, 서양 비단 10필, 파시 쓸개 1개, 용향제 10갑, 죽구 절임 10병, 향설춘 100병.

고종이 감사의 마음을 담아 말했다.

"이렇게 많은 진기한 물건을 주다니 정말 고맙소. 경은 참으로 섬라국의 국사를 맡을 만한 인물이오. 짐이 돌아간 뒤에 대신을 파견해 칙령을 내릴 터이니 나라를 잘 다스리기 바라오. 문무 대신은 경의 뜻에 따라 임명하시오.

"그런데 한 가지 부탁할 게 있소. 왜왕이 욕심이 끝이 없어 툭하면 절강, 복건, 회수, 양주 등의 경계를 침범하니 경은 고려국왕 이우와 힘을 합쳐 왜구가 넘어오지 못하도록 막아 주시오."

"얼마 전에 세 개 섬이 반란을 일으켰을 때도 혁붕이란 자가 군사를 빌리러 일본에 간 일이 있습니다. 왜왕은 대장 관백에게 명해 만 명의 군사를 거느리고 우리를 공격하게 했지요. 그들이 섬라성을 포위했지만 다행히 공손승이 눈과 바람을 일으키는 바람에 관백과 왜병이 모두 얼어죽고 말았습니다. 한 명도 살아 돌아가지 못하자 왜왕은 두려워 다시는 쳐들어오지 못하고 있습니다.

폐하의 말씀을 받들어 곧 고려국에 사신을 파견하겠습니다. 고려국왕 이우와 논의해 폐하께서 더 이상 근심하시지 않도록 방어하겠습니다."

이준의 대답을 들은 고종은 만족해 하며 출항하라고 명했다. 이준은 문무백관을 이끌고 해변까지 나아가 엎드려 절했다.

"경의 나라가 평안하기를 바라겠소. 언제 한 번 짐을 방문해 주시오."

이준은 눈물을 흘리며 감사를 표했다.

"신은 폐하의 위엄을 우러르며 이곳 변방의 땅을 지키겠사옵니다. 해마다 공물을 진상하고 삼 년에 한 번 조정에 나아가 알현하겠습니다. 아무쪼록 옥체를 보존하시어 사해 백성의 염원에 부응해 주십시오."

이윽고 고종은 배에 올랐다. 시진 등 여덟 명 역시 대장군에게 인사하고 승선했다. 출항을 알리는 호포소리가 울려 퍼졌다. 구름 속에 두 마리의 황룡이 은은하게 나타나 송곳니를 드러내고 춤추듯 발을 움직이며 앞으로 나아가자 산들바람이 불고 때맞추어 부슬부슬 가랑비가 내렸다. 우사雨師가 깨끗이 길을 내고 풍백風伯이 먼지마저 쓸어버리는 것이다.

이준 등은 공손한 자세로 해안가에 서서 바다를 바라보았다. 마침내 황제가 탄 배가 보이지 않게 되자 말을 타고 돌아갔다. 모두가 입을 모아 말했다.

"성스러운 천자는 천지신명의 보살핌을 받는 존재로구나. 저 두 마리의 황룡도 황제의 나아가는 길을 지켜주고 있지 않은가! 우리도 충의의 마음을 간직해야 하거늘 이번에 황제를 구원함으로써 다소나마 신하의 도리를 다한 게 얼마나 다행인가."

임금과 신하가 하나되어 국정을 바꾸고
바다와 산을 평정하니 온 세상이 평안하네

제38회
이준, 섬라국 왕위에 오르다

송나라 고종 황제는 아흑마에 의해 모려탄까지 쫓겨왔다가 섬라국 이준의 구원을 받았다. 고종은 새해 첫날에 섬라국 문무백관의 하례를 받고, 다음날 반도를 심문하고, 초사흗날 중국으로 떠났다. 이준은 문무 관원 여덟 명을 선발해 이천 명의 군사와 함께 조정으로 돌아가는 황제를 호위하게 했다.

부드러운 바람에 파도는 잔잔하고 하늘은 이내 맑게 개었다. 항해 중에 이렇다 할 이야깃거리는 일어나지 않았다. 보타산 연해를 지나 명주 바닷가에 이르렀다. 태감이 먼저 가서 알리자 명주 관리들이 모두 영접을 나왔다. 급히 임안으로 황제께서 돌아오신다는 소식을 알렸.

만조 문무백관이 명주로 달려와 성상께서 뭍에 오르기를 청했다. 수천 대의 수레와 기마병이 호위하는 가운데 황제가 타는 수레 옥련玉輦에 오른 고종은 전당강을 건너 임안에 도착했다.

황제가 도착하자 수많은 관료와 백성들이 입을 모아 만세를 불렀다. 고종이 황극전으로 가서 좌정하자 신하들이 줄지어 알현하였다. 고종은 건염 4년을 소흥 원년으로 연호를 바꾸고 대사면령을 내렸다. 그리고 관리들을 승진시키고 상을 내리는 등 큰 은혜를 베풀었다.

시진 일행은 군선을 명주에 정박해 둔 채 짐을 운반할 하인 사십 명만 데리고 황제를 따라 전당강을 건넜다. 다음날 고종은 시진 등을 궁으로 들라 해 광록시가 주관하는 연회를 베풀었다. 아울러 이부에 명해 각자의 공적에 맞는 벼슬을 내렸다.

시진 등은 황제의 은혜에 감사하며 물러나와 칙명을 기다렸다. 칙명이 내리기까지 며칠을 기다려야 했으므로 이들은 서호 가에 자리한 소경사 숙소에 머물렀다. 시진이 말했다.

"전에 방랍을 정벌하느라 이곳에 한 달 남짓 머물렀는데도 군무에 바빠 임안의 그 많은 명승지를 한 곳도 구경하지 못했네. 칙명을 기다리는 동안 한가한 몸이니 이곳저곳 유람하기 딱 좋은 기회일세."

소경사 스님은 이들이 섬라국 사신이라는 말을 듣고 절의 서쪽 거리에 자리한 몇 채의 골동품가게에서 섬라 코뿔소 뿔, 침향, 서양 비단 등을 사려고 한다는 말을 전했다. 그런데 막상 만나 보니 시진 일행이 모두 중국인이라서 그 까닭을 물었다. 시진은 빙그레 웃기만 할 뿐 대답하지 않았다.

일행은 목욕재계하고 준마에 올라 길을 나섰는데 하인 스무 명이 뒤를 따랐다. 먼저 천축사에 가서 관음보살을 참예하고 향을 피워 올렸다. 그러자 백운방 주지가 공양을 대접하는 고로 적지 않은 돈을 시주하였다. 주지는 축원문을 써 주었다. 일행은 천축사 스님의 안내를 받아 영은사, 비래봉, 냉천정을 돌아보았다. 연청이 경치를 보며 감탄하였다.

"이곳의 경치는 참으로 비범하군. 백낙천의 〈냉천정부〉에 '천하의 으뜸 절경은 항주요, 항주의 으뜸 절경은 영은'이라 했는데 과연 그렇소이다."

영은사를 돌아 도광암으로 올라가니 암자 입구에 "누대에 올라 넓은 바다의 해를 보고 창문 사이로 절강의 파도를 대하네"라는 주련이 쓰여 있었다. 모두들 동남쪽을 가리키며 말했다.

"여기서 섬라국까지 만 리는 떨어져 있을 것이오."

이어서 법상사, 용정, 호포사를 구경하고 날이 저물어 승방에 묵게 되었다. 수중에 은자가 넉넉해 이르는 곳마다 크게 시주하니 모두 그들을 환대하였다. 은자를 본 승려들은 정성을 다해 시중들었다.

오산 정상에 올라 말머리를 세우고 바라보니 앞에는 전당강이 흐르고 뒤에는 서호가 자리해 산천이 수려하였다. 멀리 만송령 아래 높고 낮은 전각이 들어찬 어렴풋한 궁궐의 모습은 매우 장려하였다. 임안 성안의 너른 시가는 번화롭기 그지없었다. 소양이 손가락으로 가리키며 말했다.

"전당강 너머로 하얗게 펼쳐진 것은 바다일세그려. 바다로 들어가는 입구의 별자문을 막으면 천혜의 관문이 되니 그래서 임안에 도읍을 세우면 안녕이 보장되는군!"

그 말은 들은 악화가 다른 주장을 내놓았다.

"쓸데없는 걱정일지 모르겠지만 서호의 물을 보니 전당문 일대에서는 성과 거의 같은 높이로군요. 만일 많은 병력을 동원해 서호의 물을 끌어다가 성안으로 흘려보내면 대부분 잠겨버릴 것이오."

"자네는 참 별 걱정을 다하는군!"

이응의 대꾸를 듣던 시진이 북쪽을 향해 돌아서며 말했다.

"안타깝게도 금수강산이 동남쪽 절반밖에 남지 않았구나! 내 고향은 어느 쪽인고? 송나라 역대 황제들의 능도 저 멀리 구름 속에 떨어져 있으니 지금 와서 보자면 황제의 종실이나 우리 집안의 자손이나 하등 다를 게 없군그래. 가슴이 먹먹해 오직 한숨만 나오는군."

연청이 말했다.

"이곳 동남쪽 절반이나마 남지 않았다면 그 슬픔이 얼마나 크겠습니까?"

지난날 생각에 감상적인 마음이 된 일행은 이날은 정자사에서 하룻밤을 묵었다.

다음날 아침에 호연작이 말을 꺼냈다.

"무도두(무송)가 육화탑에서 출가한 뒤 생사를 모르고 있으니 한번 찾아가 보세. 내친김에 노지심의 납골탑도 둘러보고."

그들은 전당강변으로 돌아 육화탑을 찾아갔다. 주지가 선당 안으로 맞아들였다. 웃통을 벗어젖힌 무송의 등을 동자가 긁어주고 있었다. 일동이 눈앞에 나타나자 무송은 깜짝 놀라며 옷도 제대로 챙겨 입지 못해 소맷부리를 늘어뜨린 모습으로 일동에게 머리를 숙여 인사했다.

"형제들, 어떻게 여기를 다 온 것이오? 꿈에도 생각지 못했소."

시진은 지금까지의 경위를 대략 들려준 뒤 말을 이었다.

"황제를 호위해 이곳에 왔다가 칙명을 기다리는 중에 자네를 만나러 왔네."

무송은 크게 기뻐하며 말했다.

"나는 폐인이 되어 버렸는데 형제들이 또다시 그런 큰일을 이루었다니 참으로 경하할 일이오."

시진은 하인에게 은자 오백 냥과 선물을 가져오게 했다.

"의식주 모두 절에서 해결하는데 이런 돈을 어디에 쓴단 말이오. 기왕에 성의로 주었으니 가지고 있다가 육화탑을 수리하는데 쓰고 형제들의 복을 빌어 주다."

무송이 계면쩍어하자 이응이 말했다.

"이 돈은 자네가 갖고 있게. 내일 소경사에 가서 탑 수리비로 오백 냥을 희사할 테니까."

그 말을 들은 주지는 기쁨에 넘쳐 서둘러 공양을 준비하였다.

"형님은 아직도 평소에 육식을 드시오?"

손립의 물음에 무송이 대답했다.

"마음은 잿더미처럼 식었어도 입은 아직 멀쩡하다네. 더구나 술은 도저히 못 끊겠더군. 보통은 채소와 나물 차림만 가지고 밥을 먹지만 내 방에 가서 가끔 육식도 한다네."

무송은 동자를 불렀다.

"침상 머리에 있는 술단지 두 개를 데워 오너라. 그리고 전에 왕부윤이 보내준 절인 돼지 뒷다리와 육포도 손질해 내오고. 나는 괜찮지만 이분들은 푸성귀만 가지고는 안되거든."

그들은 이내 사발에 술을 따라 마시기 시작했다.

"형님은 지난날 영웅이었잖소? 경양강에서 호랑이를 때려잡고 원앙루를 피로 물들이던 솜씨는 이제 다 내다 버린 것이오?"

소양의 말에 무송이 대답했다.

"영웅은 무슨? 한때의 무모한 행동이었을 뿐이지. 만약 오늘 호랑이를 만난다면 내가 피했겠지. 하지만 장도감 같은 자들은 지금이라도 가만두지 않을걸."

모두가 함께 웃는 가운데 무송이 물었다.

"이준이 섬라국왕이 되었다고? 그래도 여전히 심양강에서 물고기 잡던 시절의 티가 나겠지만 말이오. 송공명의 필생의 꿈을 이루다니 참으로 대단하오."

호연작이 나서며 말했다.

"자네도 우리와 함께 섬라국으로 가세. 나이 들어서 형제들이 함께 지내면 좋지 않은가? 조용히 살고 싶으면 공손승처럼 지내면 되니까. 스님 한 분에 도사 한 분이라…. 참배객도 끊이지 않을 걸세."

일동이 또 박장대소했다. 무송이 말했다.

"난 여기 있겠소. 노지심의 납골탑이며 임충의 묘소가 다 여기 있으니까 내가 곁을 지켜야지. 내가 죽으면 묻힐 탑도 반쯤은 마련해 놨소."

"우리도 내일 묘소를 둘러보러 갈 것이네."

행자 무송. 오른쪽은 60근 쇠선장을 휘두르던 승려 출신 노지심.

호연작은 이렇게 말하며 하인에게 은자 열 냥을 주지에게 가져다주고 내일 재를 지낼 준비를 해달라고 전했다. 잠시 후 주지가 와서 물었다.

"노지심 대사의 납골탑을 말씀하시는 거죠?"

"그렇습니다."

호연작의 대답을 들은 주지는 알았다며 물러갔다.

"옛날 우리 형제 중 몇 명이 그쪽에 있소?"

무송이 묻자 연청이 대답했다.

"모두 서른두 명이오. 거기에다 이준 형님과 태호에서 결의형제를 맺은 네 명, 우리 형제들의 자식과 조카 네 명이 더 있고, 나중에 합류한 왕진, 난정옥, 문환장, 호성을 포함해 모두 마흔네 명이지요."

"왕진을 비롯한 네 사람은 어떻게 무리 속에 들게 되었는가?"

연청이 그 경위를 설명하였다. 그러자 무송이 다시 말했다.

"그렇군. 모두 우연한 일이 아닌 게지. 그럼 누구누구의 자식과 조카가 있는 건가?"

호연작이 서성을 가리키며 말했다.

"이 아이는 금창수 서녕의 아들 서성이네. 지금은 내 양자가 되었지. 거기에다 송공명의 조카 송안평, 화지채의 아들 화봉춘, 내 아들 호연옥, 이렇게 네 명이 더 있네. 화봉춘은 섬라국의 부마가 되었지."

"몇 해 지나지 않은 것 같은데 그 사이에 세상도 사람도 몰라보게 변했구려. 모두 돌아가면 섬라국의 고관대작들 아니오!"

무송의 말을 악화가 받았다.

"고관대작이라니요? 그럭저럭 지내는 정도지요."

"양산박에서 강도짓하던 것보다야 낫겠지."

무송의 말에 모두 웃음을 터뜨렸다. 일동은 취하도록 마시고 잠자리에 들었다.

다음날 아침 주지는 열두 명의 스님과 함께 향을 사르고 경을 치며 노지심 납골탑에서 재를 지냈다. 임충의 묘에도 술을 따르고 제물을 바쳤다.

시진 일행과 무송은 임충 묘소 입구의 소나무 아래 둘러앉아 중모현에서 고구 등 간신들을 처단한 이야기를 나누었다. 이야기를 듣던 무송이 통쾌한 듯 말했다.

"잘 죽였소! 임충의 혼백도 비로소 만족할 거요."

절로 돌아온 일행은 절에 있는 사람들 모두에게 음식을 대접하고 나서 무송에게 작별을 고했다. 무송은 작별을 몹시 아쉬워했다. 주지는 은자를 받기 위해 일행의 뒤를 따랐다.

일행은 용금문으로 갔다. 낭리백도 장순이 칙명에 의해 금화장군에 봉해진 뒤 용금문 안에 장순을 모시는 사당이 들어섰기 때문에 이들은 장순의 위패 앞에 제물을 올리고 술을 헌상하였다. 모두들 탄식하며 말했다.

"똑같이 심양강의 호걸이자 양산박 수군의 두령이었건만 한 사람은 죽은 몸이 되고 한 사람은 섬라국왕이 되었구나! 진정 인생이란 게 모두 정해진 운명대로인 것인가?"

전당문을 지나 소경사 숙소로 돌아온 일행은 은화 오백 냥을 육화탑 주지에게 내주었다.

　때는 마침 청명절이 가까워오고 있었다. 화창한 날씨에 버들개지가 늘어지고 온갖 꽃이 피어났다. 좋은 계절인지라 말이 끄는 화려한 수레가 즐비하고 무리지어 산책하는 남녀로 인해 호숫가는 몹시 부산스러웠다. 아름답게 꾸민 유람선에서 퉁소소리, 북소리가 울리자 물고기도 새도 사람을 쫓아왔다.
　게다가 임안은 황제가 사는 수도가 되었잖은가! 한번 번성하기 시작하니 십 리에 걸쳐 홍루가 들어서고 풍류가 넘쳐났다. 그래서 "산 밖에 청산이요 누각를 나서면 또 누각"이라고 노래한 시가 있을 정도였다. 송나라 고종이 아버지와 형이 겪은 큰 원한을 잊고 안일과 쾌락에 빠졌음을 비판하는 내용이다. 동경으로 돌아가 강토를 회복할 생각은 하지 않고 "항주를 곧장 동경으로 만들려 한다"는 것이었다.
　여담은 제쳐두자. 소경사로 돌아온 시진 일행은 날이 이미 저물었으므로 숙소에서 밥을 먹었다. 호연작, 이응, 손립은 술을 마시느라 여념이 없었다. 연청은 시진과 악화를 불러내며 말했다.
　"우리 셋은 호숫가에 가서 달구경이나 하다 옵시다."
　절문을 나와 다리를 건넌 세 사람은 제방을 따라 걸었다. 마침 보름밤이어서 달은 밝고 달빛에 비친 호수와 산의 모습은 맑고 아름다웠다. 마치 그림 같은 야경이었다.
　원래 임안 사람들은 달빛을 썩 즐기지 않았다. 호수에서 즐기는 시간도 아홉 시에서 세 시까지 정도의 한낮뿐이었다. 때는 이미 초저녁인지라 뱃놀이하던 배들도 다 빈 배뿐이고 호숫가 제방에는 사람의 그림자 하나 보이지 않았다. 호젓해서인지 경치는 더욱 그윽하게 느껴졌다.

시진이 갑자기 연청의 손을 잡아당겼다. 앞쪽을 보니 두 남자가 미인 한 사람과 자리에 앉아 있었다. 곁에는 화로와 찻그릇이 놓여 있고 쪼그리고 앉아 화롯불에 부채질하는 어린아이도 보였다.

미인이 "명월은 언제 떴는고? 술잔을 들고 푸른 하늘에 물어보네"라고 노래하였다. 소동파의 시 〈수조가두〉였다. 지나가던 구름과 달이 멈출 만큼 뛰어난 솜씨였다. 요염한 목소리는 마치 구슬이 구르는 듯했다. 달빛에 비친 모습은 호리호리하고 옅은 화장에 흰옷 차림이었다. 사람을 끌어당기는 알 수 없는 힘이 느껴졌다.

가까이서 그 모습을 지켜보던 연청이 시진의 소매를 끌며 말했다.

"그만 돌아갑시다."

"이렇게 좋은 밤에 미인의 노랫소리를 들을 수 있다는 게 얼마나 큰 행운인데 어째 더 듣지 않고 가자는 건가?"

시진이 의아해 하자 연청은 낮은 목소리로 말했다.

"저 여자는 이사사예요. 우리가 눈에 띄면 놀랄 수 있어요."

"나는 자세히 보지 못했는데. 그 여자가 웬일로 이런 데 와 있지?"

시진의 말에 연청이 대꾸했다.

"비둘기는 모이가 풍족한 곳으로 날아간다는 말이 있잖습니까?"

악화가 웃으며 끼어들었다.

"다행이지 않은가? 만약 북쪽으로 날아갔으면 어쩔 뻔했나?"

숙소로 돌아오니 손립이 내기에 져서 술을 마셔야 하는데 안 마시겠다고 버티자 호연작이 손립의 귀를 잡아당기며 억지로 마시게 하느라고 시끌벅적했다. 시진은 방안으로 들어서며 말했다.

"연청은 정말 박정한 사람이야. 동경 이사사가 이교 제방에서 노래를 부르는데 연청이 이사사가 놀랄 수 있다며 잡아끌어서 하는 수 없이 돌아왔네."

그러자 깜짝 놀라며 소양이 말했다.

"동경에서 오래 지냈지만 이름만 들었지 한 번도 만나본 적이 없소. 내일 함께 찾아가 보면 어떻겠소?"

"그 여인은 태상황제의 은혜를 입은 사람이오. 그런데도 함부로 처신해 웃음이나 팔고 있거늘 우리가 끼어들어 뭐하겠소?"

연청이 정색하자 시진이 점잖게 말했다.

"많은 명문거족들이 조정의 큰 은혜를 입고서도 한번 세상이 바뀌었다고 곧바로 간판을 바꾸어 적한테 들러붙고 새로운 왕조 창업의 공신인 양 변함없이 떵떵거리는 세상일세. 하물며 화류계 여성에게 어찌 절개를 지키라고 할 수 있겠는가! 유학자들이나 하는 완고한 생각이지."

"분명 섭순검 얼굴도 잊어버렸을 텐데…"

연청의 말에 모두가 웃음을 터뜨렸다. 그들은 다시 한동안 술자리를 갖고 나서야 잠자리에 들었다.

다음날 그들은 절문 앞을 한가로이 거닐고 있었다. 어떤 사람 하나가 살구꽃이 가득 담긴 꽃바구니를 들고 지나가다가 연청을 보고 반갑게 인사를 건넸다.

"나으리, 이곳에 계십니까? 이사사 아씨께서 나으리를 잊지 못하고 있는데 지금 갈령에 산답니다."

그 사람은 왕소한이라고 동경에서 기생집에 빌붙어 살던 따리꾼인데 이사사를 따라 임안에 와 있었다. 시진과 소양이 그들 불러 은화 열 냥을 주며 말했다.

"큰 배 한 척을 빌려 술자리를 준비해 주게. 그리고 아씨한테 배 타고 나가서 담소나 나누자고 전해 줘요."

은화를 챙겨 넣은 왕소한은 알겠다며 돌아갔다. 시진은 야광주 하나, 무소뿔 비녀 하나, 침향 향합 하나, 서양 비단 한 필을 이사사에게 줄 선물로 챙겼다.

"손형하고 나는 가지 않는 게 좋겠네."

호연작이 숙소에 있겠다고 하자 연청이 말했다.

"왜 안 간다는 거요? 그 여자는 두 사람처럼 수염이 덥수룩한 사람을 더 좋아하는데."

좀 있으니까 왕소한이 그들을 데리러 왔다. 하는 수 없이 연청은 일행을 따라 나섰다. 갈령은 산을 등지고 호수에 면한 가장 멋진 경치를 자랑하는 곳이었다.

왕소한이 대나무 사립을 열자 일행은 마당으로 들어섰다. 잘 다음은 난간이 화초가 가득한 정원을 에워싸고 있었다. 손님을 맞는 사랑방에는 자단나무 탁자와 의자가 놓여 있고 반죽으로 엮은 발이 높이 걸려 있었다. 방안에 향냄새가 은은한 가운데 꽃병 속에는 해당화꽃이 꽂혀 있고 벽에는 휘종이 직접 그린 흰 매 그림이 걸려 있었다. 천정에 매달린 금빛 조롱 속의 초록 앵무새가 소리쳤다.

"손님이 오셨소! 차를 내오시오!"

병풍 뒤에서 사향인 듯 난향인 듯 그윽한 향기가 풍기는가 싶더니 이사사가 모습을 드러냈다. 이사사는 비단옷이 아닌 궁인 차림의 흰 적삼을 입고 있었다. 나이 서른을 넘겼어도 우아한 자태가 여전했다. 일일이 웃으며 인사한 이사사는 자리에 앉기를 권했다. 그리고 연청을 보며 말했다.

"오라버니를 오랫동안 보지 못했는데 오늘은 무슨 바람이 불어 이렇게 찾아온 것이오?"

이사사의 눈길이 시진의 얼굴에 한동안 머물더니 '섭…' 하고 소리쳤다. 악화가 웃음을 참지 못하는 것을 보고 이사사는 입을 다물었다.

"이 사람은 시대관인입니다. 그 당시는 거짓말을 했던 거예요."

악화가 일러주자 이사사는 웃으며 말했다.

"저는 솔직해서 탈이에요. 섭순검인 줄만 알았지요."

시진은 준비해 간 선물을 꺼냈다.

"여러분께서 왕림해 주신 것만 해도 영광인데 이렇게 값진 선물까지 주시니 고맙습니다. 거절하면 실례가 되겠지요?"

이렇게 말하며 이사사는 하녀에게 물건을 안으로 들이라고 했다. 곧 명차의 산지 항주 용정에서 곡우 전에 딴 우전차를 내왔다. 이사사는 고운 베로 찻잔의 물기를 닦고 나서 한 사람씩 차를 따라 권했다. 서성의 차례가 되었을 때는 젊은이의 용모가 준수한 것을 보고 저절로 시선이 서성의 얼굴에 한동안 머물렀다.

여자가 손으로 건네주는 물건을 받아본 적이 없는 서성은 너무 긴장한 나머지 찻물을 옷 위에 엎지르고 말았다. 서성은 그만 얼굴이 홍당무가 되었다.
"조카, 자네는 아씨께서 차를 주니까 당황해서 찻잔도 못 드는구나."
악화가 웃으며 놀리자 이사사가 핀잔을 주었다.
"무슨 그런 말도 안되는 소리를 다 하세요?"
모두들 껄껄 즐겁게 웃었다. 이때 왕소한이 와서 말했다.
"서령교에 배를 댔으니 어서 나오십시오."
이사사는 안쪽으로 들어가 옷을 갈아입고 얼굴 분장을 고쳤다. 그리고 옷보따리와 지필묵을 든 하녀 두 사람과 함께 배에 올랐다. 모두들 웃고 떠드는데 연청은 시무룩한 표정으로 입을 열지 않았다. 연청에게 미련이 남아 있던 이사사가 말했다.
"오라버니, 우리가 그동안 오래도록 보지 못하다가 상면했으니 좀 기뻐해야 되지 않아요? 그런데 어째 더 서먹해진 것 같아요. 모처럼 만났으니 우리집에서 며칠 쉬었다 가세요. 어머니가 돌아가셨으니 이제 모든 걸 제 뜻대로 할 수 있어요."
연청이 말했다.
"조정의 일로 왔기 때문에 내일이라도 떠나야 할지 모르오."
왕소한이 술안주를 늘어놓는데 모두 진귀한 음식들이었다. 사자 모양의 향로에서 향이 타오르고 술잔에 담긴 맑은 술 위에는 푸른 개미를 연상케 하는 거품이 떠돌았다. 이사사는 단아한 태도로 정성스레 술잔을 부어 일행에게 건넸다. 연청 앞에 이르렀을 때는 연신 오라버니라고 불렀다.

해가 버드나무 끝에 걸렸다가 넘어가기까지 술이 몇 순배 돌자 어느새 동녘 하늘에 달이 떠오르며 더욱 멋진 풍경이 펼쳐졌다. 배를 호심정에 대니 사방은 고요하고 푸른 하늘은 티없이 맑았다. 이사사는 하녀에게 옥퉁소를 달라고 해 연청에게 건네며 말했다.

"오라버니는 퉁소를 부세요. 저는 여러분께 노래를 한 곡조 들려드리죠."

연청이 오랫동안 악기를 만져 보지 않은 까닭에 악화가 퉁소를 받아 음률을 맞춰 주었다. 이사사는 유기경의 〈버드나무 둑에서 아침 바람 맞으며 새벽달을 바라보네〉라는 곡을 불렀다. 과연 새가 하늘을 날고 물고기가 헤엄을 치는 듯해 모두가 감탄하였다.

"저는 아직도 송공명께서 지으신 〈만강홍〉을 기억합니다."

이사사가 옛 이야기를 꺼내자 시진이 말했다.

"어젯밤 당신이 호숫가에서 부른 〈수조가두〉가 참 좋더군요."

"어쩌다가 두 명의 촌뜨기 손님을 맞게 되었는데 되는 대로 부르고 돌려보낸 것입니다. 여러분께서 귀를 더럽혔을 줄은 몰랐습니다."

"연청 아우가 한쪽에서 슬쩍 그 노래를 듣더니 놀래키면 안된다고 돌아가자고 하더군요. 결국 오늘 이렇게 만나게 되었지만요."

"그렇군요. 정말 실례했습니다."

그들은 달이 서산에 지기까지 술을 마시며 즐겼다. 새벽종이 울린 다음에야 비로소 자리를 파했다. 배가 호숫가에 닿은 뒤 일행은 이사사를 갈령까지 배웅하였다. 이사사는 연청에게 다시 들르라고 신신당부하였다. 모두들 작별 인사를 나누고 숙소로 돌아왔다.

"오늘 연청 아우는 하루종일 꾸어다 놓은 보릿자루처럼 멍하니 있다 왔겠군!"

호연작이 연청을 놀리자 서성이 물었다.

"그 아주머니는 아주 능글맞은 분이에요. 내 옷에 차를 쏟지를 않나! 그리고 왜 연청 숙부한테 자꾸 오라버니, 오라버니 하고 부른 거죠?"

그 말을 듣고 형제들 모두 박장대소하였다.

하루가 지나자 칙명이 내렸다. 숙태위가 황제의 명을 받들어 섬라국에 가게 되었다. 시진 등은 먼저 숙태위를 만나 출발 날짜를 정하고 무송을 만나러 다시 육화탑원에 갔다. 가사를 지어 입으라고 석면포 한 필과 가남목 염주 한 개를 꺼내놓고 무송과 눈물을 흘리며 헤어졌다. 몇몇 사람은 성안으로 들어가 부채, 항라, 비단, 노리개 등을 구매하였다.

"나라에 음악이라 할 만한 게 거의 없고 촌스러워서 들을 수가 있어야지."

연청은 이렇게 말하며 천금을 들여 궁중음악을 배운 한 무리의 소년들을 모집하였다. 모든 일이 다 끝나자 조정에 나아가 황제에게 하직 인사를 올렸다. 그리고 숙태위 일행과 함께 강을 건너 명주로 가서 출항하였다.

바람과 파도가 순조롭지 못해 보름 만에야 금오도에 도착했다. 황제의 칙사가 온다는 사실을 섬라성에 알리자 왕진, 완소칠, 비보, 복청, 예운, 적성이 칙사를 맞으러 갔다. 이준 대장군은 성안에 선교를 세우고 채색 공이며 채색 비단, 꽃가지 등을 장식하고 등촉을 밝혔다.

조서를 모신 가마는 선교를 건너 금란전에 이르고 그곳에 마련한 향안 위에 놓였다. 이준은 문무 관원 사십사 인을 거느리고 섬돌 아래 부복하였다. 숙태위가 조서를 낭독하였다.

하늘의 뜻을 받들어 황제는 이르노라. 나라의 운이 막힐 때 잘못된 일을 바로잡는 것은 모름지기 영웅호걸의 몫이로다. 짐은 부족한 몸으로 제위를 잇게 되었으나 사나운 적도에 쫓겨 먼 곳으로 파천해야 했으며 양식은 떨어지고 무기도 고갈되었다. 이러할 때 이준 등은 충의로운 신하로서 배를 몰고 바다를 건너와 무도한 강적을 물리쳤도다. 짐을 구하고 황실의 위엄이 이어지게 한 그 공이 참으로 크거늘 무엇으로도 그 공에 값하는 상을 내리기 어렵도다. 예로부터 훈작을 내리던 법식에 따라 벼슬을 내리는바 바다 밖 나라의 임금이 되어 뛰어난 신료들과 함께 중국의 동남방을 방어하는 산과 바다의 병풍이 될지어다. 영원히 대업을 이으며 영예로운 이름을 보전하라!

소흥 원년 삼월

이준 등은 만세를 부르며 배무의 예를 올렸다. 이로써 사은 의식이 끝나고 일동은 숙태위에게 사의를 표했다. 숙태위는 칙명으로 내린 문무 관원들의 사령장을 나누어주었다. 그 내용은 다음과 같았다.

정동대원수 이준: 섬라국왕에 책봉한다. 상방검(천자가 지니는 보검)을 하사하니 재량껏 권한을 행사하라. 제후의 직분은 그의 자손에게 세습한다. 황금 오백 냥, 백금 삼천 냥, 금인 하나, 옥대 하나, 용무늬 비단 여덟 필, 어주 서른 병을 하사한다.

공손승: 대국사

시진: 태자태보 겸 예부상서 겸 섬라국 승상

연청: 태자소사 겸 문성후에 봉한다. 특별히 '충진제미'忠真濟美라고 새긴 금인 하나와 선학을 수놓은 의복 한 벌을 하사한다.

악화: 참지정사 겸 태상시 정경

배선: 이부상서 겸 도찰원 좌도어사

주무: 군사중랑장 겸 대리시 정경

소양: 비서학사 겸 중서사인

문환장: 국자감 제주

김대견: 상보시 정경

안도전: 태의원 정경

황보단: 태복시 정경

송청: 광록시 정경

대종: 통정사사

송안평: 한림원 학사

번서: 복마호국진인

왕진: 오호대장군. 열후에 봉한다.

관승: 오호대장군. 열후에 봉한다.

호연작: 오호대장군. 열후에 봉한다.

이응: 오호대장군 겸 호부상서. 열후에 봉한다.

난정옥: 오호대장군 겸 병부상서. 열후에 봉한다.

주동: 병마정총관 겸 무열장군. 백작에 봉한다.

완소칠: 병마정총관 겸 무열장군. 백작에 봉한다.

황신: 병마정총관 겸 무열장군. 백작에 봉한다.

호성: 병마정총관 겸 무열장군. 백작에 봉한다.

손립: 병마정총관 겸 무열장군. 백작에 봉한다.

화봉춘: 섬라국 부마도위 겸 표기장군

호연옥: 용양장군

서성: 호익장군

비보: 수군정총관 겸 무위장군

복청: 수군정총관 겸 무위장군

예운: 수군정총관 겸 무위장군

적성: 수군정총관 겸 무위장군

동위: 수군정총관 겸 무위장군

동맹: 수군정총관 겸 무위장군

장경: 탁지염철사

목춘: 공부시랑

양림: 염방사

추윤: 유수사

손신: 선위사 겸 병마도통제 겸 무의장군

두흥: 역전도 겸 병마도통제 겸 무의장군

채경: 형부시랑 겸 금의위 지휘사

능진: 화약국 정총관

고대수: 육궁방어. 공인恭人에 봉한다.

섬라국왕 고 마새진의 원비 소씨: 왕태비에 봉하고 구슬관 하나와 예복 한 벌을 하사한다.

섬라국 부마도위 화봉춘의 모친 조씨: 선덕태부인에 봉한다.

양산박 장군 진명의 처 화씨: 정절부인에 봉한다.

양산박 의사 고 초주 안무사 송강: 상주국 광록대부 겸 충국공의 시호를 추증한다.

양산박 의사 고 여주 안무사 노준의: 상주국 광록대부 겸 충국공의 시호를 추증한다.

양산박 장군 고 오용을 비롯한 사람에게는 모두 열후의 작위를 추증한다.

양산박 부장 고 위정국을 비롯한 사람에게는 모두 백작의 작위를 추증한다.

이미 사망한 양산박 호걸들의 사당을 짓고 관리자를 두어 봄과 가을에 제사지낸다.

칙명을 받은 섬라국의 문무 관원들은 연회를 열어 숙태위를 환대하였다. 연회를 시작하기에 앞서 이준은 숙태위에게 감사를 표했다.

"우리가 전에 양산박에 있을 때도 태위께서 조정의 조서를 가져와 저희를 초안해 주셨습니다. 그 덕분에 공을 세워 나라에 보답할 수 있었지요. 오늘 또다시 태위께서 파도를 무릅쓰고 이렇게 멀리 오셔서 은혜를 베풀어 주시니 그 자애로움과 높은 덕은 정말로 끝이 없습니다."

숙태위는 만감이 교차하는 듯한 표정으로 말했다.

"여러분 의사들은 충의의 마음으로 하늘을 대신해 도를 행한 참으로 뛰어난 호걸들입니다. 송공명께서 숱한 공을 세웠음에도 불구하고 오히려 참혹한 죽임을 당한 것은 매우 애석한 일이 아닐 수 없소이다. 성상께서 관작을 추증한 것은 바로 그 충의를 높이 샀기 때문이지요.

여러분은 그 뜻을 이어받아 다시 모였고 모려탄에서 황제폐하를 구원하는 큰 공을 세웠소이다. 이번에 왕위에 오르는 책봉을 받고 관작을 수여받았으니 그 이름을 세상에 크게 떨쳐주길 바랄 뿐이오."

안도전, 소양, 김대견, 문환장은 숙태위에게 특별히 더 깊은 감사의 인사를 올렸다.

"태위 각하께서 구원해 주신 덕택에 저희의 오늘이 있는 것입니다. 그 큰 은혜를 어찌 갚아야 할지 모르겠습니다."

숙태위가 말했다.

"누구라도 뜻밖의 재난에 처한 사람을 만나면 진흙탕에서 벗어나도록 돕는 것이 당연한 일이지요. 한때 위세를 부리던 그들은 지금 다 비참한 최후를 맞지 않았소?"

대전 앞에서 북소리가 울려 퍼졌다. 이준은 술자리에 좌정하자며 숙태위를 상석에 앉혔다. 온갖 진기한 장식과 함께 상 위에 맛보기 어려운 산해진미가 가득 차려졌다. 이준은 남쪽 자리에 앉아 숙태위와 마주보고 동서 양쪽에 마흔세 명이 서열에 따라 자리를 잡았다.

생황이 연주되는 가운데 흥겨운 가무가 펼쳐졌다. 사람들이 거듭 술잔을 권하니 숙태위도 기뻐하며 흉금을 터놓고 즐겼다. 밤이 깊어서야 연회는 마무리되었다.

다음날 숙태위가 조정에 돌아가 복명하고 싶다고 하자 이준이 말했다.

"전에 폐하께서 제게 흉포한 일본이 툭하면 해안 지방을 침범하니 고려국왕 이우와 힘을 합쳐 막아달라고 말씀하셨습니다. 태위께서 며칠 더 머무르시면 제가 고려에 사신을 보내 방책을 마련할 터이니 그 결과를 가지고 복명하심이 어떻겠습니까?"

이준은 곧바로 대종과 안도전에게 국서를 가지고 고려국에 가 왜구 방지책을 마련하라고 지시했다. 안도전은 전에 고려국왕을 치료한 공이 있는 까닭에 대종과 동행하였다.

왕복하는 데 도합 이십여 일이 지난 후 대종과 안도전이 돌아와 보고했다.

"고려국왕은 송나라와 외교 관계를 맺고 있는데다 조공하는 입장이라며 왜구를 막는 일은 우리와의 협약에 따르겠답니다. 그리고 고려국왕의 성이 이씨고 우리도 이씨이니 같은 종씨끼리 결의형제를 맺어 서로 의지하자고 하였습니다. 조만간 고려국왕이 직접 축하하러 올 것입니다."

이준은 크게 기뻐하였다. 안도전이 다시 말했다.

"고려국왕이 지난날 제가 자신의 병을 치료해 준 것을 고마워하며 이번에도 많은 선물을 주더군요."

"지난번에는 받은 선물을 몽땅 용왕한테 바치고 말았는데 이번에 보충하게 되어 참으로 다행이오."

이준이 옛일을 끄집어내자 숙태위가 말했다.

"그때 배가 뒤집히지 않았다면 이렇게 많은 기이한 일들이 생길 수 있었을지 모르겠군요."

드디어 숙태위가 떠나게 되었다. 이준은 소양에게 명해 송나라에 보내는 문서를 작성하고 실어 보낼 공물을 챙겼다. 숙태위에게도 진귀한 물건을 선물했다.

이준 등은 항구까지 나가 숙태위를 전송했다. 양림과 목춘에게는 돌아가는 숙태위의 배를 호위하게 했다. 양림과 목춘은 명주까지 갔다가 돌아왔다. 두 사람은 돌아와서 그곳에서 들은 소식 하나를 전했다.

"철종의 황후인 맹태후의 분부로 임안 성중에도 동경처럼 대상국사를 건립하게 되었는데 무송 형님이 국사로 초빙되었다고 합니다. 노지심 일파의 법맥은 앞으로 크게 번창할 것입니다."

　맹호도 위엄이 생기면 성스러운 동물 백택이 될 수 있고
　이무기는 허물을 벗으면 신룡으로 화한다네

제39회

짝을 찾는 영웅들

　섬라국에 칙사로 파견된 태위 숙원경은 이준을 왕으로 책봉하고 나머지 마흔세 명에게 관작을 내린 뒤 조정으로 돌아가 복명하였다. 숙태위가 돌아간 다음 이준은 문무 관원들에게 원수부로 모이도록 통지하였다. 인사를 나누고 좌정한 이준이 입을 열었다.
　"나는 본래 일개 필부에 불과한데 형제들의 도움을 받아 국사를 돌보게 되었소이다. 지금 조정의 책봉을 받고 보니 이는 실로 분수에 넘치는 복이라 할 수 있소. 재능도 덕도 부족해 백성의 신망을 잃을까 걱정되니 과실을 범해 조정에 부담이 생기지 않도록 여러분들이 잘 보필해 주시오. 나도 국정 책임자로서 모든 힘을 다하겠소.
　여러분의 관작은 모두 조정에서 논공을 헤아려 수여한 것이지만 그렇다고 해도 내게 그 차이는 중요하지 않소. 각자의 맡은 바 직분을 다해 주시오. 혹여 분수를 넘어 자신의 직책에 먹칠을 한다든지 법과 규율을 어기는 일이 있다면 사사로운 정을 버리고 나라의 법에 따라 엄중히 조처할 것이오."

모두가 머리를 조아리며 감사를 표했다. 이준은 양림에게 명해 제단을 쌓게 하고 산천에 제사를 지냈다. 또한 배선에게 군민 모두가 준수해야 할 율령을 정하게 했다.

이로부터 송나라의 책력을 따르고 마찬가지로 송나라 연호인 소흥을 사용하게 되었다. 예의범절 역시 송나라의 것을 따르게 함으로써 백성들은 섬라의 오랑캐 습속에서 벗어났다.

이준은 공자를 제사지내는 문묘를 건립하게 했다. 아울러 문묘에서는 문제주(문환장)가 공신의 자제와 민간에서 뽑힌 영재들을 교육하였다. 또한 성밖의 광활한 곳에 연무장을 지어 오군 도독이 병사들을 훈련하였다. 수채를 설치하고 전선을 건조하였으며 성벽을 수리하고 병장기를 구비하였다.

남문 밖에는 삼층 높이의 조경루를 세웠다. 대들보와 아치 등에 조각을 새겨넣어 그 모습이 매우 장려하였다. 중국 사신의 숙소인 황화역관을 개조해 중국 사신은 물론 다른 이웃 나라의 사신들도 함께 머무를 수 있게 했다. 고려, 유구, 점성, 안남 등의 나라에는 사신을 파견하였다.

금오도, 청예도, 조어도, 백석도는 종전처럼 왕진, 완소칠, 비보, 복청, 관승, 양림, 난정옥, 호성, 주동, 황신이 책임을 맡되, 이십사 개 섬을 나누어 관할하기 위해 방백련수라는 직책을 두었다. 예운과 적성은 여전히 청수호를 지키게 되었다.

모든 일이 완비되어 바다 밖 오랑캐의 땅이 문명이 개화하는 땅으로 변모되었다.

그런데 섬라성 서문 밖에 자리한 단하산은 첩첩이 이어진 산봉우리가 수려하고 고목이 울창한데 그 크기가 사방 백여 리나 되었다. 산을 감싸고 흐르는 한 줄기 계곡물은 맑고 깨끗해 아름다운 물고기들이 헤엄치고 산속 도처에서는 사슴떼가 뛰놀았다. 호랑이, 늑대, 뱀, 전갈 같은 해로운 짐승은 살지 않았다.

산 중턱에 무너진 지 오래된 암자가 하나 있는데 암자 전면에는 기이한 모습의 산봉우리 하나가 우뚝 솟아 있었다. 자연바위로 이루어진 봉우리는 돌빛이 영롱하고 아름다워 항주 영은산 비래봉을 연상시켰다. 단단하고 새하얀 봉우리 주변에는 오색 빛깔의 지초가 자생하였다.

실로 세상에 보기 드문 선경이라서 서신옹도 일찍이 이곳에 머문 적이 있었다. 공손승은 이곳의 수려함과 그윽함을 사랑해 국왕 이준에게 아뢰었다.

"요나라를 정벌한 후 빈도는 송공명의 곁을 떠나 이선산으로 돌아갔습니다. 노모를 봉양하며 스승 나진인 밑에서 수련하게 되어 속세와는 완전히 인연을 끊었다고 생각했지요. 그런데 뜻밖의 일에 연루되어 다시 음마천으로 가게 되었던 것입니다. 이제 더할 수 없이 큰 영예를 얻고 조정에서 봉작을 내려주기까지 했으니 더 바랄 것이 없습니다. 세월은 화살처럼 빨리 흐르는데 도를 아직 깨우치지 못했으니 단하산에 들어가 정진하고 싶습니다. 부디 윤허하여 주십시오."

"국사께서는 살두타를 무찌른 공이 크고 덕분에 관백도 물리칠 수 있었습니다. 오늘 우리가 이렇게 영화를 누리는 것은 모두 국사의 도력 덕분입니다. 수양하시겠다면 폐사터에 도원을 지어 드리겠습니다. 국사께서는 그곳에 기거하면서 도의 이치를 궁구하시지요. 나라에 큰일이 생기면 찾아가 가르침을 청하겠습니다."

주무와 번서는 공손 선생을 스승으로 모시고 함께 수행하고 싶다고 하였다. 이준은 번서에게 공사를 감독하게 했다. 수많은 장인들을 불러들여 터를 닦고 자재를 조달하니 불과 얼마 지나지 않아 일대 궁원이 조성되었다.

본전에 삼청三淸의 성상을 모시고 양쪽 낭하에는 삼십육 천장天將을 안치하였다. 산문은 영관靈官이 수호하고 북극성제는 뒤쪽 전각에 자리를 잡았다. 또 삼층 보각을 지어 북두칠성의 별 가운데 하나인 문창과 무곡을 모셨다. 도사들이 거처하는 전각과 자연을 벗하기 위한 정자도 장엄하고 화려하게 지었다.

소양에게 부탁해 송나라 대표 서예가인 미원장의 필법으로 쓴 '단하궁'이란 현판을 내걸었다. 보각에는 소동파의 서체로 '해천각'이라는 현판을 달았다.

보각에 올라 주위를 둘러보면 넓디넓은 천리 바다가 한눈에 들어왔다. 사방에 화초를 심고 학과 사슴을 기르니 수양처로서 모든 것이 충만해졌다. 이윽고 궁전처럼 성스럽고 청허한 선인들의 거처가 마련되었다.

공손승과 주무, 번서는 마음을 청정하게 가다듬고 수행을 시작했다. 또한 함께 수행하는 도사들과 살림을 도와줄 사람, 시중들 사람들이 모여들어 아침저녁으로 종소리와 북소리가 울리고 불로장생의 단약을 제조하기 시작하니 비로소 속세와 멀리 거리를 두게 되었다.

나중에 단하궁의 왼쪽에는 정충사가 세워졌다. 송공명과 노준의를 비롯한 양산박 천강성, 지살성 칠십사위의 신상을 만들어 세웠는데 그 모습이 마치 살아 있는 사람 같았다. 또 단하궁 오른쪽에는 보덕사를 지어 작고한 국왕 마새진의 상을 모셨다. 각기 육천여 평의 제전을 마련하고 사당지기를 두어 아침저녁으로 공양을 올렸다.

하루는 연청이 국왕 이준을 찾아와 아뢰었다.

"나라를 창건하는 큰 기틀을 마련함은 물론 세부적인 부분까지 꼼꼼히 정비했습니다만 한 가지 빠뜨린 중요한 것이 있습니다. 이는 국가의 전례에 크게 어긋나는 일입니다."

이준이 놀라 물었다.

"아니 중요한 것을 빠뜨렸다니 그게 무엇인가? 가르쳐 주게."

"성현의 말씀에 따르면 '음양이 조화를 이루어야 비가 내리고 부부가 화목해야 집안의 도가 이루어진다'고 했습니다. 남자는 바깥의 일을 보고 여자는 안의 일을 보는 것이 음양의 도이니 이를 소홀히 해서는 안됩니다. 부부간의 윤리에 어긋나서는 안되는 까닭에 만물은 각기 짝이 있는 것입니다.

곤충마저 자웅이 있는데 오늘날 당당한 대국이 된 우리가 비웃음을 받아서야 되겠습니까? 왕비를 맞지 않게 되면 하늘과 땅이 질서를 잡는 자연의 도리에 배치될 뿐 아니라 후사가 이어지지 못하는 허물이 생깁니다. 불효에는 세 가지가 있는데 자손이 없는 것이 가장 큰 불효라고 합니다.

어서 영을 내리시어 문무 관료와 군민의 여식 가운데 덕성과 용모를 겸비한 규수를 원비로 간택하십시오. 하루빨리 세자를 보시고 왕위를 잇게 해야 합니다."

연청의 말에 이준은 웃으며 답했다.

"자네의 말은 일리가 있네. 하지만 좀 진부하지 않은가? 나는 덕도 재주도 부족한 사람이라서 처음부터 이런 자리에 오르리라고는 생각지도 않았네. 어쩌다 보니 사양하지 못하고 엉거주춤하고 있는 거란 말일세. 조만간 공손 선생한테 가서 도를 배우고 싶네. 우리 형제들 중에서 인망 있는 사람을 뽑아 국정을 이어가게 할 생각이란 말일세. 요순같이 사해에 군림한 대성인도 자식이 아니라 현자에게 왕위를 물려주었거늘 하물며 변방의 이런 작은 나라에서 어째서 자기 자식이 아니면 안된다는 말인가!"

"왕위를 탐하지 않고 어질고 유능한 인재에게 넘겨주는 것은 대성인들이 살던 상고시대에나 가능한 일이었습니다. 요즘의 세상인심은 옛날 같지 않아서 오히려 분쟁의 불씨가 될 뿐입니다. 오륜을 저버려서는 안되며 부부의 도리는 오륜의 으뜸이 될 만큼 중요합니다.

서양 어딘가에 여자들만 사는 나라가 있는데 순전한 음기만 있는 종족이라더군요. 이들은 남자를 낳지 못하기 때문에 우물을 바라다보며 잉태한다고 합니다. 우리 섬라국도 여자가 필요없는 나라로 만들 생각이십니까? 그렇다면 앞으론 순전한 양기만 있는 종족이 되어 나라이름을 '홀아비 나라'로 바꿔야 할 것입니다."

연청의 말에 이준은 껄껄 웃었다. 둘이 이야기를 나누고 있는 중에 시진과 배선이 들어오며 무슨 일이냐고 물었다. 연청이 왕비를 들이라는 간청을 했다고 하자 배선이 말했다.

"이건 국가대사이니 이러쿵저러쿵 할 필요가 없네. 우리끼리 상의하세."

시진과 배선, 연청은 승상부로 자리를 옮겼다. 시진은 관료들을 불러들인 뒤 방금 논의한 안건을 꺼냈다.

"연소사(연청)가 국왕께 왕비를 간택하라고 권했는데 국왕께서 허락하지 않으셨다오. 이번 기회에 의론을 모아봅시다. 어떻게 하면 좋을지 의견들을 말해 보시오."

그러자 안도전이 말을 꺼냈다.

"세상에 우연이란 없고 모든 건 미리 정해져 있는 모양입니다. 제가 일전에 고려에서 돌아올 때 배가 뒤집힌 것을 국왕께서 구해 주셔서 금오도에 머문 일이 있습니다. 그때 국왕의 태소맥을 진찰했는데 남방의 지존이 될 매우 귀한 맥이더군요. 오늘에 이르러 그게 증명된 것이죠.

나중에 문제주의 장원으로 피난갔다가 따님이 아프다고 해서 문소저의 태소맥도 진찰하게 되었지요. 여자로서 가장 고귀한 존재가 될 상이었습니다. 게다가 자태가 수려하고 덕성도 갖췄기에 일국의 국모로 안성맞춤이라고 생각합니다. 다만 문제주의 의향은 어떤지 모르겠습니다."

문환장이 말했다.

"저는 본래 보잘것없는 훈장에 지나지 않는데 국왕 전하의 보살핌에 힘입어 벼슬까지 제수받았습니다. 그 은혜를 갚을 길이 없었는데 오늘 여러분의 말씀을 듣고서 어찌 감히 거절할 수 있겠습니까? 누추한 집안이라서 전하의 배필로 적당치 않은 점이 걱정일 뿐입니다.

다만 딸아이가 아팠을 때 꿈에 옥녀가 나타나 이 아이는 아주 귀인이 될 것이니 아무 데나 출가시키지 말라고 한 적이 있습니다. 이미 안선생께서 말씀하신 대로 아마 정해진 운명인가 싶기도 합니다."

모인 사람 모두가 크게 기뻐하였다. 시진, 연청, 배선, 안도전, 악화는 함께 국왕을 찾아가 아뢰었다.

"제주 문환장의 딸은 용모며 덕성 모두 세상에 둘도 없는 규수이오니 부디 배필로 맞이하소서. 모두가 이같이 의론을 모았으니 속히 납채 의례를 준비해 성혼하시기를 청하옵니다."

"안될 일이오. 나는 이미 마흔이 넘었고 문소저는 한창 묘령이잖소. 마땅히 젊고 영특한 인재를 골라 맺어줘야지요. 하물며 결의형제라 해도 형제인데 어찌 도리에 어긋난 일을 한단 말이오?"

이준이 받아들이지 않자 시진이 말했다.

"부부의 인연이란 건 억지로 이루어지는 게 아닙니다. 결혼을 주선하는 월하빙인이 붉은 줄로 묶어줘야 비로소 성립하는 것입니다. 옛날 촉나라의 유비가 손권의 누이에게 장가를 들 때 유비의 나이는 이미 쉰이 넘었지만 손권의 어머니 오태부인은 '풍모가 비범한 것을 보니 진정한 내 사위'라며 딸의 배필로 선택했습니다.

왕이나 제후가 배우자를 선택할 때는 나이를 따지는 게 아닙니다.

국왕께서는 마흔 살의 아직 강건한 나이시고 문소저는 올해 스물네 살이니 나이차가 그렇게 큰 게 아닙니다. 반드시 명성을 얻고 장수를 누리게 될 것이며 상서로운 일이 그치지 않을 것입니다. 또한 문제주는 양산박에서 결의를 맺은 형제가 아닌데 어찌 도리에 어긋난다는 것입니까? 저희는 이 혼인이 성사되기를 간절히 바라옵니다."

이준은 어쩔 수 없이 형제들의 의견을 따를 수밖에 없었다. 시진이 말했다.

"연소사, 악참정(악화)이 이번 일의 전반을 책임맡아 진행해 주시오. 그리고 소비서(소양)는 국혼에 필요한 문서를 작성하고, 이호부(이응)는 예물과 폐백을 준비하고, 목공부(목춘)는 궁궐 수리와 신방 꾸미는 일을 맡아주시오. 안태의는 중매쟁이로서 길일을 잡아 납채 의례부터 혼인식까지 치를 수 있도록 준비해 주시오."

마침내 혼례일이 당도하였다. 스물네 개 섬에 나가 있는 장수들과 나라 안의 대소신료들이 모두 참석해 국왕의 결혼을 축하하였다. 성대한 의식이 거행되었음은 물론이다. 문제주가 신부를 데리고 입장할 때는 승상 이하 모든 관료들이 뒤를 따랐다. 축하연이 끝나자 궁인과 내시들이 신랑과 신부를 새로 마련한 부부 침실로 모셨다.

국왕은 문소저의 곱고 단아한 용모와 보동보동한 몸매에 기쁨을 감추지 못했다. 불쌍하게도 그는 반평생 동안 죽고 죽이는 전쟁터를 떠돌며 간난신고를 겪다 보니 여태껏 여인과 사랑을 나누는 재미를 모르고 살아왔다.

향내 짙은 비단 이불이며 수놓은 휘장이 봄날처럼 따뜻했다. 참으로 이 세상에서는 볼 수 없는 천상의 풍경이었으니 여기에 어울리는 시가 있다.

진나라 여인이 퉁소를 불어 봉황을 유혹하네
교룡이 비바람을 만나는데 어찌 예사로우랴
꿈속에서 어부 시절의 즐거움을 찾는다 해도
오늘밤 무릉도원은 옥침대 위에 있도다

혼인을 치른 국왕은 문제주와 한집에 살면서 '국장'國丈이라고 불렀다. 그리고 연회를 베풀어 문무 관료들을 치하하였다.

사흘이 지나자 문비聞妃는 예물을 챙겨 소비에게 문안인사를 드리러 갔다. 가마를 탄 문비는 무사가 길을 인도하고 궁녀들이 호위하는 가운데 소비가 있는 궁으로 갔다. 문비는 옷섶을 여미며 시녀가 깔아준 융단 위에 앉아 절을 올렸다. 소비는 반절로 답례하고 옥지공주와 노이 부인, 노소저와도 인사를 나누게 했다. 문비와 공주는 서로 윗자리를 양보하였다.

"공주께서는 금지옥엽이신데 제가 어찌 주제넘은 행동을 하겠습니까?"

그러자 공주가 말했다.

"부마가 조카뻘이니 남편과 마찬가지로 저도 의당 아랫사람입니다. 제가 큰절을 올리는 게 마땅합니다."

한동안 서로 양보하겠다는 고집을 꺾지 않자 소비가 나섰다.

"이제 왕비가 되셨으니 제 딸이 배알하는 게 마땅하지요. 하지만 이토록 사양하니 오늘은 서로 평배로 하시지요."

그래서 문비, 공주, 노이 부인, 노소저 모두 평배로 인사하였다. 소비는 문비의 용모가 단아하고 예의바른 것을 보고 칭찬하였다.

"왕비께서는 젊고 복이 많으시니 만백성의 어머니로 존경받게 될 것입니다. 저처럼 재덕이 부족해 어려움을 겪는 일은 없을 것입니다."

"저는 일찍 어머니를 여의고 한미한 집안에서 자라 국왕을 모시기에 적합하지 않은 사람입니다. 부디 매사에 많은 가르침을 주십시오."

왕비는 이렇게 겸손히 대답하였다. 소비는 문비가 어질고 지혜로운 것을 보고 진심으로 기뻐하며 잔치를 베풀었다. 화부인, 진부인, 고대수도 불러 자리에 합석하였다. 공주와 노소저, 여소저는 평소부터 사이가 좋아 자매처럼 다정했다. 문비가 상석에 앉고 소비는 그 옆자리에 앉았다. 화부인을 비롯한 참석자들은 순서대로 자리를 잡았다. 생황이 연주되고 가무가 펼쳐졌다. 고대수가 말했다.

"왕태비마마께서 초대해 주시어 왕비마마와 함께 이런 자리에 앉아 있자니 제가 워낙 막살아온 사람이라서 영 쑥스럽습니다."

"자네는 사내들 틈에 끼여 있어도 아무렇지 않을 사람인데 무얼 그런단 말이오?"

소비의 말에 고대수가 다시 말을 받았다.

"전쟁터에 나가 주먹을 내지르고 곤봉을 휘두르며 싸울 때는 제가 여자라는 것조차 잊어버렸지요. 그런데 오늘 이렇게 연회 자리에 앉아 있다 보니 온몸이 후덥지근해집니다. 두세 잔 마시고 궁중 순찰이나 나가야겠습니다."

소비와 문비는 웃음을 머금었다. 연회가 끝난 다음 문비는 인사를 하고 관저로 돌아갔다.

다음날 호연작이 문국장을 찾아와 말했다.
"따님께서 왕비의 자리에 오르신 것을 감축드립니다. 특별히 부탁드릴 게 있어 찾아왔습니다. 다름이 아니라 제 딸도 이미 장성하였기에 서성을 사위로 삼고 싶습니다. 옛 친구의 아들인데다 장래성이 있는 청년이어서 그러니 국장께서 중매쟁이로 좀 나서주십시오."

"노장군께서 옛 친구를 잊지 않고 그의 아들을 사위로 삼으시겠다니 저로서는 즐거이 따라야지요."

문환장이 흔쾌히 승낙하는데 호연작의 청이 이어졌다.
"한 가지 더 부탁드릴 일이 있습니다. 제 아들 역시 아직 결혼 전입니다. 전에 양산박에서 백족충을 죽이고 구해 낸 여소저는 원래 동료 여원길의 딸입니다. 가련하게도 의지할 곳이 없는 몸인데 지금은 궁중에 있습니다. 며느리로 맞아 아들과 딸한테 부모 노릇을 다하고 싶습니다."

"여소저가 곤경에 처했을 때 아드님이 없었다면 흉악한 놈한테 봉욕을 당했을 것입니다. 다만 여소저가 지금 자유로운 몸이 아니지 않습니까? 왕태비마마께 아뢴 뒤 혼사를 성사시켜야 하니 곧 회답을 드리겠습니다."

문환장은 곧 서성을 불렀다. 서성을 만난 문환장이 조심스레 말을 꺼냈다.

"자네한테 경사스러운 일이 생겼는데 무슨 일인지 아는가?"

"제게 경사가 생기다니요? 전혀 모르겠습니다."

영문을 모르겠다는 서성의 표정을 보며 문환장이 다시 말했다.

"호연작 장군에게 현숙한 딸이 있잖은가? 자네를 사위로 맞고 싶다 해서 알려주는 것이네."

"계부께서 저를 훈육해 주신 덕에 이만큼 성장할 수 있었습니다. 게다가 귀한 따님을 제게 맡기신다면 그저 감사한 일입니다. 스승님께서 잘 조처해 주십시오."

"자네가 그 집에서 계속 지냈으니까 특별한 의식 절차는 별반 필요없을 것이네. 신랑이 될 마음의 준비만 단단히 하면 될 게야. 그런데 장군께서 나한테 부탁한 일이 한 가지 더 있네. 여소저를 며느리로 맞고 싶으니 왕태비마마께 아뢰어 달라는 것이네. 나는 그 당시의 사정을 잘 모르잖은가? 자네가 나하고 함께 가면 좋겠네."

"형님은 여소저를 구출할 때부터 마음이 끌리는 듯해 보였습니다. 이 역시 하늘이 맺어준 인연일 것입니다. 제가 함께 가겠습니다."

궁궐 문에 도착한 두 사람은 내감의 안내를 받아 안으로 들어갔다. 문환장과 서성을 맞은 소비는 차를 권하며 말했다.

"어제 왕비를 뵈었습니다. 기품있고 단아한 모습에 진심으로 탄복했습니다."

"한미한 집안의 여식으로 국왕을 모시게 되어 참으로 부끄러울 뿐입니다. 그런데 한 가지 아뢸 말씀이 있습니다. 호연작 장군이 서성을 사위로 삼겠다 하면서 아직 미혼인 아들 호연옥의 혼사도 동시에 치렀으면 하더군요. 호연옥이 전일 양산박에서 여소저를 구출한 일이 있기에 여소저를 며느리로 삼고 싶어합니다. 여소저가 지금 궁에 있기 때문에 말씀을 여쭈러 왔습니다."

소비가 말했다.

"여소저는 양반집 규수이고 덕성과 용모를 갖추었기에 호연옥의 배필이 되기에 충분합니다. 그런데 부모가 없는데다 제가 수양딸로 데리고 있는 중이니 혼수를 제가 직접 챙겨 보내겠습니다."

"왕태비마마께서 그렇듯 배려해 주시고 챙겨주신다면 호연옥 부자는 실로 감격할 것입니다."

서성이 감사의 말씀을 아뢰었다. 두 사람은 소비에게 인사를 드리고 물러나왔다. 문환장은 그 길로 호연작의 집으로 가서 기쁨에 겨워 말했다.

"두 경사를 다 이루게 되었습니다. 사위는 몹시 감격해 하더군요. 그리고 여소저는 이미 왕태비마마의 수양딸이기 때문에 왕태비께서 혼수를 직접 챙겨 보내주시기로 했습니다."

호연작은 크게 기뻐하며 문환장에게 주안상을 대접하였다. 서성은 낮은 목소리로 호연옥에게 말했다.

"형님, 화부마와 동서간이 되었군요."

호연옥은 겉으로 드러내지 못하면서도 은근히 기뻐했다.

다음날 호연작은 소양한테 가서 아들과 딸이 결혼하게 되었다며 혼인서약서를 써달라고 부탁하였다. 소양은 잠시 무엇을 생각하는 듯하더니 말했다.

"남자와 여자가 장성하면 결혼하는 게 당연한 이치지요. 장군의 아들딸 모두 나무랄 데 없는 혼사를 치르게 되었군요. 제게도 다 자란 딸이 하나 있는데 글을 좋아하고 글씨도 좀 쓰는 편이라서 사위를 고르기가 쉽지 않습니다. 송안평이 선비다운 기질이 있어 그를 사위로 삼고 싶은데 장군께서 좀 주선해 주시지요."

"아버이대부터 서로 우정을 나눈 사이인데다 재주와 용모도 두 사람 모두 비범하니 잘 어울리는 한 쌍이지요. 내가 나서서 성혼시켜 보겠소. 틀림없이 기쁘게 허락할 것이오."

한편 송청은 호연옥과 서성의 결혼 소식을 듣고 송안평에게 말했다.

"너도 이미 약관의 나이가 되었으니 좋은 혼처를 찾아야 한다. 바다 밖이라서 시서예약을 아는 집안이 없으니 어찌하면 좋으냐?"

"저는 나이가 많지 않은데다 책 속에 옥처럼 아름다운 여인이 있으니 걱정하지 마십시오."

송안평은 이렇게 아버지를 안심시켰다. 이때 문지기가 와서 말했다.

"호연작 장군께서 오셨습니다."

송청 부자는 호연작을 영접해 맞았다. 호연작이 용건을 꺼냈다.

"아드님의 혼례를 의논하러 찾아왔소이다. 소비서에게 외동딸이 있는데 시서예약에 조예가 깊다고 하더군요. 행동거지가 얌전한데다 얼굴도 곱고요. 아드님과 짝을 이룬다면 서로 잘 어울리는 한 쌍의 아름다운 부부가 될 것입니다."

그러자 송청이 말했다.

"그렇잖아도 방금 아들과 혼사 이야기를 나누고 있었는데 우리는 시서예악을 아는 규수를 찾고 있습니다. 소비서라면 집안도 서로 잘 어울리는군요. 소비서의 배려도 고맙고 장군께서 이렇듯 애써 주시니 당연히 그 뜻을 받들어야지요."

호연작은 기쁜 마음으로 돌아갔다. 그는 곧바로 소양을 찾아가 경과를 설명했다.

"송청 부자는 기꺼이 혼사를 받아들이기로 하였소이다."

바로 이때 내감이 찾아와 소비의 전갈을 전했다.

"이준 국왕, 시진 승상, 배선 이부상서, 대종 통정사사, 연청 소사와 함께 두 분 역시 의논할 게 있으니 뵙자 하십니다. 다른 분들은 지금 궁문 앞에 계십니다."

호연작과 소양이 즉시 말을 타고 궁문에 도착하니 과연 모두들 기다리고 있었다. 함께 궁 안으로 들어가 소비를 알현하였다. 소비가 웃으며 말했다.

"연소사, 연소사께서는 총명한 분이니 오늘 제가 여러분을 모신 이유가 무엇인지 짐작하시겠지요?"

"송구하오나 전혀 모르겠사옵니다."

"각 집안의 혼담이 모두 성사되었는데 노소저만 여전히 궁중에 머물게 되었습니다. 이는 경의 신상에 관한 일인데 왜 이야기를 꺼내지 않으시는지요?"

"왕태비마마와 노이 부인께서 의논해 공경의 자제 중에서 배필을 찾으면 좋겠습니다."

연청의 대답을 들은 소비가 다시 말을 이었다.

"두 모녀는 공경의 자제를 원치 않습니다. 노이원외의 유명을 받들어 경과 혼인하고 싶다는 것입니다. 또한 두 모녀가 금나라군 군영에 붙잡혀 있을 때 경이 온 힘을 다해 구출해 주었기에 오늘이 있다며 그 은혜를 갚고 싶다고 내게 말하더군요. 대종 통정사사께서는 대명부에서 분명 이 문제에 대해 약조한 적이 있지요? 그렇다면 그때부터의 중매쟁이이니 이 일을 잘 마무리지어 주어야 할 것입니다."

"정말로 대명부에 있을 때 노이 부인께서 연청을 사위로 삼고 싶다고 이야기했습니다. 그때 연소사가 핑계를 대며 거절하기에 제가 '이렇게 경황이 없을 때 어떻게 혼인을 하겠느냐'며 나중에 해결책을 찾아보겠다'고 했습니다. 지금 왕태비마마께서 혼인을 주선하시니 아마 더 이상 할말이 없을 것입니다."

대종의 말을 듣고 있던 연청이 당황하며 말했다.

"신은 일찍이 주인이었던 노원외의 큰 은혜를 입은 사람입니다. 그 사촌인 노이원외 부인께서 고초를 겪고 계신데 모른 척할 수는 없었던 것이지요. 제가 그 집안의 딸과 결혼한다고 하면 주인에게 누가 되고 민망한 일입니다. 애초에 제게 그런 속셈이 있었던 것으로 남들이 오해할 것입니다."

"노소저의 부친은 본래 노씨가 아니었다면서요? 그러니 노원외에게 민망할 건 없지요. 게다가 오늘까지 아무 일도 없다가 내가 나서서 중매를 서는 것인데 거기에 무슨 사적인 속셈이 있다는 것입니까? 전하와 여러 공경들께서 이곳에서 증인이 되어 주셔야겠습니다. 연소사께서 거절하지 못하게 말입니다.

노소저에게 모친이 있지만 이미 나도 어머니나 다름없는 존재입니다. 그러니 혼수 일체를 내가 모두 챙길 것입니다. 여러분께서 힘을 모아 노소저를 출가시켜 주십시오."

소비의 단호한 말을 듣고 있던 연청이 다시 입을 떼려 하자 이준이 황급히 말을 막았다.

"자네는 이제 그만 조용히 있게. 자네가 충성과 의리를 겸비한 사람임은 우리 모두 잘 알고 있네. 하지만 왕태비마마께서 전교를 내리셨거늘 무슨 할말이 더 있다는 것인가? 자네는 일전에 내게 왕비를 맞아들이라고 권했으니 자신이 한 말을 다 잘 알고 있잖은가? 더 이상 거절하면 자네는 남을 질책할 때는 밝아도 자신을 용서할 때는 어두운 사람이 되고 마네."

연청은 대꾸할 말이 없어 머리를 조아리며 소비의 배려에 감사를 표했다. 소비는 몹시 기뻐하며 전지를 내렸다.

"길일을 택해 연소사, 호연옥, 송안평, 서성이 함께 금란전에서 혼인을 거행할 것이오. 나도 여러분과 함께 화촉에 참례할 것이니 모든 의례는 전하의 칙명에 따라 관련 부서에서 신속히 준비하시오."

말을 마친 소비는 화부마를 향해 말했다.

"자네는 한꺼번에 동서가 두 명이나 생겼네!"

국왕과 공경들은 인사를 하고 물러갔다. 연청은 줄곧 원수부에서 함께 기거했는데 가족을 맞게 되자 인근에 저택을 하나 구하고 가재도구도 장만하였다.

혼인날이 되자 금란전 위에 화려한 채색 비단과 등촉이 걸리고 바닥에도 카페트가 깔렸다. 향안 위에는 용화나무꽃을 장식하였다. 사방에 비단 휘장을 둘러치고 주렴을 늘어뜨린 화려하기 이를 데 없는 식장에 음악이 울려 퍼지는 가운데 하객이 가득 들어찼다.

결혼식이 거행되기 전날 소비는 호소저와 소소저를 궁중으로 불러들여 보석 장신구와 화장품을 선물하였다. 문비도 그 자리에 참석하였다. 문비와 소소저는 한동안 만나지 못했기 때문에 각별히 더 반가웠다.

다음날 정해진 시각이 되자 소비는 송나라 황제가 하사한 구슬관에 예복을 갖추어 입은 모습으로 식장에 들어섰다. 이윽고 문환장, 호연작, 대종의 뒤를 따라 대홍포 차림의 연청, 송안평, 호연옥, 서성 네 사람이 붉은 비단을 몸에 두른 말을 타고 입장하였다. 두 개의 황금꽃이 꽂힌 오사모를 쓴 네 사람의 신랑은 금란전 위에 자리를 잡고 섰다. 한줄기 청아한 음악소리가 식장에 울려 퍼졌다.

이에 앞서 소비와 함께 노이 부인, 문비, 공주도 식장에 들어왔으며 소비는 남쪽을 향해 자리를 잡고 앉았다. 하객들이 각자 서열에 따라 좌정하자 사회가 다음 식순을 알렸다.

식장 안으로 마치 선녀와도 같은 모습의 네 명의 신부가 봉황 장식을 한 관에 아름다운 예복을 입고 나타났다. 네 명의 신부는 한 무리의 궁녀들에 둘러싸여 입장했다.

신랑 신부는 먼저 천지신명께 배례하고 이어서 각 부부별로 맞절을 하였다. 그런 다음에 소비를 향해 돌아서 함께 절을 올리니 소비는 반절로 답례하였다. 신랑 신부는 국왕 부부와 공주, 노이 부인에게도 절을 올렸다. 마찬가지로 모두들 답례하였다.

궁녀들이 금으로 만든 술주전자와 과일 찬합을 들고 나와 신랑 신부 모두에게 술 석 잔씩을 건넸다. 근위군이 도열한 가운데 북소리가 요란히 울려 퍼졌다.

네 명의 신부는 가마를 타고 네 명의 신랑은 말을 타고 각자의 집으로 돌아갔다. 신부의 가마가 떠나기에 앞서 소비는 여소저와 호소저를 배웅하고, 노이 부인은 노소저, 화부마는 소소저를 각기 배웅하였다.

사람들은 금란전에서 네 쌍의 신랑 신부가 혼인하는 것을 이제껏 본 적이 없었다. 이렇듯 호사스러운 일은 예나 지금이나 참으로 드문 일이다. 이를 증거하는 시가 있다.

무기를 벗어던진 지 이미 오래
서궁西宮의 밤은 고요하고 온갖 꽃향기 풍겨오네
오늘밤 비와 이슬 두루 내리니
네 송이 새빨간 해당화 지누나

금오도를 비롯한 네 개 섬에서도 모두 와서 축하하였다. 네 쌍의 신랑 신부는 며칠 동안 계속 잔치를 열어 손님을 접대하였다.

소비는 다시 국왕과 문무백관을 초빙하였다. 알현을 마치자 소비가 입을 열었다.

"일전에 변고가 있었을 때 전하와 문무백관의 힘을 빌어 원수를 갚았으니 더 이상 아쉬움은 없습니다. 전하께서는 황제의 책봉을 받아 섬라국왕이 되셨으니 모름지기 국내의 일은 모두 전하의 명에 따라야 합니다. 그런데도 제가 계속 궁에 머물고 전하께서 원수부에 거처할 수는 없습니다. 오늘 저는 궁을 나와 공주와 함께 기거할 것이니 전하께서 궁으로 들어오셔야 비로소 체통이 설 것입니다."

국왕은 소비의 제안을 물리치려 하였지만 문무백관이 일제히 아뢰었다.

"왕태비마마께서는 실로 여자 중의 요순이십니다. 매사를 이토록 이치에 맞게 처결하시니 마땅히 분부를 받들어 모시겠습니다."

일동은 소비께 예를 갖추고 밖으로 물러나왔다. 소비는 짐을 챙겨 부마부로 옮겼다. 국왕은 길일을 택해 입궁하였다. 이로써 나라의 모든 권한이 하나로 모아져 태평무사하게 되었다.

그런 어느 날 연청이 국왕을 뵙고 아뢰었다.

"아직 한 가지 마무리하지 못한 일이 있습니다. 영을 내려 속히 시행해 주십시오."

"무슨 일을 처결하자는 것이오?"

국왕이 묻자 연청이 대답했다.

"남녀간의 욕정은 누구나 갖고 있는 것입니다. 우리 형제들은 젊은 시절에 혈기가 넘쳐 술이나 즐기고 창봉이나 연마하며 여색은 마음에도 두지 않았습니다. 관의 핍박을 받아 양산박으로 들어간 뒤에도 사방을 정벌하느라 그런 것을 생각할 겨를이 없었습니다.

오늘날 전하의 홍복에 힘입어 나라를 세우고 함께 부귀를 누리게 되었습니다만, 시진, 관승, 이응, 주동, 비보, 소양, 김대견, 송청, 손립, 손신, 채경, 호연작 등은 가정을 꾸리고 있는 반면에 나머지는 모두 홀몸입니다. 이불이 차갑고 베개는 얼음장 같은데 돌보아 줄 사람도 없습니다. 나중에 후사가 끊기면 조상의 제사마저 모실 수 없게 되니 어찌 가련치 않습니까?

그들은 아직 한창 강건한 나이여서 아이를 낳을 수 있고, 그 아이들이 자라 장차 세자를 도울 수 있을 것입니다. 그렇게 하지 않으면 우리가 죽은 뒤 조정에 훈척이 모두 없어지고 말 것입니다. 우리와 다른 혈족은 그 마음도 달라 결국 나라가 예전처럼 다른 사람의 손에 넘어가게 될 터인데 어찌 애석하지 않습니까?

공경대부 중에서 아직 부인이 없는 사람은 우리 몇몇이 배우자를 맞는 것을 보았으니 마음속으로 자신도 그러고 싶은 생각이 들 것입니다. '자기 마음처럼 다른 사람의 마음을 헤아리라'는 말이 있잖습니까? 나라 안의 명문가 중에서 저마다 좋은 배우자를 찾게 해 형제들의 마음을 어루만지고 그리하여 나라의 기틀을 탄탄히 다지십시오."

연청의 말을 듣고 있던 시진과 배선이 말했다.

"연소사의 말은 유교에서 말하는 '자기 마음을 미루어 남에게 미친다'는 이치에 딱 들어맞습니다."

"연소사의 의견이 지극히 옳으니 당장 의논해 시행하세. 하지만 어디서 그 많은 부인 후보를 찾아내면 좋겠는가?"
 이준의 물음에 연청이 대답했다.
"세게 한 가지 방안이 있습니다."

 영웅은 자고로 남녀의 일을 밝힌다 하거늘
 부귀가 어찌 과분할 수 있으랴

제40회
고려국왕과 섬라국왕, 결의형제를 맺다

연청은 공신들이 결혼할 수 있도록 국왕이 은혜를 베풀기를 주청하며 거듭 말했다.

"우리가 나라의 토대를 세우고 이 나라의 옛 신료들에게 각자의 원래 직책을 다시 맡겼다고는 해도 아직 서로 원만한 정신적 융합이 이루어졌다고는 할 수 없습니다. 이러한 때에 명문 가문을 두루 골라서 중국에서 건너온 문무 제관의 품계와 나이 등을 고려해 짝을 맺어주면 사돈간에 서로 어울리고 쌍방의 바람이 일치해 한집안으로 발전할 수 있습니다.

음양의 기가 통하게 되면 서로간의 벽이 허물어져 그들 역시 전하의 은덕에 감사하며 충성을 다할 것입니다. 자식이 번성하면 각 가문의 대가 이어져 전하의 뒤를 이어 보위를 잇는 임금도 돕게 될 터이니 이는 참으로 일거삼득이 아니겠습니까?

병사들 가운데 처자가 없는 사람도 섬라국 국민과 결혼시키는 게 좋겠습니다. 그러면 병사와 백성의 삶이 모두 평안해지면서 주인이니 객이니 구분하는 생각도 옅어지고, 결혼한 병사들의 이 땅에 대한 애정이 더 커지면 탈주할 염려도 사라질 것입니다.

인륜은 부부의 도리에서 시작되고 임금의 덕행에 대한 감화는 규방 문에서 시작된다지 않습니까? 주나라 팔백 년 태평성대의 토대도 '혼기를 놓쳐 탄식하는 여자도 없고 아내를 못 얻어 외로움에 시달리는 남자도 없게' 한 덕이라는 말이 있습니다. 지금 이보다 더 시급한 일은 없습니다."

"아우는 나라를 안정시키는 능력뿐 아니라 인정과 문리에도 밝으니 정말 존경스럽네. 그러면 악참정까지 포함해 넷이서 이 일을 추진해 주게."

국왕이 흔쾌히 수락하자 연청이 다시 건의했다.

"이건 소소한 일인데 승상과 이부상서까지 번거롭게 할 필요가 있겠습니까? 제가 악참정과 함께 일을 진행하겠습니다. 다만 고대수 부인의 도움은 필요합니다."

"고대수 부인은 왜 필요하다는 건가?"

"우리 둘은 대신인데 어떻게 일일이 다 관여하겠습니까? 혹시 난치병이라도 있는지 알 수 없으니 고대수 부인으로 하여금 자세히 살피게 해 좋은 신붓감을 골라야지요."

국왕이 승낙함에 따라 연청과 악화는 즉시 포고문을 발표하였다. 나라 안의 명망있는 집안에서는 모두들 중국인 사위를 원했다. 고대수는 그중에서 수십 명의 규수를 골랐다. 간택된 사람에게는 각각 금 삼백 냥과 채단 이십 필, 장신구, 의복을 보내주었다. 날짜를 정해 간택된 규수들은 가마를 타고 궁중으로 들어왔다.

모대충 고대수와 소울지 손신 부부.

국왕과 문비가 보니 하나같이 아름답고 단아한 것이 모두들 고귀한 부인이 되기에 부족함이 없었다. 기쁨에 겨운 국왕과 문비는 문무 공신들에게 각자의 사주팔자를 적어내도록 영을 내렸다. 사주팔자 등을 고려해 각각의 배우자를 정하고 음양이 서로 방해되지 않는 길일을 택해 혼인이 이루어졌다.

이렇게 되어 나라 안에는 신랑과 신부가 넘쳐났다. 진정 화창한 바람이 부니 군신은 물을 만난 물고기처럼 함께 즐거워하고 남녀 모두 자기들만의 봄을 만끽했다. 천하를 샅샅이 뒤져도 이런 즐거운 세상은 없을 것이다.

다만 공손승과 주무, 번서는 이 같은 기쁜 일의 대열에 끼이기를 고사하며 말했다.

"출가자로서 수련에 전념해 이미 속세와의 인연을 끊었는데 새삼스레 무슨 가족이란 말인가."

국왕도 그들에게는 거듭 강권하지 못했다.

청수오를 지키는 적성에게는 통역관의 딸이 배필로 정해졌다. 그런데 청수오가 거리가 먼데다 적성이 함부로 임지를 비울 수도 없는 형편이어서 배편을 마련해 신부를 청수오로 보냈다. 백석도의 관승은 본래 가족이 있어 그가 남아서 섬을 지키면 되므로 국왕은 양림과 복청에게 섬라성으로 건너와 장가들라고 통지했다. 복청은 흔쾌히 명을 받들었지만 양림은 뭔가 골똘히 고민하는 눈치였다.

"국왕께서 후의를 갖고 베푸는 아름다운 처사인데 자네는 왜 망설이는가?"

관승이 묻자 양림이 대답했다.

"지난번에 이곳 백석도를 공격했을 때 만약 방명이 없었다면 성공하지 못했을 겁니다. 그의 딸이 도공에게 욕을 보았다고는 하나 제법 얌전하고 고운 편입니다. 방명이 몇 번이나 저더러 데리고 살라는 것을 사사로운 일에 얽매이기 싫어 단호히 거절했습니다. 그런데 이번에 다른 여자를 얻게 되면 방명의 후의를 저버리는 것이고 섬라성으로 가지 않으면 국왕의 후의를 저버리는 것이니 참 난처한 상황입니다."

"어려울 게 뭐 있는가? 내가 건의문을 작성해 자네가 그 결혼을 받아들이기 어려운 사정을 설명하겠네."

관승은 이렇게 말하고 나서 방명을 불러들였다.

"백석도를 공략하는 데 자네의 공이 커서 위에다 승진을 상신해 두었네. 그건 그렇고 자네의 딸을 양장군한테 시집보내 함께 이 섬을 지키면 좋겠네."

"오래전부터 그럴 생각이었지만 양장군께서 고사하시는 바람에 더는 이야기를 꺼내지 못했습니다. 장군의 분부를 받았으니 즉각 시행하겠습니다."

방명의 동의를 구한 관승은 주석을 마련해 양림의 결혼을 성사시켰다. 국왕에게 전후 사정을 담은 건의문을 올렸음은 물론이다.

어느 날 화봉춘이 국왕을 찾아가 아뢰었다.

"저는 악화 삼촌한테 큰 은혜를 입었는데 아직 갚지 못하고 있습니다. 삼촌은 숙모가 돌아가신 후 지금까지 부인이 없이 지내고 있습니다. 악화 삼촌의 성격이 고상해서 이곳 사람과는 잘 맞지 않을 것입니다. 그런데 공주를 모시는 궁녀 중에 조주 출신의 오채선이라는 용모와 자태가 아름다운 여인이 있습니다. 공주와 자매처럼 지내는데 나이가 이미 스무 살이 되었기에 악화 삼촌이 부인으로 맞으면 어떨까 싶어 백부님께 아뢰는 것입니다."

"악참정은 곤륭에서 옥에 갇힌 나를 구출해 주었을 뿐 아니라 금오도를 평정하고 섬라국과 인연을 맺어준 공이 참으로 크네. 그렇잖아도 다른 사람과 같이 대우할 수밖에 없는 것이 몹시 미안했네. 중국에서 부인될 사람을 갑자기 모셔 올 수도 없고 말이야. 자네가 이런 성의를 보여주니 비로소 은혜를 갚게 되었네. 하지만 반드시 연소사의 도움이 필요할 것이네."

이준은 이렇게 말하며 연청을 들라 하였다. 부른 이유를 설명하니 연청이 말했다.

"참 좋은 일입니다. 제가 가서 악참정에게 말을 전하겠습니다. 부마는 어서 가서 그 여인을 손립의 관저로 데려오게."

연청은 손립의 관저로 먼저 가서 손립과 악화를 만났다. 한가로이 차를 마시며 연청이 말했다.

"양림은 수완도 좋지. 방명의 딸한테 장가들었다잖소. 본래 양주에서 태어난 불운하지만 순박한 처자라더군요. 비록 도공이란 놈한테 괴롭힘을 당했다지만 말예요."

"정이란 종잡을 수 없는 것이지."

악화의 말에 연청은 미간을 모으며 말했다.

"전하께서 내게 임안에 한 번 더 다녀오라더군요."

"무슨 일로 말인가?"

악화가 묻자 연청이 답했다.

"전하께서 말씀하기를 악참정의 큰 공에 대해 아직 제대로 보답하지 못했는데 다른 사람과 같이 대우하는 것이 미안하다더군요. 그래서 나더러 임안에 가서 참정의 부인으로 삼을 만한 훌륭한 규수를 데려오라는 거였소."

그러자 악화는 자못 진지한 얼굴로 말했다.

"그 무슨 말도 안되는 소린가? 내가 지금 먹고 자는 데 불편함이 없는 것만도 과분한데 연소사가 뭐하러 수고롭게 그 먼 길을 다녀온단 말인가? 전하는 평소에 형제나 다름없는 사이인데 왕위에 오르더니 뜬금없이 손님 대하듯 그런 말을 한단 말인가! 내가 가서 사양하고 오겠네."

"이건 국가의 대사가 아니니 도리상 만 리 항해길에 나설 필요는 없을 것 같은데…"

손립이 끼어들자 연청이 말했다.

"참정께서 그렇듯 사양하신다면 이곳에서 부인될 훌륭한 분을 모셔오겠소."

"연소사가 또 놀리는군. 어디서 무슨 부인될 사람을 데려온다는 건가?"

이렇게 이야기를 나누는 중에 난데없이 화부마가 대문 안으로 들어서는 것이었다. 화부마 뒤에는 한 대의 가마가 따르고 있었다. 네 명의 궁녀가 가마를 호위하고 악사들이 경쾌한 음악을 연주하였다. 귀한 혼수품을 실은 수레도 잇따라 도착했다.

깜짝 놀라는 손립과 악화를 보며 화봉춘이 말했다.

"악화 삼촌의 큰 은혜를 아직 갚지 못했습니다. 공주를 모시던 오채선이라는 궁녀인데 조주 사람으로 덕성과 용모가 모두 출중합니다. 전하께서 연소사께 부탁해 삼촌에게 그 뜻을 전한 것입니다. 부인으로 맞아주시면 작은 성의나마 제 마음이 흡족하겠습니다."

"방금 연소사가 신부를 구하러 임안에 간다기에 그럴 필요는 없다고 만류하던 중이었네. 부마의 도타운 정이니 악참정은 그 뜻을 고맙게 받아들여야겠소이다."

손립의 뒤를 이어 연청이 웃으며 말했다.

"내가 이곳에서 부인될 분을 모셔 온다고 했지요? 부인, 어서 가마 밖으로 나오시지요."

오채선이 가마를 나섰다. 과연 절세미인이었다. 손립은 크게 기뻐하며 오채선을 안으로 모셨다. 그리고 연청과 화봉춘에게 술을 대접하였다.

두 사람이 돌아간 뒤 손립은 화촉을 밝히고 악화로 하여금 신방에 들게 했다. 당나라 때의 궁녀 한부인이 우우를 만나 기뻐했듯이 악화의 기쁨도 필설로 표현할 수 없었다.

다음날 손립과 악화는 국왕과 부마에게 감사인사를 드리러 갔다. 연청, 배선, 시진 모두 대전에서 감사의 인사를 받았다. 국왕은 호연옥을 들라 했다.

"자네는 얼마 전에 공도 딸의 목숨을 살려 달라 하지 않았는가? 지금은 이미 부인이 있으니 데려가서 소실로 삼게."

그러자 호연옥이 입을 열었다.

"그런 뜻이 아니었습니다. 공도가 모반을 일으키는 바람에 그 일족은 모두 처형되었습니다. 그 여자는 억지춘향이었다 해도 살두타의 여자가 된 몸이니 법률상 출가한 딸은 감형한다는 조항에 따라 사형을 면해 달라고 했던 것입니다. 제게 어떻게 하면 좋을지 한 가지 방안이 있습니다.

운가는 비록 평민의 신분이지만 의협심이 있는 사람입니다. 저와 송안평과 서성을 구한 공로가 있고 운성현을 무너뜨리는 데도 공을 세웠습니다. 그래서 공도의 딸을 운가의 아내로 만들어주고 싶은데 의견이 어떠신지요?"

"죄가 있으면 처벌하고 공로가 있으면 상을 주는 게 마땅하지. 조카의 행동은 지극히 올바른 처사라 할 수 있네. 그러고 보니 세운 공에 대해 아직 충분히 상을 내리지 못한 사람이 몇 더 있네그려."

국왕은 이렇게 말하며 웅승, 허의, 당우아, 길부, 화합아, 화신, 방명 등을 부르게 했다. 방명은 백석도에 머물고 있어서 바로 올 수 없었다. 웅승 등은 모두 대전에 들어와 머리를 조아렸다. 국왕이 말했다.

"웅승은 용각산 산채를 무너뜨린 공이 있고 허의는 구산문을 항복시킬 때 공을 세웠다. 길부와 당우아는 시승상을 구해 내고 운가는 환도촌에서 공을 세웠다. 화합아는 공도를 무찌를 때 성안에서 내응했고 방명은 백석도 공격시의 공이 크다. 화신은 삼대에 걸쳐 주인댁인 화씨 집안에 충직하게 몸을 바쳤으니 참으로 가상하다. 모두에게 통제의 직책을 제수한다."

이준은 공손승 등이 거절해 혼사가 성립하지 못한 상대 여성 외에 몇 명의 규수를 추가로 선정해 웅승을 비롯한 이들도 결혼할 수 있게 해주었다. 공도의 딸을 아내로 맞은 운가는 호연옥의 수행원이 되었고 당우아와 길부는 승상부에서 일하게 되었다. 노년이라며 다시 장가가기를 사양한 화신은 부마부 총관이 되었다. 방명은 백석도를 수비하는 일에 계속 종사하고 웅승은 도성 수문장, 허의는 해안 순시 책임을 맡았다. 모두들 국왕의 은혜에 감사하며 물러갔다.

이처럼 낱낱이 공로를 챙겨 널리 은덕을 베풀자 국왕의 덕을 칭송하지 않는 사람이 없었으며 만사가 순조로이 돌아갔다.

그런 어느 날이었다. 갑자기 청예도에서 급보가 올라왔다.

'고려국왕이 친히 섬라국을 방문하셨습니다. 이미 청예도 근처에 도달했습니다.'

이준은 곧바로 동위와 동맹으로 하여금 멀리 마중을 나가게 했다. 손신, 채경, 송청, 두흥은 바닷가에서 고려국왕을 기다렸다. 하루가 지나자 고려국 관리들이 먼저 고려에서 생산한 한지로 작성한 붉은 색 외교문서를 제출하였다. 겉면에 '같은 성을 가진 아우 이우 머리 숙여 인사드립니다'(실제 고려 왕족의 성은 왕씨)라고 적혀 있었다.

얼마 지나지 않아 탐사관이 와서 고려국왕 일행이 도착했다고 알렸다. 이준은 어가를 준비해 승상 시진, 소사 연청, 참정 악화, 이부상서 배선과 함께 고려국왕을 황화관으로 영접하였다. 고려국왕 이우의 수행원은 대신 두 명과 내감 네 명이고 오백 명의 군사가 호위하고 있었다. 섬라국왕 이준과 고려국왕은 서로 만나 경모의 마음을 표하였다.

"저는 바다 한구석의 작은 나라를 다스리는 사람입니다. 종형께서는 하늘이 내린 분으로 넓은 땅을 다스리고 계십니다. 오래 전부터 직접 뵙고 가르침을 받고 싶었습니다."

고려국왕의 인사에 이준이 답하였다.

"변변치 못한 사람이 작은 나라를 책임지고 있을 뿐입니다. 누차 직접 찾아뵙고 인사를 올리고자 하였는데 이렇듯 먼저 찾아주시니 대단히 송구스럽습니다."

두 국왕은 어가에 올라 나란히 행차하였다. 금란전에 도착하자 시진 등이 함께 배알하였다. 고려국왕은 답례하며 말했다.

"여러분은 모두 상나라 때의 재상 이윤이나 주나라 재상 태공망 같은 사람들이라 그 명성이 세상에 자자합니다. 종형께서는 이렇게 훌륭한 신하들을 두고 있기 때문에 사해에 그 위광을 떨치는 것입니다. 이에 비해 우리나라는 좋은 인재가 없어 참으로 걱정입니다."

그러자 이준이 말했다.

"고려국은 기자가 토대를 닦아 문명예악이 발달한 나라입니다. 한나라와 당나라 이래 세상에 큰 보탬이 되지 않았습니까? 우리는 과거의 맹우 몇몇이 서로 도와 국정을 꾸려가는 처지라서 비교조차 되지 않습니다."

곧이어 광록시에서 준비한 대연회가 열렸다. 산해진미가 진설

되고 생황이 연주되었다.

술을 마시던 고려국왕이 말했다.

"우리나라의 옛 이름은 조선으로 송나라의 동쪽에 멀리 떨어져 있지만 예의를 숭상하는 나라라는 자부심을 갖고 있습니다. 그런데 왜왕이 자신의 강함을 믿고 툭하면 영토를 침범하는 것이 큰 우환입니다. 지난번에 귀국에서 사신을 보내 공동방어를 제안하시기에 우리는 그리 약조한 바 있습니다.

저는 이미 늙고 병들어 어린 아들에게 왕위를 물려주었지만 유약한 아들이 나라를 잘 이끌어갈지 걱정이 태산 같습니다. 종형께서는 바다 밖에서 위세를 떨치고 있고 충성스러운 문무 관료들의 보필을 받고 있으니 불세출의 업적을 이룰 것입니다. 바라건대 우리 두 사람이 결의형제를 맺어 서로 떨어질 수 없는 밀접한 나라가 되었으면 하니 종형께서는 부디 저버리지 마십시오."

"요전에 세 개 섬이 반란을 일으켰을 때 혁붕이 군사를 빌리러 가니 왜왕은 관백으로 하여금 군사 만 명을 이끌고 우리를 공격하게 했습니다. 하지만 아무도 살아 돌아가지 못했습니다. 두 나라가 연합하면 왼손, 오른손 같은 관계가 되어 왜국이 동쪽을 치면 저희가 서쪽에서 구원하고, 서쪽을 치면 종형께서 동쪽에서 구원할 것 아닙니까? 왜국이 감히 우리 두 나라를 넘보지 못할 것이니 말씀하신 제안은 실로 저희가 원하는 바입니다."

이준의 대답에 고려국왕은 크게 기뻐하였다. 화기애애한 가운데 그날 저녁 연회는 종료되었다.

다음날 아침 향불을 피우고 고려국왕 이우와 섬라국왕 이준은 함께 천지신명께 절을 올렸다. 그리고 서로 맞절을 했다. 고려국왕이 나이가 위라서 형이 되고 섬라국왕은 동생이 되었다. 양국의 대신들 역시 서로 절을 나누었다. 이우와 이준은 다음과 같이 하늘에 맹세하였다.

'이우와 이준은 같은 성씨인데다 두 나라가 이웃해 있으므로 형제의 의를 맺습니다. 하늘을 공경하고 만백성을 편안히 어루만질 것이며 만약 외적이 침입하거나 내란이 일어나면 함께 대응할 것입니다. 길한 일이나 흉한 일이 있으면 서로 방문하고 재난을 당하면 함께 구휼할 것입니다. 오늘의 맹약 이후 영원히 우호를 지속할 것이거니와 만일 이를 어길 시에는 벌을 내리소서.'

이로써 두 사람은 서로 형, 동생으로 호칭하게 되었다.

"전에 도군 황제께서 어의 안도전을 파견해 내 병을 치료해 주었는데 치료를 받고 다시 살아났음에도 제대로 은혜를 갚지 못했소. 우리나라에 사신으로 왔을 때는 나랏일이 바빠 진맥을 부탁하지 못했구려. 지금 이곳에 있으면 다시 한 번 진맥을 받고 싶소."

고려국왕이 안도전을 찾자 이준이 말했다.

"안도전은 원래 양산박에 모인 형제 중의 한 명입니다. 형님의 병을 치료하고 돌아오던 귀국길에 금오도에서 태풍을 만나 배가 전복된 것을 제가 구출해 주었지요. 동경으로 돌아갔지만 노사월이란 놈이 죄를 뒤집어씌우는 바람에 채경의 손에 죽을 뻔했답니다. 다행히 숙태위의 도움으로 등운산으로 도망갈 수 있었고 그 덕분에 목숨을 건졌지요. 숙태위한테 듣자니 노사월은 금나라에 투항했다가 병을 오진한 죄로 알리불에게 죽임을 당했다더군요. 안도전의 울분이 풀린 셈입니다."

이준은 안도전을 궁으로 불렀다. 안도전이 입궁해 고려국왕을 뵙자 고려국왕은 전에 자신을 치료해 준 일을 다시 한 번 치하하며 말했다.

"선생의 신묘한 의술 덕분에 목숨을 건질 수 있었소. 하지만 아직도 몸이 병약해서 걱정이니 좋은 처방을 내려줄 수 있겠소?"

안도전은 정신을 가다듬고 고려국왕의 태소맥을 진맥하였다.

"전하께서는 원기는 비록 약하지만 맥이 매우 맑아서 틀림없이 장수하실 것입니다. 신선이 될 기운도 있으신데 바로 처방전을 지어 올리겠습니다."

고려국왕은 이번에는 이준을 보고 말했다.

"나는 이미 세자에게 왕위를 물려주어 이러저러한 나랏일에 관여하지 않으니 도의 진리를 닦는 데 정진하려 하오. 이곳에 공손 선생이란 분이 있다는 말을 들었는데 한번 만나볼 수 있겠소?"

"공손 선생은 단하궁에서 도를 닦고 있는데 그렇잖아도 저 역시 공손 선생을 만나러 가려던 참이었습니다. 저하고 같이 가시지요."

이준이 이렇게 대답하니 고려국왕은 크게 기뻐하였다. 두 사람은 나란히 말을 타고 호위병 없이 길을 나섰다. 시진과 안도전이 그들을 수행하였다.

단하산에 도착한 고려국왕은 산의 경치가 맑고 그윽한 것을 보고 기뻐하며 말했다.

"우리나라는 탁한 강과 험산 산밖에 없는데 이곳은 선경이나 다름없군요!"

공손승이 소식을 듣고 주무, 번서와 함께 마중을 나왔다. 그들은 본전에 가서 먼저 삼청을 배례하였다. 그런 다음 공손승 등이 엎드려 절하려 하자 고려국왕이 황급히 만류하였다.

"나는 선생의 문하에 들려고 하는 사람이니 그러지 마십시오."

공손승 등 세 사람은 공손히 고개 숙여 절하는 것으로 대신했다. 그리고 추도헌으로 옮겨 차를 대접하였다. 일행은 도원 곳곳을 둘러본 다음 해천각에 올랐다. 잔잔한 파도 일렁이는 은빛 바다와 깎아지른 듯한 푸른 산의 자태에 마음이 상쾌해졌다. 이준이 공손승에게 말했다.

"선생과 의논해 나천대초 재를 지내려 하는데 언제가 좋겠소? 천지신명께 보답하고 송공명을 비롯해 세상을 떠난 분들을 추모하려 하오."

공손승은 주무에게 재를 지낼 날짜를 택일하게 했다. 사흘 후로 날짜가 정해졌다. 이준은 칙령을 내려 주무부서에 준비를 맡겼다.

마흔아홉 명의 덕망 높은 도사를 뽑아 이레 동안 재가 진행되었다. 재를 주관하는 공손승을 비롯한 도사들은 비단 학창의를 입고 머리에는 성관을 썼다. 그들은 손에 상아홀을 들고 하루 세 번 경문을 외었다. 본전 앞에 세운 두 개의 장대에는 다음과 같은 주문이 쓰여 있었다.

영혼이 바르면 불사신 같은 무서운 사람일지라도
충신 효자가 되고
우주만물이 융합하면 사람 잡는 무기라도
옥같이 고운 꽃이 되나니

본전 주변은 매우 장엄하게 장식되었다. 국왕과 문무백관들도 모두 목욕재계하고 아침저녁으로 예배를 드렸다. 마지막날에는 소비, 문비, 공주, 화부인 등이 모두 참배하러 왔다. 국왕은 백성들도 마음껏 참관할 수 있도록 했다.

밤이 깊어 삼경에 이르렀다. 공손승은 경건한 마음으로 신들의 영험이 나타나도록 기도했다. 하늘은 맑고 달은 밝아 바람 한 점 일지 않았다.

그때 돌연 북서쪽 하늘에서 우렁찬 소리가 울리면서 오색구름이 떼지어 피어올랐다. 노을빛이 눈부시게 빛나는 가운데 하늘에서 신선세계의 음악소리가 낭랑하게 울리며 사방에 기이한 향기가 가득 찼다. 국왕을 비롯해 이를 바라보는 대중 모두 놀라움을 금치 못했다.

구름 너머로 송공명을 비롯한 양산박 호걸들이 모습을 나타냈다. 신선을 시중드는 옥녀와 금동은 이들이 죽은 사람임을 나타내는 붉은색 깃발과 부절을 들고 있었다. 그들 무리의 뒤쪽에 또 한 사람의 모습이 보였다. 그것은 분명 옛 국왕 마새진이었다.

이 같은 광경을 바라보며 사람들은 모두 일제히 엎드려 절을 올렸다. 잠시 후 구름 속에 모습을 나타낸 신령들은 서서히 자취를 감췄다. 사람들은 벅찬 감동을 이기지 못하며 공손승의 뛰어난 도력에 감탄했다. 그리고 크게 기뻐하며 공손승에게 귀의하였다.

 이러한 영험을 지켜본 고려국왕은 다음날 내감을 보내 단하궁에 예물을 바치게 하고 공손승을 스승으로 모셨다. 고려국왕은 이준에게 말했다.

 "이번에 내 청을 물리치지 않고 결의형제를 맺어주어 더할 나위 없이 기쁘게 생각하오. 이번에 돌아가 아들이 국정을 펼쳐나가는 것을 보고 어느 정도 자리가 잡히면 내년 봄쯤 단하궁에 와서 출가할 생각이오."

 이준은 더는 고려국왕을 만류할 수 없어 다시 전별연을 베풀었다. 그리고 동위와 동맹에게 영해의 경계까지 모셔다 드리게 했다. 그 뒤로는 태평한 날이 이어졌다.

 어느덧 섣달이 지나고 정월 대보름이 코앞에 다가왔다. 국왕은 금오도를 비롯한 네 개 섬과 청수오 장령들을 불러들이게 했다. 그리고 국중의 문무백관들과 함께 원소절을 즐겼다.

 금란전 앞과 조경루 아래, 그리고 궁 안에 등불놀이를 즐기기 위한 세 개의 큰 가설무대를 설치하고 수없이 많은 휘황한 등불을 내걸었다. 백성들도 널리 함께 즐기도록 하기 위해서였다.

 또한 호부에서 돈과 양식을 내어 세 곳에 큰 술집을 차렸다. 열사흘날 밤부터 대보름날 밤까지 사흘 동안 호패를 지닌 관원이나 근위군 병사들은 누구라도 그곳에 들어가 술과 음식을 마음껏 먹을 수 있었다. 당나라 때의 고사를 본뜬 것으로 물론 술값과 음식값은 공짜였다.

공경댁의 가족은 모두 궁중으로 들어가 문비와 함께 궁 안에서 등불놀이를 즐겼다. 문비를 수반으로 하는 궁 안에서의 행사는 고대수가 주관하였다. 생황의 주악소리와 폭죽 터뜨리는 소리가 밤새도록 끊이지 않았다.

국왕 이준은 승상 시진 이하 문무 관원들과 함께 조경루에서 연회를 즐겼다. 궁문 앞에는 지키는 군사들이 배치되었다.

악화는 그들이 처음 바다에 나섰을 때 화봉춘이 쏘아 죽인 고래의 눈동자로 만든 등에 촛불을 켰다. 소쿠리만한 수정체를 투각해 만든 두 개의 등이 은은한 빛을 내뿜었다. 무엇으로 만든 등인지 누구도 짐작할 수 없는 진기한 모습이었다.

그때 공손승 일행이 도착했다. 국왕이 자신의 자리에 앉은 뒤 나머지 마흔세 명이 위계에 따라 자리에 착석했다. 국왕 이준이 잔을 들며 말했다.

"먼저 하늘의 보우하심과 조정의 은총에 감사드려야겠소. 우리 형제들이 한마음으로 힘을 합쳐 도와준 덕분으로 오늘의 큰일을 이룰 수 있었소이다. 상주에서 등불놀이를 구경하다가 여태수한테 잡혀 곤욕을 치른 일이 생각나는구려. 악화 아우의 계략 덕택에 살아나 이렇게 바다 밖에서 왕위에까지 오르게 되었소.

'뼛골 쑤시는 추위가 와야 매화꽃의 향기로움을 알 수 있다'는 말이 있잖소? 그러니 오늘 원소절을 맞아 실컷 즐기고 경축합시다. 하지만 너무 취하지는 마시오. 일 년에 한 번은 우리 모든 형제들이 만나 도타운 정을 나눕시다."

술자리가 한창 무르익었을 때 국왕은 악공들에게 연주를 멈추라고 이르고는 말을 이었다.

"나는 거친 삶을 살아온 사람이지만 그래도 제법 문필을 좋아하는 편이오. 오늘같이 멋진 밤에 시로 흥취를 돋우지 않으면 안 될 일이지. 중양절에 국화를 감상하던 송공명이 〈만강홍〉을 지었잖소! 나는 지금도 〈만강홍〉을 외우고 있다오.

오늘처럼 큰 고깃덩어리를 앞에 놓고 큰 사발로 벌컥벌컥 술을 들이켜는 날이면 양산박의 옛일이 생각나지 않소? 오늘 시를 짓지 못하는 사람은 벌주 석 잔을 마셔야 하오. 나부터 벌주를 마시겠소."

이준은 내관을 시켜 무소뿔잔 세 개에 술을 가득 따르게 하고 곧바로 잔을 모두 비웠다. 그리고 종이, 붓, 먹, 벼루를 빈 탁자 위에 가져다 놓게 했다. 서로 양보하다 승상 시진이 화전지를 펴고 시 한 수를 적었다.

기상이 우렁찬 대국의 바람
원소절의 즐겁고 기쁜 마음 하나로세
금빛 자라의 등에 떠오른 둥근 달
천년만년 한결같이 비추기를

국왕과 일동은 시진의 시를 보고 칭찬하였다.
"대각체 시가의 기상과 당나라 장설, 소정의 풍모가 느껴지는군요. 승상의 장래 업적도 엿보이고요."

이어서 문환장이 붓을 들었다.

버들가지 위의 잔설이 동풍에 날리고
빛나는 등불이며 달빛 더불어 상서롭구나
태평성대에는 예악이 흥해야 하나니
대학의 할 일 선량한 백성을 기르는 일이라네

시를 읽고 나서 시진이 말했다.
"국장께서 대를 이을 인재를 양성하려는 의지가 짙게 배어 있군요."
다음에는 소양이 술을 한 잔 들이켜더니 시 한 수를 적었다.

기록을 맡은 태사가 할 일 본시 나라의 민요 수집이러니
서로 화답해 시를 노래함이 순임금과 신하 고요의 옛일 같네
불꽃 날리는 달 밝은 원소절 밤에
임금과 신하가 하나되어 술을 즐기네

"'임금과 신하가 하나되어 술을 즐기네'라는 표현이 참 좋군요. 태평성대의 밝은 군주와 충량한 신하를 가리키니 말입니다."
문환장의 감탄을 뒤로 하고 연청이 자신의 뜻을 시에 담았다.

젊은 시절 바람처럼 떠돌다
일찍이 동경서도 오늘 같은 밤이 있었네

정 깊은 임금과 신하는 소매를 떨치며 일어서지 못하니
오호 속에 떠오른 은은한 달빛 즐기리

"연소사가 오호에 배를 띄우고 싶어하니 노소저는 춘추시대 월나라의 미인 서시가 되겠구려. 하지만 우리는 전하와 즐거움을 함께해야 한다네."

악화가 연청의 시를 보며 농담을 하는 가운데 장경이 앞으로 나섰다. 장경은 계산이라도 하는 듯한 손동작을 보이더니 잠시 멈칫하다가 시를 한 수 적어 내려갔다.

너른 바다에 바람은 잠들고 물결 잔잔하니
동정호에 비친 가을 달이나 진배없네
주악소리 노랫소리 드높은 성대한 잔치 속
술잔 깊이 등불 스며드누나

"동정호의 가을 달은 소상팔경의 하나지. 역시 자넨 담주 사람이야."

연청이 장경을 바라보며 말했다. 송안평이 앞으로 나서더니 거침없이 시 한 수를 적었다.

온갖 물산 넘쳐나고 화창한 바람이 부니
마치 순임금이 지은 소소蕭韶 곡조 넘치는 화원 같구나
임금이 한림원에 조서를 전하니

지는 매화 속의 금장식 연꽃 촛대 영예롭도다

배선이 말했다.
"송학사의 시는 스스로 한림원 학사임을 자부하는 내용이니 물론 누구도 그 자리를 대신할 수 없지."
화봉춘이 앞으로 나서며 별 망설임도 없이 화선지 위에 시 한 수를 순식간에 적어놓았다.

옥같이 아름다운 십 리 거리 향기로운 바람 이는데
원소가절 오래도록 함께 즐기노라
밤새도록 말 달려 이른 곳 금빛 담장 앞
채찍 들어 멀리 궁궐 내전을 가리키네

"부마가 국왕의 뜻을 받들어 지은 시는 예로부터 아주 드문데 화부마의 시는 참 절창이오."
부마의 시를 본 일동은 입을 모아 칭찬하였다. 연청은 능글맞은 표정으로 시진에게 말했다.
"시승상! 대감은 전에 방랍의 부마를 칭한 적이 있는데 그자 앞에서 한 번이라도 시를 지어 보셨소?"
그 자리에 있던 사람들은 모두 손뼉을 치며 크게 웃었다. 공손 승이 조용히 앞으로 나서며 말했다.
"빈도는 시를 읊을 줄 모르니 우리 도교에서 부르는 노래를 한 곡조 부르리다."

공손승은 어고간판을 두드리며 〈서강월〉 한 자락을 불렀다.

뒤돌아보니 덧없는 세상 아득해라
헛된 근심걱정 다 잊으매
부귀공명도 한순간
주마등처럼 지나가누나
향기로운 술 석 잔에 취해 드러누우니
흰 구름 머무는 곳 맑고 서늘하다
봉래산 선경은 어드메인가
거친 물결 넘어 어서 날아가리

국왕은 몹시 기뻐하며 동석한 사람 모두에게 술잔을 돌렸다. 이때 완소칠이 말했다.
"전하께서 시를 짓지 못하는 사람은 벌주 석 잔을 마셔야 한다고 했는데 나는 글씨도 제대로 모르니 여섯 잔은 마셔야겠소."
그 말에 일동은 또다시 큰 웃음을 터뜨렸다.
이때 궁중 예인 양성기관 이원의 젊은 배우들이 상연할 연극 대본을 가져왔다. 대본을 몇 장 넘겨 보던 시진은 〈수호전〉이라는 글자가 눈에 띄기에 어떤 내용인지 물었다.
"이것은 국왕 전하와 공경대신들의 이야기입니다. 주미성 학사가 지었습니다."
극을 이끌어가는 남자 배우가 이렇게 대답했다. 그러자 국왕이 말했다.

"우리가 한 일이 설마 그대로 연극이 되는 것은 아니겠지? 하지만 개의치 말고 상연하게."

이원 책임자가 조심스레 말했다.

"줄거리 중에 불편한 부분이 있을 수 있어 조금 꺼려집니다."

"상관없네. 관우가 홀로 유비의 두 부인을 데리고 천 리를 갔다는 말이 있잖은가? 다섯 곳의 관문을 지나며 장수 여섯 명의 목을 베었다는 과장된 이야기도 자주 무대에 오르지 않는가? 꺼리지 말고 마음껏 하게."

이원 사람들이 물러가고 나서 바로 삼 막으로 구성된 연극이 펼쳐졌다.

먼저 관모 차림에 둥근 옷깃의 의복을 입은 송공명이 등장했다. 지략을 사용해 양중서가 채경한테 보내는 생일선물을 빼앗는 장면에 이르자 완소칠은 저도 모르게 손짓 발짓을 해가며 극 속에 빠져들었다. 송공명이 화가 나서 염파석을 죽일 때는 국왕이 책상을 치며 외쳤다.

"저런 음탕한 여자는 마땅히 죽여야 하고말고!"

강주 형장이 재현되자 대종이 말했다.

"나는 그때 정말 죽는 줄 알았지. 오늘 같은 날이 있을 줄 어찌 꿈엔들 생각했을까!"

시천이 서녕의 갑옷을 훔치는 대목에서는 호연작이 입을 열었다.

"만약 서녕이 산에 오르지 않았다면 내 연환마 전법을 깨뜨릴 수가 없었을 거야."

이윽고 징소리와 북소리가 요란하게 울리면서 흑선풍 이규가 동경에서 대소동을 일으키기 시작했다.

"저 이사사가 서호에서 만났던 그 여인입니까?"

서성이 놀라서 묻자 악화가 껄껄 웃으며 대답했다.

"자네 옷에 차를 엎지른 걸 아직도 기억하는군!"

극이 차츰 진행되어 연청이 무예 시합을 벌이는 대목이 등장했다. 국왕이 말했다.

"저때만 해도 연소사의 손놀림 발놀림이 예사롭지 않았지!"

이윽고 송공명이 금의환향하는 대단원에 이르렀다. 시진이 감개무량한듯 말했다.

"다행히 줄거리 하나하나를 어느 정도는 복원해 낸 것 같군! 지금 생각해 보면 정말 한 줄기 꿈이었어. 누가 이 뒤로 극본을 계속 이어간다면 우리가 오늘 함께 즐긴 원소절이 대단원이 될 수도 있을 거야!"

이렇듯 즐거운 밤이 파할 시간이 다가왔다. 닭 우는 소리가 울려 퍼지기 시작했다. 사람들은 아쉬운 발걸음을 돌렸다. 이런 잔치가 사흘 연속 펼쳐졌다. 모두들 국왕의 은혜에 감사하며 자신이 일하는 곳으로 돌아갔다.

이후 나라는 태평하고 백성의 삶은 평안해졌다. 순조로운 날씨가 계속되어 해마다 오곡이 풍요롭게 무르익으니 인민은 안락하고 물자는 풍족한 말 그대로 태평성대가 이어졌다.

국왕은 다음해 세자를 낳았다. '등'이 와야 무거운 짐을 내려놓을 수 있다는 서신옹의 말대로 아들의 이름을 '이등'이라고 지었다. 공경대신들의 대부분도 자식을 낳아 나중에 서로 혼인을 맺었다. 송나라 조정에는 사신을 통해 해마다 예물을 보냈다.

고려국왕은 과연 내시 두 사람과 동자 둘만 데리고 도복 차림으로 다시 바다를 건너왔다. 그는 단하산 공손승한테 가서 출가해 여든살에 세상을 뜨기까지 무병장수하였다. 공경대신들 모두 장수하였는데 그중에서도 공손승은 백스무 살까지 살았다.

세자는 송안평을 승상으로 삼았으며 화봉춘, 호연옥, 서성은 장군이 되었다. 공경의 자녀들 모두 대를 이어 왕가를 섬기는 신하가 되었다. 이등은 인자한 임금으로 부왕의 유업을 잘 지켰고 그의 후손들이 왕위를 이어갔다. 섬라국은 시종 남송과 국운을 함께했다.

후세 사람들이 이들의 이야기를 노래한 두 편의 시가 있다.

유가의 예악 공론만 일삼으니
송나라의 기운이 기울기 시작했지
간신의 무리가 청사靑史를 더럽히지 않았다면
녹림호걸의 웅장한 모습 볼 수 없었으리
나라에 몸바치려는 의지 꿋꿋하고
천년 우정은 변함없어라
끝없이 이어지는 영웅의 이야기
써내려가는 왕성한 필력 금할 수 없네

운성현 하급관리의 의지 담대한데

백골이 된 뒤에야 제후가 되었으니 가련할 뿐
생사의 기로에 이르지 않았음을 과신하지 말고
부귀가 넘친다고 자랑하지 말라
예로부터 그런 일 많고도 많았으니
세상에 그대 같은 사람도 깨우쳐야 하나니
사마천의 〈사기〉 감회롭기도 하지
그 중의 유협전이 가장 으뜸이라네

성수서생 소양. 오른쪽은 방랍 토벌시 전사한 구붕.

옮긴이의 말

잘 알려진 바와 같이 〈수호전〉은 중국 사대기서 가운데 하나이다. 중국의 저명 소설은 대개 속편을 가지고 있다. 하지만 원작에 비해 예술성이 떨어져 읽을 가치가 없는 게 대부분인데 〈수호후전〉은 예외로 꼽힌다.

중문학자 성백천成柏泉이 '원작의 특색을 보존할 뿐만 아니라 그것을 발전시킨 속편이 있으니 〈수호후전〉이 바로 그것'이라고 평하는 등 최근의 중국문학사는 거의 예외 없이 〈수호후전〉에 적지 않은 지면을 할애하고 있다. 노신魯迅이나 호적胡適 같은 근대 최고의 문인들도 〈수호후전〉에 대한 비평을 남겼으며, 미국 웨슬리언 대학 엘렌 위드머 교수와 일본 덴리대학 도리이 히사야스 교수 같은 외국 학자들도 〈수호후전〉의 근대적 소설 기법을 높이 평가하였다.

〈수호후전〉은 〈수호전〉의 속편이지만 동시에 독립적 독자적인 작품이기도 하다. 작가는 명말청초의 문인 진침陳忱으로 명나라가 청나라의 말굽 아래 짓밟히던 당대의 현실이 창작의 동력이 되었다. 외적의 침략과 불타오르던 농민 봉기를 직접 목격한 그의 시선은 북방 이민족에 의해 송나라 땅이 유린되면서 녹림호협들이 조정의 간신배들과 침략자에 맞서던 〈수호전〉의 세계로 향했다.

진침은 〈수호전〉 속의 짧은 문구에서 힌트를 얻어 〈수호후전〉을 집필하였다. 〈수호후전〉은 살아남은 양산박 호걸들의 이야기라고 할 수 있다. 죽지 않고 살아남은 사람들은 여전히 간신들의 박해에 시달려야 했다. 그들은 저마다 우여곡절을 겪으며 어쩔 수 없이 다시 등운산과 음마천에 거점을 마련하고 이준과 그의 의형제들은 태호 소하만에서 봉기하였다.

힘의 열세에 밀린 이준은 해외로 눈을 돌려 섬라국에 기반을 마련하고, 금나라군과 그들의 부역자들에 맞서 싸우며 파란을 일으키던 다른 형제들도 결국 이준과 합류하게 된다. 이렇듯 〈수호후전〉은 송나라가 금나라에 밀려 남송을 건국하는 과도기의 파란만장한 역사를 배경으로 양산박 호걸들의 통쾌한 활약을 그린 소설이다.

이 소설은 공간적 배경이 중국을 넘어 고려와 일본, 동남아시아까지 확장된다는 데 큰 특징이 있다. 보다 구체적인 무대는 섬라국으로 전체 이야기의 삼분의 일 이상이 중국 밖에서 펼쳐진다. 왜국의 침략과 세 섬의 반란 등 바다 밖의 이야기도 박진감이 넘친다. 섬라국이라 하면 오늘의 태국이 될 터인데 섬라국이 중국 땅에서 그리 멀지 않은 섬나라로 그려진 것은 당시 사람들의 보편적 지리 인식이었다 할지라도 옥에 티라 할 수 있겠다.

한편 〈수호후전〉에는 우리나라에 관한 내용도 일부 포함되어 있어 흥미를 끈다. 태의 안도전이 고려에 가서 왕의 병을 치료하고 돌아오는가 하면 고려국왕과 섬라국왕이 결의형제를 맺는 장면이 펼쳐진다. 일각에서는 〈홍길동전〉의 율도국 이야기가 〈수호후전〉의 영향을 받은 것 아니냐는 주장도 있다. 〈홍길동전〉이 후대의 이본만 남아 있어 이 같은 논쟁의 빌미가 되고는 있지만 허균이 진침보다 앞선 시대의 사람인만큼 그렇지 않을 가능성이 높다. 소설에서 고려국왕의 성이 이씨로 그려지는데 이는 조선과의 혼돈 때문일 것이다.

〈수호후전〉의 판본은 크게 두 종류가 있다. 하나는 진침의 원작이고 다른 하나는 1770년에 채원방이 원작을 고쳐 출간한 수정본이다. 본래 8권 40회로 구성된 진침의 원작을 채원방은 10권 40회로 바꾸면서 거의 대부분의 운문을 덜어내었을 뿐 아니라 새로운 내용을 덧붙이는 등 첨삭을 가했다. 평론가로 활약하던 채원방의 명성에 힘입어 청나라 중기 이후 그가 손을 댄 수정본이 널리 퍼졌다.

지금까지 남아 전하는 가장 오래된 〈수호후전〉 실물은 1664년 인쇄본으로 영국 런던박물관에 소장되어 있다. 이를 초간본으로 보는 게 정설이다. 원작 계열의 판본 가운데 18세기 중엽에 출간된 소유당본이 가장 권위가 높다. 채원방 수정본도 그보다 조금 앞서 출간된 소유당본을 기초로 했을 것으로 추정된다.

20세기 이후에도 〈수호후전〉은 다양한 형식의 재출간이 이루어지고 있으며 연구 열기 역시 뜨겁다. 그런 속에서 채원방 수정본보다는 진침의 원작에 대한 주목도가 더욱 높아졌다. 여러 국가기관이 협력해 설립한 중국청소년신세기독서네트워크 및 그와 연계된 수많은 온라인 도서관 등에서 제공하는 〈수호후전〉 텍스트는 소유당본을 저본으로 하는 진침의 원작이다. 이웃 일본에서도 마찬가지다. 일본에서는 19세기 후반 메이지 시대부터 〈수호후전〉이 출간되기 시작했는데 모두 채원방 수정본을 번역한 것이었다. 마침내 1966년의 평범사본에 이르러 진침 원작이 처음으로 선을 보였다.

이 책의 번역 텍스트는 바로 중국청소년신세기독서네트워크에 실려 있는 〈수호후전〉이다. 원작에 실려 있는 '논략'은 삭제되어 있는 상태라서 굳이 되살리지 않았다. 원문에는 매회 말미에 한 단락의 총평이 들어 있는데 이는 본문의 중복인데다 소설의 흐름을 저해한다고 판단해 번역에서 제외했다. 아울러 두 줄의 긴 문장으로 이루어진 원본의 제목은 보다 적절하고 짧은 제목으로 바꾸었다.

이 책에는 수많은 역사적 사건과 그에 얽힌 실제 인물이 등장한다. 역주를 다는 문제를 고심했으나 소설 서두의 난해한 장시를 제외하고는 번역문에 녹여내는 것으로 했다. 문학작품이라는 점을 고려한 조치다. 그럼에도 최대한 원문을 충실히 옮기는 것을 목표로 했음을 밝힌다.

이 책은 진침이 저술한 〈수호후전〉 원작의 국내 최초 완역서이다. 그동안 몇 차례 작품이 국내에 소개되기는 했지만 모두 채원방이 손을 댄 수정본을 평역한 것으로 보인다. 이문열은 민음사에서 펴낸 〈수호지〉에 한 권 분량의 〈수호후전〉 축약본을 끼워 넣은 적이 있고, 김기진의 번역본 역시 시내암의 〈수호지〉에 덧붙인 평역 형태로 소개되었다.

  시내암과 진침은 삼백여 년의 시차를 두고 다른 시대를 산 작가이다. 따라서 두 작가의 전혀 다른 작품을 하나의 제목으로 묶는 것은 온당할 리 없다. 또한 최근 들어 채원방 수정본보다 진침 원작에 대한 주목도가 높아지고 있거니와 진침 원작의 특징 가운데 하나는 중요한 대목마다 등장하는 압축적이고 상징적인 시에 있다. 진침은 본래 시인이기도 해서 이들 시는 소설의 서정적 격조를 끌어올리는 중요한 장치이다. 그런 점에서 앞서 언급한 부분을 제외하고는 진침의 원작을 단 한 줄의 누락도 없이 최초로 소개하는 출판사적 의미는 자못 크다 할 수 있고 역자로서의 즐거움 또한 크다.